André Gide:
Die Verliese des Vatikan
Roman

Deutsch von Ferdinand Hardekopf

Deutscher
Taschenbuch
Verlag

dtv

Von André Gide
sind im Deutschen Taschenbuch Verlag erschienen:
Die Falschmünzer (1749)
Die Schule der Frauen (1751)

Ungekürzte Ausgabe
Oktober 1975
6. Auflage Mai 1990
Deutscher Taschenbuch Verlag GmbH & Co. KG,
München
Lizenzausgabe mit freundlicher Genehmigung der
Deutschen Verlags-Anstalt GmbH, Stuttgart
Titel der französischen Originalausgabe:
›Les caves du Vatican‹ (Librairie Gallimard, Paris)
Umschlaggestaltung: Celestino Piatti
Gesamtherstellung: C. H. Beck'sche Buchdruckerei,
Nördlingen
Printed in Germany · ISBN 3-423-01750-3

Das Buch

Gegen Ende des letzten Jahrhunderts taucht im Süden von Frankreich das Gerücht auf, Papst Leo XIII. sei von internationalen Verschwörern entführt worden und werde in Rom gefangengehalten, während zum Schaden der katholischen Christenheit ein Doppelgänger den Stuhl Petri besetzt habe. Ein Apotheker aus Pau macht sich auf, um dem Papst zu Hilfe zu eilen. Von Lafcadio, einem unverhofft reich gewordenen jungen Abenteurer, wird der moderne »Kreuzritter« im Schnellzug von Rom nach Neapel ermordet. Er stirbt als Opfer eines »acte gratuit«, einer willkürlichen, unbegründbaren Tat, die sich aber keineswegs als das »perfekte Verbrechen« erweist ... Dieser grotesk-satirische Schelmen- und Kriminalroman aus dem Jahre 1914 attackiert die verkrusteten Moralvorstellungen der bürgerlichen Gesellschaft mit sprühender Ironie und unbeirrbarem Scharfsinn.

Der Autor

André Gide, am 22. November 1869 in Paris geboren und dort am 19. Februar 1951 gestorben, der seinen Zeitgenossen und vielen seiner konservativen Autorenkollegen als gefährlich, als der große Seelenverderber galt, hat längst seinen Platz in der Weltliteratur. Der Nobelpreisträger zählt zu den wichtigsten französischen Schriftstellern seiner Generation. Er hat das geistige Gesicht des 20. Jahrhunderts entscheidend mitgeprägt.

Inhalt

ERSTES BUCH

Anthimos Armand-Dubois

> Was mich betrifft, so ist die Wahl getroffen: Ich habe mich für den sozialen Atheismus entschieden. Diesem Atheismus habe ich seit fünfzehn Jahren in einer Reihe von Werken Ausdruck verliehen.
>
> Georges Palante
>
> In der *Chronique philosophique* des *Mercure de France.* (Dezember 1912.)

I

Im Jahre 1890, unter des dreizehnten Leo geistlicher Herrschaft, verlegte der Freimaurer Anthimos Armand-Dubois seinen Wohnsitz von Paris nach Rom, wo er sich der Behandlung des berühmten Doktors X zu unterziehen gedachte, eines Spezialisten für Krankheiten rheumatischen Ursprungs.

„Was?" empörte sich sein Schwager Julius de Baraglioul, „nur Ihren Körper wollen Sie in die römische Kur geben? Möge Ihnen die Ewige Stadt doch zum Bewußtsein bringen, um wieviel mehr Ihre Seele der Heilung bedarf!"

Im Tone spöttischen Mitleids antwortete Armand-Dubois:

„Mein armer Freund, nun sehen Sie sich bloß mal meine Schultern an!"

Ohne es recht zu wollen, hob der gutmütige Baraglioul seinen Blick zu den Schultern des Schwagers; sie flatterten auf und nieder wie unter dem Zwang eines tiefen, unwiderstehlichen Lachens; und es war wirklich ein Jammer, diese mächtige, halbgelähmte Figur den Rest ihrer Muskelfähigkeiten an solche gymnastische Parodie verschwenden zu sehen. Ach, längst hatte jeder der beiden Männer seine Entscheidung getroffen, und alle Beredsamkeit Baragliouls hätte nichts daran zu ändern vermocht. Aber, vielleicht die Zeit!? Das geheime Walten der heiligen Stätten? . . .

Unendlich bekümmert sagte Julius nur:

„Anthimos, Sie machen mir große Sorgen!" (Alsogleich hörte das

Schulterzappeln auf, denn Anthimos hatte seinen Schwager recht gern.) „Oh, dürfte ich doch hoffen, Sie nach drei Jahren, wenn das Jubiläum auch mich nach Rom führt, mit geläutertem Herzen wiederzufinden!“

Doch würde wenigstens Veronica, die ihren Gemahl begleiten sollte, den geweihten Boden voll religiöser Empfänglichkeit betreten? Veronica war, gleich ihrer Schwester Margarita und Julius selbst, eine fromme Seele, und der lange Aufenthalt in Rom, der ihr bevorstand, entsprach einem ihrer liebsten Wünsche. Sie war eine Frau, die ein monotones, enttäuschtes Leben mit kleinen, gottgefälligen Praktiken verzierte und die, kinderlos, allen Überschwang, der gemeinhin dem Wickelbaby zugute kommt, auf ein Ideal verströmte. Leider blieb ihr kaum noch ein Fünkchen Hoffnung, ihren Anthimos zu Gott zurückzuführen. Sie wußte nur allzugut, wieviel Trotz, wieviel negative Energie in diesem breitverrammelten Schädel steckte.

Der Abbé Flons hatte die Lage richtig erkannt:

„Je unerschütterlicher eine Gemütsverfassung ist, Madame“, hatte er zu Veronica gesagt, „um so sündhafter ist sie. Nur ein Wunder könnte noch Rettung bringen!“

Doch die arme Frau glaubte sogar auf ihre Kümmernis verzichten zu müssen. Und in Rom sanktionierte das Ehepaar, vom ersten Einrichtungstage an, den fundamentalen Zwiespalt der beiderseitigen Interessen: Veronica teilte ihre Zeit zwischen Haushalt und Andacht, während Anthimos ganz in wissenschaftlicher Forschung aufging. So lebten sie nebeneinander oder vielmehr gegeneinander und ertrugen sich, indem sie sich den Rücken wandten. Es herrschte unter ihnen eine relative Eintracht, eine Art Pseudo-Wohlbehagen, ein Similiglück, indem jeder Teilnehmer im geduldigen Beiseitestehen des anderen heimliche Freiheit für die eigene Tüchtigkeit fand.

Die durch Vermittlung einer Agentur gemietete Wohnung bot, wie es in Italien meist ist, neben unerwarteten Vorzügen beträchtliche Unbequemlichkeiten. Sie nahm den ganzen ersten Stock des Palazzo Forgetti, Via in Lucina, ein und hatte eine hübsche Terrasse, auf der Veronica alsbald ihre (in Pariser Wohnräumen so schlecht gedeihende) Lieblingspflanze „Aspidistra“ zu züchten begann. Um jedoch auf diese Terrasse zu gelangen, mußte man durch die „Orangerie" hindurch, eine langgestreckte Glasveranda, die Anthimos sich als Laboratorium eingerichtet und nur zu einigen bestimmten Tagesstunden zur „Passage" freigegeben hatte.

Lautlos öffnete Veronica die Tür und drückte sich an der Wand hin, auf den Zehen, den Blick gesenkt, wie ein Laienbruder an bedenklichen Sgraffiti vorbeischleicht. Denn sie mochte nicht sehen, wie sich, aus dem Sessel hervorquellend, an den eine Krücke gelehnt stand, Anthimos' enormer Rücken über irgendein infames Experiment beugte. Anthimos seinerseits tat, als gewahre er sein Weib nicht. Doch kaum hatte Veronica nach erledigter Florikultur ihren Rückzug bewerkstelligt, erhob er sich schwerfällig, schleppte sich zur Tür und schob, die Lippen bärbeißig zusammengepreßt, mit gebieterischem Zeigefinger — krack! — den Riegel vor. Denn es waren nur noch wenige Minuten, bis zur anderen Tür Beppo hereinkommen mußte, um Aufträge entgegenzunehmen: Beppo, der bevollmächtigte Lieferant.

Diesen zerlumpten, eltern- und wohnungslosen Bengel von zwölf oder dreizehn Jahren hatte Anthimos an einem seiner ersten römischen Tage entdeckt. Gerade gegenüber dem Hotel an der Via di Bocca di Leone, wo das Ehepaar zunächst abgestiegen war, suchte Beppo mit Hilfe einer Heuschrecke, die, unter etwas Gras verborgen, in einem winzigen Binsenkäfig schnarrte, die Aufmerksamkeit der Vorübergehenden zu erregen. Anthimos hatte ihm das Insekt für dreißig Centesimi abgekauft, und dann hatte er — mit den paar italienischen Brocken, die er wußte — dem Knaben begreiflich gemacht: in der Wohnung an der Via in Lucina, in die er morgigen Tages überzusiedeln gedenke, werde er binnen kurzem etlicher Ratten bedürfen. Alles kriechende, schwimmende, trippelnde und fliegende Getier mußte herhalten, um den Forschungstrieb des Gelehrten zu stillen. Anthimos arbeitete in lebendem Fleisch.

Beppo, der geborene Vermittler, hätte, wenn es nötig gewesen wäre, seinem Auftraggeber den Adler oder die Wölfin vom Kapitol in die Hände gespielt. Solches Gewerbe machte ihm Freude: es entsprach seinem angeborenen Hang zum Marodieren. Jeden Tag wurde ihm eine halbe Lira ausbezahlt, und für diese Besoldung machte er sich auch noch im Haushalt nützlich. Anfänglich zwar betrachtete Veronica ihn scheelen Auges; doch seitdem sie bemerkt hatte, daß der Knabe fromm ein Kreuz schlug, sooft er an der Nordecke des Hauses vor dem Madonnenbilde vorbeikam, verzieh sie seine Zerfetztheit und erlaubte ihm, Wasser, Kohlen, Oliven- und Rebenholz in die Küche zu tragen. Er trug sogar den Korb, wenn er Veronica auf den Markt begleitete – dienstags und freitags, das heißt an den Tagen, wo Caroline, die aus Paris mitgebrachte Bonne, wegen großer Arbeit das Haus nicht verlassen konnte.

Beppo liebte Veronica nicht. Dafür hatte er sich ganz an den Naturforscher angeschlossen, der, anstatt zur Empfangnahme der gelieferten Opfer mühselig in den Hof hinabzusteigen, alsbald den Knaben lieber ins Laboratorium hinaufkommen ließ. In dieses gelangte man unmittelbar über die Terrasse, die ihrerseits durch eine Innentreppe mit dem Hofe verbunden war. Das Herz des störrisch-einsamen Gelehrten schlug ein wenig schneller, wenn das leichte Auftappen der nackten kleinen Füße auf den Fliesen näherkam. Aber er ließ sich nichts merken: nichts durfte ihn seiner strengen Pflicht abspenstig machen.

An der Glastür angelangt, vollführte der kleine Kommissionär ein kratzend-scharrendes Geräusch. Und da Anthimos schweigend über seinen Tisch geneigt blieb, so tat er ein paar Schritte ins Zimmer hinein, und der frische Klang des Wortes *„permesso?"* schien den Raum mit Leuchten zu erfüllen. Diese Stimme hätte einem Engel gehören können: sie kam aus dem Munde eines Henkerknechtes. Welches neue Opfer brachte er in dem Sack, den er nun auf den Martertisch niederlegte? Bisweilen war Anthimos zu sehr in seine Gedanken vertieft, als daß er den Sack gleich geöffnet hätte. Dann begnügte er sich mit einem vorläufigen Blick auf die grobe Leinwandhülle, die vor ihm lag, und wenn's unter dieser nur irgendwie zuckte und raschelte, so war es schon gut. Ratten, Mäuse, Sperlinge, Frösche – alles kam diesem Moloch zustatten. Gelegentlich passierte es, daß Beppo nichts abzuliefern hatte. Dessenungeachtet trat er ein; er wußte, daß Armand-Dubois ihn erwartete, sei's mit leeren Händen. Und wenn jetzt der Knabe, neben dem Gelehrten über den Operationstisch gebeugt, mit großen Augen irgendeiner abscheulichen Tierquälerei zusah, den zergliederten Frosch voller Entsetzen, den dämonischen Operateur mit Bewunderung anstarrend, genoß Anthimos in der Anbetung dieses Kindes dann nicht vielleicht so etwas wie den eitlen Triumph einer teuflischen Allmacht?

Anthimos Armand-Dubois hatte den Ehrgeiz, die gesamte Lebenstätigkeit der Tiere, die er beobachtete (der menschliche Körper sollte erst später an die Reihe kommen), auf „Tropismen" zurückzuführen. *Tropismen!* Kaum war dieses Wort in Umlauf gesetzt worden, als man schon nichts anderes mehr hören wollte; eine ganze Schule von Psychologen ließ sich nur noch auf *Tropismen* ein. Tropismen! Welche Fülle neuen Lichtes in so wenigen Silben! Offenbar gehorchte der Organismus denselben Reizen wie die Heliotroppflanze, die ihre Blüten unbewußt der Sonne zuwendet (was sich durch ein paar simple physikalische und thermochemische Gesetze leicht erklären läßt). Nun gab es im Kosmos nichts mehr als beruhigende Güte; die überraschendsten Daseinsäußerungen schrumpften zusammen zur Ausführung von Befehlen, die der Kraftquell gegeben hatte.

Um seinen Zweck, das Geständnis solcher Einfachheit, von den abgematteten Tieren zu erreichen, hatte Anthimos Armand-Dubois ein kompliziertes System von Kästen erfunden mit Gängen, Schiebefenstern, Fallen, Labyrinthen, mit Türen verschiedener Form und Farbe, und mit Fächern, deren einige Nahrung enthielten, andere Niespulver, wieder andere gar nichts: diabolische Instrumente, die bald darauf unter dem Namen „Vexierkästen" in Deutschland Furore machten und der neuen psychophysiologischen Schule gute Dienste leisteten auf ihrem Vormarsche in die Ungläubigkeit. Und um mit präziser Sonderung einwirken zu können auf das eine oder andere Sinnesorgan des Tieres, auf den einen oder anderen Teil des Hirns, beraubte er etliche Experimentalobjekte der Seh-, etliche der Hörfähigkeit, während andere Opfer kastriert, abgehäutet, enthirnt oder um irgendein Organ vermindert wurden, das jedermann für unentbehrlich gehalten hätte, dessen aber das Tier zur Erbauung des Forschers sich entschlug.

Die von Anthimos veröffentlichte „*Darstellung der bedingten Reflexe*" revolutionierte die Universität Uppsala. An den heftigen Fehden, die ausbrachen, beteiligte sich die Elite der ausländischen Wissenschaft. Anthimos selbst indessen fühlte sich von neuen Geheimnissen angezogen; er überließ die Kollegen ihrer Zanksucht, um seinerseits auf nie betretenem Gelände weiter vorzudringen zu den tiefsten Schlupfwinkeln des Weltgeistes.

Die allgemeine Erfahrungstatsache, daß jede Tätigkeit eine Abnutzung im Gefolge habe, daß jedes Lebewesen durch Anspannung seiner Muskeln oder Sinne sich verausgabe, genügte diesem Fanatiker nicht mehr. Nach jeder organischen Verrichtung sagte er: „*Wieviel* beträgt der Kraftverbrauch?" Und wenn der erschöpfte Patient, die ausgegebene Kraft zu ersetzen, sich zu erholen suchte, so gab Anthimos ihm nicht etwa Nahrung, sondern er wog ihn. Die Hinzufügung neuer Elemente hätte ja einen Versuch wie den vorliegenden nur gestört: sechs hungernde und festgebundene Ratten kamen jeden Tag auf die Waage; zwei völlig geblendete, zwei einäugige und zwei mit intakter, aber durch zweckentsprechende Anbringung einer kleinen mechanischen Mühle dauernd irritierter Sehfähigkeit. In welchem Verhältnis zueinander standen, nach fünf Fastentagen, die Gewichtsverluste? In spitzfindig für diesen Zweck erdachten Tabellen trug Anthimos jeden Mittag neue, triumphierende Ziffern ein.

II

Das Jubelfest stand nahe bevor. Anthimos und Veronica erwarteten die Baraglionls von Tag zu Tag. Als endlich die Depesche gekommen war, die ihr Eintreffen für den Abend ankündigte, verließ (es mochte gegen zehn Uhr vormittags sein) Anthimos das Haus, um sich eine Krawatte zu kaufen.

Der gelehrte Mann ging selten aus; so selten wie möglich, da er sich nur mühsam vorwärtsbewegen konnte; Veronica besorgte gern die Einkäufe für ihn oder bestellte Schuster und Schneider ins Haus, wo Aufträge, Anproben usw. sich bequemer erledigen ließen. Auf Modernität legte Anthimos keinen Wert mehr; immerhin wünschte er seine neue Krawatte, so einfach sie sein sollte (ein bescheidener Knoten aus schwarzer Surahseide), selbst im Laden auszusuchen. Das hellbraune Atlasplastron, das er für die Reise gekauft und während des Hotelaufenthaltes getragen hatte, kroch ihm dauernd aus seiner (weit ausgeschnittenen) Weste heraus; das mattgelbe, mittels einer unförmigen alten Gemme festgesteckte Seidentuch, das es ersetzt hatte, würde seiner Schwägerin Margarita gewiß zu nachlässig erscheinen; es war eigentlich unpraktisch von ihm gewesen, die kleinen schwarzen, fertiggeknüpften Knoten, die er in Paris immer getragen hatte, aufzugeben oder nicht wenigstens einen von ihnen als Muster zu behalten. Was für Sorten würde man ihm jetzt vorlegen? Er wollte sich erst nach gewissenhafter Besichtigung etlicher Geschäfte am Corso und an der Via dei Condotti entscheiden. Eine gewundene Schleife war für einen Mann von fünfzig Jahren wohl zu auffallend; ja, sicherlich war ein ganz einfacher kleiner Knoten von mattschwarzer Seide das Passendste . . .

Zu Mittag gegessen wurde erst um ein Uhr. Gegen zwölf war Anthimos mit seiner Erwerbung wieder zu Hause, gerade rechtzeitig, um die Ratten zu wiegen.

Nicht aus Gefallsucht, sondern aus einem gewissen Ordnungssinn empfand der Naturforscher das Bedürfnis, seine neue Krawatte anzuprobieren, bevor er sich an die Tierkontrolle machte. Ein abgebrochenes, unlängst zur Hervorrufung von „Tropismen" verwandtes Stück Spiegel lag gerade bereit; er lehnte es hochkant gegen einen Käfig und betrachtete sein eigenes Konterfei.

Das noch dichte, zurückgekämmte Haar war früher fuchsrot gewesen; heute zeigte es jenen gelblich-grauen Ton, den altes, vergoldetes Silberzeug anzunehmen pflegt. Buschige Augenbrauen überwölbten einen Blick, der eisiger war als ein Winterhimmel; Backen- und Schnurrbart (jener kurzgehalten, dieser struppig herabhängend) hatten ihre falbe Ursprungsfarbe bewahrt. Anthimos fuhr sich mit dem Handrücken über die knochigen Wangen, über das breite, eckige Kinn:

„Ja, ja", brummte er, „ich muß mich dann auch noch rasieren."

Er nahm die Krawatte aus der Tüte und legte sie vor sich hin. Dann zog er die Gemmennadel aus dem gelbseidenen Tuch und nahm dieses ab. Den mächtigen Hals umschloß ein vorne ausgeschweifter, halbhoher Kragen, dessen Ecken der Gelehrte herunterzubiegen pflegte. –

An diesem Punkte meiner Erzählung muß, sosehr ich nur Wesentliches mitzuteilen wünsche, die Geschwulst erwähnt werden, mit der Anthimos Armand-Dubois leider behaftet war. Denn solange ich noch nicht perfekt bin in der Scheidung des Zufälligen vom Unvermeidlichen: was sollte ich von meiner Feder fordern, wenn nicht genauesten Bericht? In der Tat, wer möchte wagen zu behaupten, diese Geschwulst habe niemals eine Rolle gespielt in den Entschließungen dessen, was Anthimos sein *freies* Denken zu nennen beliebte? Lieber noch hätte er dem Schicksal sein Hüftleiden hingehen lassen: *diesen* Spaß verzieh er dem lieben Gott nicht.

Die Sache hatte, kurz nach seiner Eheschließung, ganz unmerklich angefangen. Es war zunächst nichts weiter gewesen als, südöstlich vom linken Ohre (wo die Haare beginnen), eine erbsengroße Quaddel ohne besondere Bedeutung; und lange Zeit hatte er das Wärzchen unter dem üppig darüber hinweggekämmten Haarschopf verbergen können. Selbst Veronica merkte nichts, bis bei einer nächtlichen Liebkosung ihre Hand plötzlich darüber hinfuhr:

„Aber was hast du denn da?" rief sie.

Und als ob das Ding, einmal ans Licht gezogen, nun keine Zurückhaltung mehr zu wahren brauche, erreichte es im Laufe weniger Monate den Umfang erst eines Rebhuhneies, dann eines Perlhuhneies und schließlich eines richtigen Hühnereies. Auf dieser Stufe verharrte es, während ringsum der Haarwuchs spärlicher wurde und es den Blicken der Welt aussetzte. Mit sechsundvierzig Jahren konnte Anthimos kaum noch darauf bedacht sein, Gefallen zu erregen: er ließ sich die Haare kurz schneiden und entschied sich für jene halbhohe Kragenform, deren Reservatbuchtung den fatalen Knubben gleichzeitig verbarg und offenbarte.

Soviel über den Auswuchs des Naturforschers. –

Er legte die Krawatte um seinen Hals. Mitten in derselben befand sich so etwas wie ein kleiner metallener Hohlweg, zum Hindurchstecken des Umbindestreifens, den ein hebelförmiges Zünglein festklemmen sollte. Ein höchst geistvoller Apparat, der aber nur auf das Eintreffen des Streifens gewartet zu haben schien, um sich von der Krawatte radikal zu trennen. Letztere fiel auf den Operationstisch. Dem verdutzten Vivisektor blieb nichts übrig, als seine Frau zu Hilfe zu rufen. Getreulich eilte Veronica herbei.

„Da, näh mir das wieder an", sagte Anthimos.

„Maschinenarbeit, schlecht gemacht", murmelte sie.

„Ja, es hält nicht."

Veronica hatte an ihrem Hauskleid, links vorn, immer zwei gebrauchsfertig „eingefädelte" Nähnadeln stecken, die eine mit weißem, die andere mit schwarzem Garn. Sie trat, des besseren Lichts wegen, an die Glastür und nahm die Reparatur in Angriff, ohne sich auch nur zu setzen. Anthimos betrachtete sie inzwischen. Sie

war eine recht stattliche Person mit energischen Zügen; nicht weniger als ihr Mann, doch im Grunde freundlich und meistens guter Laune, so daß selbst der Schnurrbartanflug ihrem Gesicht keine besondere Härte zu geben vermochte.
Sie hat ihr Gutes, dachte Anthimos, als er sie mit Nadel und Faden hantieren sah. Ich hätte eine Leichtfertige heiraten können, die mich betrogen hätte, eine Flatterhafte, die mir durchgebrannt wäre, eine Schwätzerin, die mich zu Tode geredet, eine Gans, die mich rasend gemacht hätte, oder eine Nörglerin wie meine liebe Frau Schwägerin ...
Und als Veronica nach erledigter Arbeit wieder ging, klang das „Danke!" des Gelehrten ungewöhnlich milde.
Die neue Krawatte am Halse, ist Anthimos jetzt ganz mit seinen Waagschalen beschäftigt. Kein Laut ertönt mehr, weder draußen noch in seinem Herzen. Die blinden Ratten sind schon gewogen. Was ist da zu sagen? Die einäugigen wiegen genausoviel wie gestern. Jetzt kommt das unversehrte Paar an die Reihe. Plötzlich fährt der Experimentator mit einem solchen Ruck in die Höhe, daß die Krücke polternd zu Boden fällt. O Schmach und Schande: die unversehrten Ratten ... er wiegt sie nochmals; aber nein, da ist kein Irrtum möglich: die unversehrten Ratten haben seit gestern *zugenommen!* Ein Licht durchzuckt sein Hirn:
„Veronica!"
Ächzend hebt er die Krücke auf und hinkt zur Tür, so rasch er kann:
„Veronica!"
Willfährig kommt sie wieder angelaufen. Darauf er, an der Türschwelle, mit feierlicher Strenge: „Wer hat sich unterstanden, meine Ratten anzurühren?"
Keine Antwort. Und der Gelehrte, jedes Wort eindringlich skandierend, als spräche er zu einer Begriffsstutzigen:
„Während ich weg war, hat jemand ihnen zu fressen gegeben. Waren Sie das?"
Da findet Veronica wieder etwas Mut und sieht ihrem Gemahl beinahe trotzig ins Gesicht:
„Du läßt sie ja Hungers sterben, die armen Tierchen! Ich hab' dein Experiment nicht gestört, ich hab' ihnen nur ..."
Doch er packte sie am Arm und, humpelnd, schleppt er sie an seinen Arbeitstisch. Auf die Gewichtstabellen deutend:

„Sie sehen diese Blätter, Madame, denen seit zwei Wochen alle Beobachtungen über meine Versuchsobjekte anvertraut worden sind. Eben diese Ergebnisse sind es, die, durch den Mund meines Kollegen Potier, in der Maisitzung der Akademie der Wissenschaften zum Vortrag kommen sollen. Heute schreiben wir den fünfzehnten April – und was soll ich nun heutigen Datums, im Verlauf dieser Zahlenreihen, in die Tabellen eintragen? Bitte, sagen Sie mir's. Madame: Was soll ich eintragen? ..."

Und da sie kein Wort erwidert, fährt er fort, mit dem gestreckten Zeigefinger wie mit einem Dolch auf dem freien Raum des Papiers hin und her kratzend:

„Soll ich hier hinschreiben: ‚Am heutigen Tage beging Madame Armand-Dubois, die Gattin des Forschers, der Stimme ihres überzeugten Herzens folgend, die ...' – welchen Ausdruck würden Sie vorziehen? – ‚die Ungeschicklichkeit? die Unklugheit? die Dummheit?' ..."

„Schreiben Sie lieber ... ‚empfand die Gattin des Forschers Mitleid mit den bedauernswerten Opfern einer absurden Wißbegier' ..."

Er richtet sich würdevoll empor:

„Wenn Sie die Sache so auffassen, Madame, so werden Sie es erklärlich finden, daß ich Sie bitten muß, fürderhin den Zugang zu Ihrer kleinen Plantage über die Hoftreppe nehmen zu wollen."

„Meinen Sie etwa, ich hätte Ihre wissenschaftliche Rumpelkammer jemals um des Vergnügens willen betreten?"

„Um so leichter wird es Ihnen werden, sie in Zukunft ganz zu vermeiden."

Und das gesprochene Wort um die Beredsamkeit der Geste verstärkend, nimmt er die Tabelle und reißt sie – ritsch, ratsch – in kleine Stücke. –

Seit zwei Wochen, hat er gesagt, in Wirklichkeit hungern seine Ratten erst seit vier Tagen. Und die Gereiztheit des Physiologen scheint infolge dieser Übertreibung verflogen zu sein, so daß er mit schon entwölkter Stirn zum Mittagessen erscheinen kann. Ja, er treibt den Gleichmut so weit, der erstaunten Veronica einen Händedruck biederer Versöhnung darzubieten. Denn mehr noch als sein Weib möchte er, Anthimos, alles vermieden wissen, was den frommen Baragliouls das Schauspiel einer Uneinigkeit geben

könnte, für die sie natürlich, naiverweise, den Unglauben des Freimaurers verantwortlich machen würden.
Gegen fünf Uhr vertauscht Veronica ihr Hausgewand gegen ein schwarzes Tuchkleid, um Julius und Margarita, die Punkt sechs in Rom eintreffen sollen, vom Bahnhof abzuholen. Anthimos will sich inzwischen rasieren; anstatt des gelben Seidentuchs trägt er die neue schwarze Krawatte: das muß genügen; große Umständlichkeit ist nicht seine Sache, und so gedenkt er vor der Schwägerin weder seinen Alpakarock zu verleugnen, noch die blauweiß gemusterte Weste, noch die Zwillichhosen und die bequemen Lederpantoffeln (ohne Absätze), die er, durch sein körperliches Leiden entschuldigt, auch auf der Straße zu tragen pflegt.
Er sucht die zerrissenen Papiere vom Boden auf, fügt die einzelnen Stücke sorglich wieder zusammen und überträgt das ganze Zahlenmaterial auf neue Blätter. Solcher Beschäftigung hingegeben, erwartet er die Baragliouls.

III

Die Familie Baraglioul (das *gl* wird, nach italienischer Art, weich, „mouilliert" ausgesprochen wie beim Herzog von *Broglie* oder in dem Worte *miglionnaire*) stammt aus Parma. Ein Baraglioli (Alessandro) war es, den im Jahre 1514 Filippa Visconti sich zum zweiten Gemahl erkor, kurze Zeit nach der Vereinigung des Herzogtums mit dem Kirchenstaate. Ein anderer Baraglioli (gleichfalls Alessandro benannt) vollbrachte in der Schlacht bei Lepanto (1571) Wunder der Tapferkeit und endete im Jahre 1580 durch geheimnisvollen, auch späterhin niemals völlig aufgeklärten Meuchelmord. Es wäre leicht, aber wohl auch etwas zu weitschweifig, das Schicksal der Familie zu verfolgen bis ins Jahr 1807, das heißt dem Zeitpunkt, wo Parma mit Frankreich vereinigt wurde und wo Robert de Baraglioul, der Großvater unseres Julius, sich in der südfranzösischen Stadt Pau niederließ. Im Jahre 1828 empfing er von Karl dem Zehnten die Würde eines Grafen, ein Titel, den bald darauf Justus-Agenor, sein dritter Sohn (die beiden ersten waren früh gestorben), im diplomatischen Außendienst um den Nimbus einer ungewöhnlichen Intelligenz bereichern sollte.

Justus-Agenors zweiter Sohn, Julius, der seit seiner Eheschließung ein musterhaft geregeltes Leben führte, hatte in seiner Jugend ein paar Liebeleien gehabt, die sein Herz niemals standeswidrig hatten schlagen lassen. Eine angeborene Vornehmheit und jene moralische Eleganz, die sich in allen seinen Schriften widerspiegelte, hatte den Gelüsten, denen die Neugier des Literaten vielleicht gern einmal gefolgt wäre, stets im rechten Augenblick Halt zu gebieten gewußt. Ohne Ungestüm, doch immerhin (und *das* hätten etliche aristokratische Schönheiten bezeugen können) nicht ohne Wärme floß ihm das Blut durch die Adern ... Letzteres wäre hier unerwähnt geblieben, wenn nicht seine frühen Romane es klar genug zu verstehen gegeben hätten. Ja, den großen mondänen Erfolg, den sie errangen, verdankten diese Werke teilweise solchen Andeutungen. Auf ein Publikum von hoher Geistigkeit berechnet, fanden sie ihre erste Veröffentlichung in so erlesenen Zeitschriften wie dem *Correspondant* und der *Revue des Deux-Mondes*. Wirklich, alles schien sich zu vereinigen, um diesen Romancier schon in jungen Jahren und wie ohne eigenes Zutun den Pforten der Akademie näherzuführen. Seine edle Haltung, die bedeutende Salbung seines Blickes, die marmorblasse Stirn, auf der die tiefsten Gedanken wetterleuchteten —: konnte es einen würdigeren Kandidaten geben für die Gemeinschaft der Unsterblichen?

Anthimos Armand-Dubois seinerseits hatte für alles, was Rang, Geldgewinn und äußere Stellung betraf, stets nur Verachtung übrig gehabt, und seine wegwerfenden Äußerungen hatten Julius oft gekränkt. Immerhin schätzte der Naturforscher an dem distinguiert-frommen Schwager eine gewisse Gutmütigkeit sowie einen gänzlichen Mangel an Disputierfähigkeit, der seinem freidenkerischen Rationalismus meist die überlegene Rolle ließ.

Gegen halb sieben Uhr abends hörte Anthimos, wie der Wagen, der ihm seine Gäste zuführt, vorm Hause haltmacht. Er geht den Erwarteten auf dem Treppenflur entgegen und sieht Julius als ersten die Stufen heraufkommen. In seinem steifen, halbhohen Hut (ähnlich der Form eines niedrigen Zylinders) und seinem streng-geschlossenen Überzieher mit den Seidenaufschlägen scheint der Romancier mehr im Besuchs- als im Reiseanzug zu stecken. Nur der schottische Schal, den er überm linken Arm trägt, deutet auf eine Eisenbahnfahrt, deren Länge ihn offenbar kaum ermüdet hat. Margarita Baraglioul, am Arme ihrer Schwester, kommt hinterdrein. Sie ihrerseits, mit verrutschter Kapotte und zerdrückter Frisur, macht einen mitgenommenen Eindruck: sie strauchelt auf den Stufen und hält ihr Taschentuch krampfhaft gegen das eine Auge gepreßt ...

Als Anthimos sie endlich begrüßen kann:

„Margarita hat Ruß ins Auge gekriegt", meldet ihm Veronica leise und teilnahmsvoll.

Juliette, das graziöse, neunjährige Töchterchen, und die den Zug beschließende Bonne wahren ein betroffenes Schweigen.

Bei Margaritas Veranlagung darf man das Malheur nicht auf die leichte Achsel nehmen: Anthimos schlägt vor, einen Augenarzt kommen zu lassen. Doch Margarita kennt den Ruf der italienischen Medikaster und will sich ‚um Himmels willen nicht' solchen Händen anvertrauen. Mit ersterbender Stimme haucht sie:

„Kaltes Wasser! Nur ein wenig kaltes Wasser! Oh! . . ."

„Meine liebe Schwägerin", erwidert Anthimos, „kaltes Wasser könnte Sie in der Tat für einen Moment erleichtern, indem es den Blutandrang zum Auge mindert; aber es vermöchte das Übel nicht endgültig zu beheben."

Und, zu Julius gewendet:

„Haben Sie erkannt, worum es sich handelt?"

„Nicht genau. Jedesmal, wenn der Zug hielt und ich mich zur Untersuchung anschickte, verlor Margarita die Nerven . . ."

„Aber sag doch das nicht, Julius! Du bist nur so furchtbar ungeschickt gewesen! Um mir das Lid hochzuziehen, hast du mir zunächst sämtliche Wimperhaare einwärts gestülpt . . ."

„Soll *ich* es nicht einmal versuchen?" fragt Anthimos, „vielleicht wird es mir eher gelingen."

Ein Gepäckträger trug die Koffer herauf. Caroline kam mit der brennenden Küchenlampe.

„Aber, mein Freund, du wirst diese Prozedur doch nicht hier auf dem Stiegenabsatz vornehmen wollen!" bemerkte Veronica und geht den Baragliouls voran in das ihnen vorbereitete Gemach. –

Die Wohnung des Ehepaars Armand-Dubois lag rings um einen Innenhof, der den Fenstern des sich vom Vestibül bis zur „Orangerie" hinziehenden Korridors ihr Licht gab. Auf diesen Korridor gingen: das Eßzimmer, dann der Salon (ein übergroßer, schlecht möblierter, jetzt unbenutzter Eckraum); des weiteren zwei Zimmer, deren erstes für das Ehepaar Baraglioul hergerichtet war, während in dem anderen, kleineren, Juliette schlafen sollte; und endlich das Schlafzimmer von Anthimos und Veronica selbst. Alle diese Räume waren auch durch Innentüren miteinander verbunden. Die Küche sowie zwei Mädchenkammern lagen an der anderen Seite des Treppenflurs ...

„Ich bitte euch, steht doch nicht alle so um mich herum!" seufzt Madame Baraglioul; „du, Julius, solltest dich lieber um unser Gepäck bekümmern!"

Veronica hat ihre Schwester in einen Sessel genötigt und hält die Lampe, während Anthimos sich zur Untersuchung bereitmacht.

„Es ist wirklich entzündet. Wenn Sie Ihren Hut etwas abnehmen wollten?"

Doch Margarita fürchtet wohl, ihre ramponierte Frisur könnte gewisse erborgte Elemente zum Vorschein bringen: sie erklärt, sie werde ihn erst später abnehmen; ein Kapotthut mit Bändern sei kein Hindernis, um den Kopf hintenüber an die Rückseite des Fauteuils zu lehnen.

„Ich soll also den Splitter aus Ihrem Auge herausholen, ohne daß Sie den Balken, der vor dem meinigen schwebt, zu entfernen geruhen?" scherzt Anthimos mit etwas täppischem Hohn; „das scheint mir doch keineswegs übereinzustimmen mit den Geboten christlicher Nächstenliebe!"

„Oh, erschweren Sie mir's, bitte, nicht gar zu sehr, Ihre Hilfeleistung zu erdulden, lieber Schwager!"

„Ich sage ja schon kein Wort mehr ... Mit dem Zipfel eines reinen Taschentuchs ... Ich seh' schon, was es ist ... Aber haben Sie doch keine Angst, zum Teufel! Wenden Sie den Blick nach oben! ... Da ist es."

Und Anthimos fischt mit seiner Taschentuchkante ein kaum wahrnehmbares Kohlenstäubchen aus dem Auge der Schwägerin heraus.

„Danke, danke! ... Lassen Sie mich jetzt allein; ich hab' eine abscheuliche Migräne."

Während Margarita ruht, macht sich Julius mit der Bonne an das Auspacken der Koffer. Veronica beaufsichtigt die Vorbereitungen zum Abendessen, und Anthimos unterhält sich in seinem Zimmer mit Juliette. Als er seine Nichte das letzte Mal gesehen hatte, war sie noch ganz klein, und jetzt erkennt er dieses große, schon bewußt-naiv lächelnde Mädchen kaum wieder. Nach kurzem Geplauder über allerlei Dinge, die ein Kind interessieren könnten, heftet sich des Gelehrten Blick auf ein dünnes Silberkettchen, das um den Hals des (nahe vor ihm stehenden) Mädchens hängt und an dessen unterem, vom Kleide verborgenem Ende der Freimaurer religiöse Medaillen zu wittern glaubt. Mit indiskretem Schnippen seines dicken Zeigefingers fördert er die frommen Münzen aus dem Halsausschnitt zutage und sagt, sein böses Mißbehagen unter der Maske des Erstaunens verhehlend:

„Was sind das nur für merkwürdige Dinger?"

Juliette begreift ohne weiteres, daß diese Frage nicht ehrlich gemeint ist. Doch weshalb sollte sie zeigen, daß sie sich verletzt fühlt?

„Aber, lieber Onkel, haben Sie denn noch nie Medaillen gesehen?"

„In der Tat: nein, mein Kind!" lügt er. „Hübsch sind die aber gar nicht! Da erfüllen sie wohl irgendeinen besonderen Zweck?"

Und weil unbefangene Frömmigkeit sich mit harmlosen Schelmereien gar wohl verträgt, deutet Juliette mit dem Finger auf eine gegen den Kaminspiegel gelehnte Photographie, die den Ernst ihrer eigenen Kinderaugen darstellt:

„Onkel, Sie haben da das Bild eines kleinen Mädchens stehen, das auch gar nicht hübsch ist: welch besonderen Zweck mag also dies Porträt wohl erfüllen!?"

Die Überraschung, bei einem „klerikalen" Schulkinde so viel schalkhafte Geistesgegenwart und gesunden Menschenverstand zu finden, entwaffnet momentan den medaillenfeindlichen Onkel. Mit einer neunjährigen Nichte kann man sich doch nicht gut in metaphysische Diskussionen einlassen! Anthimos lächelt. Die Kleine, des gewonnenen Vorteils rasch bewußt, weist auf die einzelnen Stücke ihres leise klirrenden Gehänges:

„Dies ist eine Denkmünze der heiligen Julia, meiner Namenspatronin; und diese ist vom Heiligen Herzen der . . ."

„Vom lieben Gott hast du keine?" fällt Anthimos ihr ungereimterweise ins Wort.

Das Kind antwortet im natürlichsten Tone:

„Nein; vom lieben Gott gibt es keine . . . Aber diese Medaille hier ist die schönste, die ich habe: von der Mutter Gottes von Lourdes.

Tante Arnica hat sie mir selbst aus Lourdes mitgebracht; und ich habe sie mir gerade an dem Tage um den Hals gehängt, wo die Eltern mich der Heiligen Jungfrau dargebracht haben."
Das ist zuviel für den Freidenker. Ohne sich auch nur einen Augenblick die unsagbare Anmut des von Juliette heraufbeschworenen Bildes zu vergegenwärtigen: den lieblichen Kinderzug, der blau und weiß durch den Maientag wandelt, gibt er einem schlimmen Hange zur Lästerung nach:
„Sie hat also nichts von dir wissen wollen, die Heilige Jungfrau, da wir dich ja noch bei uns auf Erden haben?"
Juliette antwortet nichts. Fühlt sie in ihrem jungen Herzen, daß gewisse Ungehörigkeiten keine Antwort verdienen? Und nicht sie ist es, die nach dieser abgeschmackten Frage errötet, sondern der Freimaurer selbst –: eine leichte Verlegenheit befällt ihn, eine flüchtige Scham über die eigene Indezenz ... Um besser darüber hinwegzukommen, drückt er auf des Kindes reine Stirn einen fast scheuen Kuß der Versöhnung.
„Warum stellen Sie sich so böse, Onkel Anthimos?" Die Kleine hat es instinktiv erkannt: in der Brust des gottlosen Forschers schlägt ein empfindsames Herz.
Doch warum nur dieses hartnäckige Widerstreben? –
In diesem Augenblick öffnet Adele die Tür:
Offenbar ängstigt sich Margarita Baraglioul vor dem Einfluß ihres Schwagers und will ihr Töchterchen nur ungern mit ihm allein lassen ... Solche Hypothese unterfängt er sich denn auch ihr zuzuzischeln, eine Viertelstunde später, als die Familie sich zu Tisch begibt. Margarita aber richtet einen noch leicht entzündeten Blick auf ihn:
„Angst vor Ihnen?! ... Mein armer Freund, Juliette hätte ein Dutzend Freigeister Ihrer Sorte zu Säulenheiligen gemacht, bevor Eure Spöttereien diese Seele auch nur zu ritzen vermocht hätten. Nein, nein, dafür sind wir unseres Glaubens denn doch zu sicher! ... Immerhin sollten Sie bedenken, daß Sie ein Kind vor sich haben ... Denn obwohl in unserer verderbten Zeit, in unserem so schändlich regierten Lande schon ein Kind auf gotteslästerliche Worte gefaßt sein muß, so ist es doch traurig, wenn ihm das erste Ärgernis seitens eines nahen Verwandten geboten wird, eines Oheims, der ihm, wenn es nach unseren Wünschen ginge, stets eine Respektsperson bleiben müßte."

IV

Haben diese klugen und maßvollen Worte den Zorn des Gelehrten besänftigt?

Während der ersten beiden Gänge (übrigens bestand das gute, doch einfache Mahl aus nur drei Gerichten) mochte es so scheinen. Gemächlich unterhielt man sich über Dinge, in denen keinerlei Zündstoff enthalten sein konnte. Man streifte zunächst – im Hinblick auf Margaritas Kohlensplittermalheur – den heutigen Stand der Augenheilkunde (über Anthimos' inzwischen noch gewachsenen Knollen sahen die Baragliouls höflich hinweg), um sich sodann der Eigenart der italienischen Küche zuzuwenden, ein Thema, das zu wiederholten Komplimenten an die Kochkünstlerin Veronica ungezwungenen Anlaß bot. Darauf erkundigte sich der Hausherr nach den Fleurissoire in Pau, denen Julius und Margarita neulich einen Besuch abgestattet hatten, sowie nach der Gräfin Valentine de Saint-Prix, Julius' Schwester, die unweit der genannten Stadt auf dem Lande lebte, und endlich nach der trefflichen Geneviève, Baragliouls älterer Tochter, die ihre Eltern nur deshalb nicht in die Ewige Stadt begleitet hatte, weil sie von ihrem aufopfernden, allvormittäglichen Liebesdienst im Kinderkrankenhaus an der Rue de Sèvres niemals Urlaub nehmen mochte. Im weiteren brachte Julius das Gespräch auf die wichtige Frage der „Enteignung" von Anthimos' ägyptischem Terrainbesitz. Es handelte sich da um ein Grundstück, das Anthimos in jungen Jahren gelegentlich einer Reise ins Pharaonenland erworben hatte. Leider war es recht ungünstig gelegen und hatte bis jetzt keinen großen Wert erlangt. Doch seit kurzem ging die Rede, daß die neue Eisenbahnlinie Kairo–Heliopolis durch dieses Gelände hindurchgelegt werden solle – ein Glückszufall, der Wertsteigerung und günstige ‚Realisierung' mit sich brächte und somit den durch waghalsige Spekulationen geschwächten Finanzen des Naturforschers höchlichst zustatten käme. Immerhin gab Julius, der vor seiner Abreise mit einem der Trassierungsexperten gesprochen hatte, seinem Schwager den Rat, keine allzu goldenen Berge zu erhoffen; die Enttäuschung könnte um so schmerzlicher sein. Was aber Anthimos verschwieg, war: daß die Sache sich in den Händen der Freimaurerloge befand, die ihre Angehörigen nie verläßt.

Dann kam man auf die Chancen zu sprechen, die Julius bei seiner Kandidatur zur Akademie habe. Lächelnd ermaß Anthimos des Schwagers Aussichten, an deren Ernst er nicht recht zu glauben schien. Und Julius selbst trug eine ruhige, scheinbar entsagungsvolle Gleichgültigkeit zur Schau: wozu hätte er auch erzählen sollen, daß die Gräfin Guy de Saint-Prix, seine Schwester, den Kardinal André am Bändel hielt, und mit ihm die fünfzehn Unsterblichen, die stets dasselbe Votum abgaben wie er?! Anthimos verstieg sich zu ein paar verbindlichen Worten über Baragliouls jüngsten Roman: „*Höhenluft*". In Wahrheit hatte er dieses Buch erbärmlich gefunden; und Julius, der sich darüber keiner Täuschung hingeben konnte, erwiderte (um die eigene Empfindlichkeit aus dem Spiel zu bringen):

„Ich dachte mir wohl, daß ein solches Werk Ihnen nicht gefallen würde."

Anthimos, trotz einigen Willens zur Nachsicht, fühlte sich durch diese Anspielung auf seine Denkweise verletzt; er beteuerte, daß letztere sein Urteil über Kunstwerke im allgemeinen, und speziell über die Bücher seines Schwagers, in keiner Weise beeinflusse. Julius lächelte mit diplomatischer Verträglichkeit, und um den Gegenstand zu wechseln, erkundigte er sich nach des Schwagers Hüftleiden, das er aus Versehen seine „Lendengicht" nannte. Ach, weshalb fragte er nicht lieber nach den wissenschaftlichen Experimenten?! Das wäre ein sympathisches Gesprächsthema gewesen ... Aber nach Anthimos' „Lendengicht"! Warum dann nicht auch gleich nach seiner Geschwulst! ... Wissenschaftliche Experimente – die paßten dem frommen Unsterblichkeitsaspiranten offenbar so wenig in den Kram, daß er sie am liebsten ganz ignorierte! ... Anthimos, schon recht erhitzt und gerade aufs neue von der „Lendengicht" gemartert, grinste und antwortete feindselig:

„Ob es mir besser geht? ... Hi, hi! Sie wären keineswegs froh darüber!"

Erstaunt bat Julius den Schwager, ihm zu verraten, weshalb er ihm so unchristliche Empfindungen zutraue.

„Alle Wetter, ist das nicht klar genug!? ... Wenn einer von eurer Sippe krank wird, dann schickt ihr Gottgefälligen, genauso wie andere Erdenwürmer, zum Medizinmann. Ist aber euer Patient glücklich wieder auf die Beine gebracht, dann soll es plötzlich nicht mehr die medizinische Wissenschaft gewesen sein, die die Auferstehung vollbracht hat, sondern einzig die Kraft der Gebete, die ihr inzwischen überreichlich an die himmlische Adresse gerichtet habt! ... Falls ein Ungläubiger meines Schlages es sich einfallen ließe, gesund zu werden, so fändet ihr Betbrüder das ebenso befremdend wie ungehörig!"

„Da wollen Sie also lieber krank bleiben, als für sich beten lassen und selber beten?" fragte Margarita durchdringenden Tones.

Wohinein mischte sie sich: sie, die bei Gesprächen allgemeiner Art meistens so schweigsam blieb und die Zurückgesetzte spielte, sowie Julius nur den Mund auftat?! Unter Männern ging hier die Fehde – da gab es keine Schonung! Mit bedrohlicher Schärfe wandte sich Anthimos an sie:

„Meine reizende Dame, vernehmen Sie folgendes. Wenn die Genesung *da* parat läge, *da*, verstehen Sie wohl" – und er deutete schroff auf das Salzfaß – „da, in meiner unmittelbaren Nähe, und ich müßte, um ihrer teilhaftig zu werden, den Herrn Prinzipal (so nannte sein böser Witz den Schöpfer) um seine Intervention anflehen, müßte ihn bitten, mir zuliebe die Naturgesetze umzustoßen, das ehrwürdig-natürliche Walten von Ursache und Wirkung aufzuheben –: wahrhaftig, dann pfiffe ich auf sie, auf die mir gnädigerweise bewilligte Genesung! Und ich spräche zu ihm, dem Herrn Prinzipal: ‚Bleiben Sie mir vom Halse mit Ihrer Wundertätigkeit; ich habe keine Verwendung dafür!'"

Er skandierte die Worte und Silben. Seine Stimme schrillte im Zorn. Er war grausig anzusehen.

„Sie nähmen das Gnadengeschenk der Heilung nicht an? ... Weshalb nicht?" fragte Julius ruhig.

„Weil das mich zwänge, an den zu glauben, der nicht existiert."

Bei diesen Worten schlug er mit der Faust auf den Tisch.

Indessen wechselten Margarita und Veronica sehr beunruhigt einen raschen Blick und sahen dann beide auf Juliette.

„Ich glaube, es ist Zeit für dich, zu Bett zu gehen, mein Kind", sagte die Mutter. „Mach schnell; wir kommen gleich und geben dir einen Gutenachtkuß."

Das Mädchen, ganz verstört ob des Onkels krasser Rede und Teufelsmiene, enteilte.

„Wenn ich genese, so will ich das niemand zu verdanken haben als mir selbst! Und damit basta."

„Na, und der Arzt?“ riskierte Margarita.
„Den bezahle ich, und damit sind wir quitt.“
Aber Julius sagte in seinem feierlichen Baß:
„Während Dankbarkeit gegen Gott etwas Verpflichtendes hätte . . .“
„So ist es, lieber Schwager. Und das ist der Grund, weshalb ich nicht bete.“
„Andere haben für dich gebetet, mein Freund.“
Aus Veronicas Mund kamen diese Worte. Sie hatte bisher völlig geschwiegen. Beim Klange dieser sanften, allzu vertrauten Stimme zuckte Anthimos auf, nun jeder Rücksicht bar. Widerspruchsvolles Zeug verhaspelte sich auf seinen Lippen. Zunächst habe man gar nicht das Recht, für jemand zu beten, der nichts davon wisse und es überdies aufs schärfste ablehne; derlei Eigenmächtigkeit grenze an Verrat. Und sie habe ja nicht das geringste erreicht —! Ausgezeichnet! das werde ihr den Wert des ganzen Gemurmels zum Bewußtsein bringen! Oh, sie könne stolz sein auf ihre erfolgreichen Litaneien! . . . Oder sollte sie am Ende vielleicht noch zu wenig gebetet haben!?
„Machen Sie sich keine Sorgen: ich bete weiter!“ erwiderte Veronica mit der gleichen Sanftmut wie zuvor. Und mit lächelnder Miene (als vermöge der grimme Sturm ihr nichts anzuhaben) erzählte sie ihrer Schwester: jeden Abend, den Gott werden lasse, entzünde sie in Anthimos' Namen zwei Kerzen vor der an des Hauses Nordecke befindlichen Kreuzweg-Madonna (eben jener, die von Beppo stets so gewissenhafte Reverenz empfing). Der Knabe hatte sich ganz in der Nähe einen Mauerwinkel zum Versteck erkoren, und dort fand ihn Veronica immer zur gleichen Stunde. Sie selbst hätte nicht bis an die normaler Griffweite absichtlich entzogene Madonnennische hinaufreichen können; Beppo jedoch (jetzt ein schlanker, fünfzehnjähriger Jüngling) zog sich an einem Metallring hoch, klomm gewandt empor und stellte die brennenden Kerzen vor der Himmelskönigin auf . . . Und das Gespräch verließ unmerklich den Gottesleugner, schloß sich über ihn und berührte jene herzbewegende Pietät des Volkes, derzufolge gerade die unscheinbarsten Marien- und Heiligenbilder auch immer die geliebtesten sind . . . Anthimos fühlte sich vor den Kopf geschlagen. Wie? Es genügte also nicht, daß Veronica selbigen Vormittag heimlich seine Ratten gefüttert hatte!? Jetzt brachte

sie auch noch brennende Kerzen dar! für ihn, den Freigeist! sie, seine angetraute Lebensgefährtin! und zog überdies Beppo in den lächerlichen Hokuspokus hinein!? ... Oh, das sollte nicht so weitergehen! ...

Das Blut stieg dem Atheisten ins Hirn. Er glaubte ersticken zu müssen. In seinen Schläfen hämmerten Feuerglocken. Mit krampfhafter Anstrengung riß er sich hoch und warf dabei den Stuhl um, goß ein Glas Wasser über seine Serviette und befeuchtete sich die glühende Stirn ... Drohte ihm Unwohlsein? Veronica eilte zu Hilfe. Brutal stieß er sie weg und stolperte in wüster Hast aus dem Zimmer. Krachend fiel die Tür ins Schloß. Und schon verhallte auf dem Korridor in dumpfem Krückentakt der wütende Humpelgang des Naturforschers.

Dieser brüske Aufbruch ließ eine kummervoll-baffe Tischgenossenschaft zurück. Eine Minute lang wurde kein Wort gesprochen.

„Meine arme Freundin!“ brachte Margarita endlich hervor.

Doch bei dieser Gelegenheit erwies sich aufs neue der tiefe Wesensunterschied der beiden Schwestern. Margaritas Seele bestand aus jenem hehren Stoff, aus dem Gott seine Märtyrer formt. Sie wußte es und hielt sich zum Leiden parat. Schade nur, daß das Leben gar keine Opfer von ihr zu verlangen schien und daß eine überströmende Schmerzbereitschaft an minimalen Kränkungen ihr Genüge finden mußte. Voller Duldensglut stürzte sie auf jeden Anlaß, aus dem sich eine seelische Schramme herausschlagen ließ; mit hoher Freude beulte sie sich an allen auftreibbaren Ecken und Kanten; in sicherem Regieinstinkt bereitete sie Situationen vor, wo eine Verletzung ihres innersten Gefühls unausweichlich schien —: nichts half; sondern Julius zeigte sich nur noch beflissener, seines Weibes martyrische Disponibilität brachliegen zu lassen. Was Wunder, daß sie sich bei ihm stets unverstanden und schlechter Laune fühlte!? Mit einem Gemahl wie Anthimos: oh, welche Laufbahn wäre ihr da beschieden gewesen! Es ärgerte sie, mit ansehen zu müssen, daß ihre Schwester die Gunst des Schicksals so wenig zu nutzen verstand ... In der Tat, Veronica hatte sich ein bequemes Gefeitsein zurechtgelegt: an ihrem salbungsvollen Lächeln glitt alles ab, Spott und Sarkasmus — und offenbar empfand sie den Mangel eines gleichgesinnten Partners kaum noch als quälend; denn im Grunde sei Anthimos (so pflegte sie darzulegen) doch nicht bösartig zu ihr, und schließlich dürfe ein

Mann wie er sagen, was ihm zu sagen beliebe! Wenn er bisweilen heftig loslege – setzte sie ihre Argumentation fort –, so, weil er an körperlicher Bewegung gehindert sei; die Besinnung würde weniger „mit ihm durchgehen", falls er nur flinker zu Fuß wäre; und da Julius fragte, wohin er wohl gegangen sein möge, antwortete sie: „In sein Laboratorium!" Und der Schwester, die meinte, man solle doch lieber nach ihm sehen (denn solcher Wutanfall wirke sicherlich zermürbend), versicherte sie, es sei das beste, ihn sich ganz selbst zu überlassen und dem Zwischenfall keine übertriebene Bedeutung beizulegen.
„Essen wir nur ruhig zu Ende", schloß die Freidenkersgattin.

V

Nein, nicht im Laboratorium hatte Onkel Anthimos seinen schlimmen Widerwillen verstaut.
Er hatte diese Werkstatt (in der die sechs Ratten dem erlösenden Tode nahe waren) nur keuchend durchquert. Warum machte er nicht auf der Terrasse halt, die in goldener Abendsonne lag? Vielleicht hätte das seraphischmilde Leuchten den rebellischen Geist gesänftigt . . . Doch nein, er wollte keine Linderung. Über die unbequeme Wendeltreppe erreichte er den Hof und durchmaß ihn, so rasch er konnte. Wie tragisch berührt uns diese kranke Hast; uns, die wir wissen, welche Mühe ihm jeder Schritt macht und welchen Schmerz jede Mühe! Wann werden wir solch fanatischen Eifer dem Dienste des *Guten* zugewandt sehen? Bisweilen entfuhr ein Seufzer seinen gepreßten Lippen, und seine Züge verzerrten sich. Wohin sollte dieser ruchlose Kampf ihn führen?
Die Madonna, die aus offenen Händen den gnadenreichen Abglanz himmlischen Lichtes strömen ließ, die über das Haus wachte und vielleicht selbst für den Lästerer Fürbitte tat – sie war nicht eine jener modernen Statuetten, wie sie heutzutage aus Blafaphas' „Römisch-Plastischem Karton" die Kunstfirma Fleurissoire-Lévichon herstellt. Ihre schlichte Würde, naiver Auffassung entsprungen, läßt sie uns nur noch schöner und rührender erscheinen. Von einem Nische und Votivbilder schützend überragenden Zinkdächlein hing, in Front der Madonna, doch ziemlich weit von ihr abgerückt, eine Laterne herab und warf ihren

Schein auf das blasse Antlitz, die Strahlenhände und den blauen Mantel der Gottesmutter. Eine kleine Metalltür, in Griffhöhe angebracht (den Schlüssel hatte der Küster), verwahrte den Rollmechanismus, mittels dessen die Laterne auf- und niedergewunden wurde. Außerdem brannten zwei Kerzen Tag und Nacht vor der Statue: Veronicas fromme Opferflämmlein. Beim Anblick dieser seinem Seelenheil zugedachten eigenen Lichter fühlte der Freimaurer seinen Ingrimm neu erwachen. Schon war Beppo aus seinem Mauerloch hervorgekrochen (wo er soeben zu Abend gegessen hatte: Brotkruste mit Fenchelstengeln). Ohne seinen artigen Gruß zu erwidern, packte Anthimos den Knaben an der Schulter, und sich zu ihm niederbeugend, flüsterte er ihm etwas zu: ein paar Worte, die den jungen Marodeur erzittern ließen. – „Nein, nein!" protestierte der Kleine. Anthimos zog einen Fünf-Lire-Schein aus der Westentasche; empört wies Beppo ihn von sich ... Er (den die Not des Lebens vielleicht zum Dieb, ja zum Mörder machen, dem sie keine Schmach ersparen würde) – *er* sollte seine Hand erheben gegen die Heilige Jungfrau, die ihn beschützte, gegen Maria, der jeden Abend sein letzter Gedanke, jeden Morgen sein erstes Lächeln galt!? ... Anthimos mochte es mit schmeichelnden oder groben Worten versuchen, mit Bestechung oder Drohung: der Knabe blieb unerschütterlich.

Übrigens richtete sich (um den Fall in naturgetreuer Präzision darzustellen) der Zorn des Gelehrten nicht eigentlich gegen die Madonna selbst, sondern vielmehr gegen Veronicas dünkelhafte Kerzen. Doch wie hätte Beppos Einfalt solcher Nuancierung zugänglich sein können!? Überdies waren diese Kerzen geweiht und dargebracht, und somit hatte niemand das Recht, sie auszublasen ...

Anthimos, durch so zähen Widerstand erbittert, stieß den Knaben beiseite. Er mußte also ohne fremde Hilfe handeln! Sich gegen das Mauerwerk stützend, ergriff er seine Krücke am unteren Ende, schwang sie wuchtig nach hinten und schleuderte sie dann aus Leibeskräften himmelwärts. Das Holz krachte gegen die Nischenwand und schien, wieder zur Erde fallend, irgend etwas Abgebrochenes, Gipsig-Weggesplittertes mitzureißen ... Anthimos hob seine Krücke vom Boden auf und trat einen Schritt zurück, um die Nische zu betrachten ... Höllischer Spuk: die beiden Kerzen brannten immer noch! Doch da, wo bisher die rechte Hand der Madonna sich befunden hatte, da gewahrte der Freimaurer jetzt nur noch einen kümmerlichen Stil aus schwärzlichem Metall ...

Ernüchtert starrte er einen Augenblick auf den armseligen Stumpf: dies Ergebnis eines lächerlichen Attentats ... Oh, pfui doch! Er sah sich nach Beppo um; der Knabe war verschwunden. Anthimos fand sich allein in nächtlicher Finsternis. Das Dunkel durchforschend, entdeckte er zwischen den Kopfsteinen das seiner Krücke zum Opfer gefallene, abgeschlagene Stück und hob es auf: es war eine kleine Hand aus Gips. Achselzuckend ließ er sie in seine Westentasche gleiten.

Scham im Antlitz, Wut im Herzen, klomm der Bilderstürmer in sein Laboratorium zurück. Er hätte arbeiten wollen, doch die gräßliche Anstrengung hatte ihn todmüde gemacht, und so schien's ihm das beste, sich schlafen zu legen. Ja, er würde zu Bett gehen, ohne einer Menschenseele gute Nacht zu sagen ... Als er jedoch seine Kammertür fast erreicht hatte, ließ ein Stimmengeräusch ihn aufhorchen. Die Tür zum Nebenzimmer stand offen: er drückte sich tief in den Schatten des Korridors und verharrte angehaltenen Atems ...

Wie ein liebliches Engelsbild kniete Juliette im Nachthemd auf ihrem Bett, zu dessen Häupten die beiden Frauen, hell im Lampenschein, auf ihre Knie niedergesunken waren; etwas mehr zurück stand, in männlich-frommer Haltung, Julius, die eine Hand aufs Herz, die andere vor die Augen gepreßt: die drei hörten dem Beten des Kindes zu. Die heilige Ruhe dieser Szene erinnerte den Krückenschleuderer an einen goldverklärten Nilabend, wo, solch kindlichem Gebete vergleichbar, ein blauer Rauch ganz gerade aufgestiegen war zu einem ganz reinen Himmel.

Das Gebet schien zu Ende zu gehen; denn schon ließ das Mägdlein die erlernten Formeln beiseite und betete, nur noch der Stimme seines Herzens folgend, aus eigenem Überschwang. Es betete für die Waisenkinder, für die Kranken und Armen, für Geneviève (die in Paris zurückgebliebene Schwester), für Tante Veronica und für den lieben Papa; und dafür, daß Mamas Auge schnell wieder ganz gesund werden möge ... Da schwoll dem Gelehrten das Herz vor Bitternis; er löste sich aus seinem Versteck und warf von der Türschwelle aus in einem Tone, der ironisch klingen sollte, die Worte ins Zimmer:

„Und für deinen Onkel hast du keine Bitte an den lieben Gott?"
Worauf das Kind, völlig verwirrt, zum allgemeinen Erstaunen wieder anhub:
„Und ich bitte dich auch, lieber Gott, um Gnade für die Sünden von Onkel Anthimos."
Diese Worte trafen den Atheisten mitten ins Herz.

VI

In dieser Nacht hatte Anthimos einen Traum. Es klopfte an seiner Kammertür; aber nicht an die zum Korridor und auch nicht an die ins Nebenzimmer führende Tür, sondern an eine andere, die er in wachem Zustande niemals bemerkt hatte und die wohl unmittelbar auf die Straße führte. Ein Schreck durchfuhr ihn, und zunächst verhielt er sich ganz still. Im Zimmer herrschte eine Art Dämmerung, ein sanftes Helldunkel wie von einer Nachtlampe. Doch nirgends brannte ein Licht. Wie Anthimos noch grübelte über den Ursprung dieses Scheines, der jeden Gegenstand deutlich genug erkennen ließ, klopfte es ein zweites Mal.
„Was wollen Sie?" rief er mit zitternder Stimme.
Beim dritten Klopfen befiel ihn eine seltsame Weichheit, in der alle Furcht schmolz (‚ein süßes Verzichten', wie er es späterhin nannte). Ohne daß noch etwas in ihm widerstrebt hätte, gewahrte er, wie die Tür sich langsam zu öffnen begann. Sie ging leise auf, und während eines Augenblicks sah er nichts als klaffende Finsternis. In ihrem Rahmen jedoch erschien, wie in einer Grotte oder Nische, ein liebliches Bild, die Heilige Jungfrau! Es war eine zierliche weiße Gestalt, und zuerst glaubte er, seine kleine Nichte vor sich zu haben: Juliette, wie sie vorhin ausgesehen hatte, die nackten Füßchen ein wenig unter dem Hemd hervorkommend. Doch gleich darauf erkannte er die, die er so schwer gekränkt hatte: die Kreuzweg-Madonna . . . Sie war herabgestiegen aus ihrer Mauerwölbung, und trotz der wunden Fläche am rechten Unterarm lächelte das schöne, blasse Antlitz süßer denn je. In einer Art zarten Schwebens näherte sie sich dem Träumenden und verweilte nun am Kopfende des Bettes: „Du, der du mich verwundet hast", sagte sie zu ihm, „glaubst du, ich bedürfe meiner Hand, um dich zu heilen?"

Während dieser Worte hob sie ihren leeren Ärmel über ihn hin. Ihm schien es jetzt, als sei sie, die Madonna, der Quell jenes wundersamen Dämmerleuchtens, das den Raum erfüllte. Doch als der metallene Stumpf ihm plötzlich in die Flanke drang, zerriß ihn grauenvoller Schmerz, und er erwachte in lichtloser Nacht.

Anthimos brauchte wohl eine Viertelstunde, um sein waches Bewußtsein wiederzuerlangen. Über den ganzen Körper spürte er eine seltsame Schlaffheit und Betäubung und bald darauf ein beinahe angenehmes Kribbeln, so daß er zu zweifeln begann, ob er jenen schneidenden Seitenstich wirklich empfunden habe. Es verwischten sich ihm die Grenzen von Traum und Wirklichkeit, er wußte nicht mehr, ob er jetzt wache und ob die Erscheinung, die er vorhin gehabt, ein Traumbild gewesen sei . . . Er betastete sich, kniff sich ins Fleisch, kontrollierte sein eigenes Vorhandensein, streckte einen Arm unter der Bettdecke hervor und zündete schließlich ein Streichhölzchen an. Neben ihm schlief Veronica ruhig weiter, das Gesicht zur Wand gekehrt.

Nun warf er die Decke zurück, schälte sich aus den Laken heraus und ließ sich vorsichtig so weit aus dem Bette gleiten, daß seine nackten Fußspitzen die Pantoffeln berührten. Die Krücke, gegen den Nachttisch gelehnt, stand bereit. Er nahm sie nicht, sondern verharrte mit aufgestemmten Händen sitzend, auf dem Bettrande, um aus dieser Stützhaltung die Füße ganz in die wärmenden Hüllen schieben zu können. Dann richtete er sich gerade in die Höhe und blieb mit der Kraft seiner Beine stehen. Darauf, noch zagend und unsicher, einen Arm vor-, den anderen zurückstrekkend, tat er einen Schritt längs des Bettes, dann einen zweiten und dritten, und dann wagte er sich quer durch das Zimmer . . . Heilige Jungfrau! War er . . .? – Leise schlüpfte er noch in seine Hosen, zog die Weste an, den Rock . . . Doch hier sollst du innehalten, du mein vorwitziger Federkiel! Schon weitet eine Seele ihre Schwingen zum befreienden Flug: was verschlägt da noch das ungelenke Trappen eines Körpers, den die Lähmung aus den Krallen läßt?

Als eine Viertelstunde später Veronica, ahnungsvoll berührt, erwachte und ihren Anthimos nicht mehr neben sich spürte, erschrak sie. Ihre Besorgnis steigerte sich, als sie beim Lichte eines Streichholzes bemerkte, daß die Krücke, des Lahmen ewige Begleiterin, unbenutzt am Bettpfosten zurückgeblieben war. Das Streichholz brannte zwischen ihren Fingern zu Ende, denn Anthimos hatte beim Hinausgehen den Leuchter mitgenommen. Veronica, im Finstern tastend, kleidete sich flüchtig an. Dann verließ auch sie die Kammer und fand sich alsbald von einem Lichtstreifen geleitet, der unter der Tür des Laboratoriums hindurchschimmerte.

„Anthimos, mein Freund, bist du da?“

Keine Antwort. Doch ein merkwürdiges Geräusch drang zu den Ohren der Lauschenden. Angstvoll stieß sie die Tür auf: das Bild, das sich ihr bot, ließ sie am Eingang erstarren.

Anthimos war da, inmitten des Raumes. Er saß nicht, und er stand auch nicht. Auf seinen gesenkten, etwa in Höhe des Arbeitstisches befindlichen Scheitel fiel, vom Rande der Tischplatte herab, das volle Licht der Kerze. War's ein Trugbild? Anthimos der Naturwissenschaftler, Anthimos der Gottesleugner, er, dessen gelähmtes Knie sich seit Jahren ebensowenig gebeugt hatte wie sein unbotmäßiger Wille (man beachte diesen Parallelismus von Körper und Geist) – Anthimos lag auf den Knien!

Ja, er war niedergekniet, der Herr Anthimos Armand-Dubois. Und mit beiden Händen hielt er ein Dinglein umfaßt, ein abgebröckeltes Stückchen Gips, ein wrackes Etwas, das er mit Tränen benetzte und mit frenetischen Küssen bedeckte. Das Erscheinen seines Weibes schien ihn dabei nicht im geringsten zu stören, und schon wollte Veronica, verzückt und bestürzt über solches Mysterium und festgebannt an des Raumes Schwelle, sich ebenfalls auf die Knie niederlassen: da erhob sich Anthimos ohne Mühe, trat – o Wunder! – sicheren Schrittes auf sie zu, schloß sie in seine Arme und:

„Von nun an“, sagte er, sie liebevoll ans Herz drückend –, „von nun an, meine Freundin, wollen wir gemeinsam beten.“

VII

Die Bekehrung des Freimaurers konnte nicht lange geheim bleiben. Julius de Baraglioul wartete nicht einen Tag, um das Ereignis dem Kardinal André mitzuteilen, der es in der Konservativen Partei und im hohen französischen Klerus ruchbar werden ließ. Veronica ihrerseits meldete es dem Pater Anselmus, und solchermaßen drang die Nachricht bald zu Ohren des Vatikans.

Zweifellos war Armand-Dubois Rezipient einer ungewöhnlichen Gnade gewesen. Daß die Jungfrau ihm in aller Realität erschienen sei: diese seine Behauptung war vielleicht etwas gewagt; aber selbst wenn er die Himmelskönigin nur im Traume gesehen hatte, so blieb doch seine Heilung ein unbestreitbares, vorweisbares, den Charakter eines Wunders darbietendes Faktum.

Nun würde Anthimos für sein Teil sich mit besagter Heilung wohl gern begnügt haben. Solches indessen war nicht nach dem Sinne der Kirche, die vielmehr eine öffentliche, unter Pomp und Gloria zu vollziehende Abschwörung verlangte.

„Wo denken Sie hin?" sagte einige Tage später Pater Anselmus zu dem Konvertiten. „Sie haben in Ihrer ungläubigen Epoche wahrhaft fanatisch der Häresie gedient, und jetzt wollen Sie sich der hohen Belehrung, die der Himmel den Erdenkindern durch Sie selber zu erteilen gedenkt, entziehen? Sie wollen die Seelen, die der falsche Glanz Ihrer sogenannten Wissenschaft weggelockt hat von Gottes wahrem Lichte, in ihrer Verirrung belassen!? ... Nein, es ist Ihre Aufgabe und Pflicht, alle diese durch Ihre Schuld verirrten Schafe zurückzurufen – und wahrlich, es hieße Sie beleidigen, wenn ich annehmen wollte, daß Sie nicht selbst aufs tiefste durchdrungen seien von dieser heiligen Obliegenheit!"

Oh, Anthimos gedachte sich seiner Pflicht nicht zu entziehen, wenngleich ihm vor den Folgen ein wenig bange war. Bedeutende Interessen, die er in Ägypten hatte, lagen, wie schon erwähnt, in den Händen der Freimaurer, und was vermochte er ohne deren mächtige Hilfe? Wie hätte er hoffen dürfen, daß die Loge den, der sich in aller Öffentlichkeit von ihr loszusagen im Begriffe war, noch weiterhin unterstützen werde? Er, der all seine finanziellen Chancen auf diese eine (Logen-)Karte gesetzt hatte: er sah sich plötzlich dem Ruin preisgegeben.

Er schüttete dem Pater Anselmus sein Herz aus. Der Kleriker (der nicht wußte, welch hohen Rang Anthimos in der Republik der Gelehrten einnahm) freute sich innig über solche Eröffnungen, die – so bedachte er – dem Abschwur um so mehr Resonanz geben würden. Zwei Tage darauf war Anthimos' wissenschaftliche Bedeutung den Lesern des *Osservatore* und der *Santa Croce* kein Geheimnis mehr.

„Sie richten mich zugrunde", sagte Anthimos.

„Aber ganz im Gegenteil, mein Sohn", erwiderte Pater Anselmus; „wir bringen Ihnen das Heil! Was diese materiellen Dinge anlangt, so machen Sie sich deswegen nur keine Sorgen: die Kirche wird sich damit befassen. Ich habe Ihren Fall dem Kardinal Pazzi ans Herz gelegt, der mit Rampolla darüber sprechen wird; ja, ich darf verraten, daß selbst der Heilige Vater Ihrem bevorstehenden Abschwur Interesse entgegenbringt; die Kirche wird, was Sie ihr aufopfern, zu schätzen wissen und nicht dulden, daß Sie Verluste erleiden. Übrigens, nebenbei gesagt: glauben Sie nicht, daß Sie sich von der Wirkungskraft (er lächelte) der Freimaurer im vorliegenden Falle eine etwas übertriebene Vorstellung machen? Oh, nicht als ob mir unbekannt wäre, wie sehr man häufig mit ihnen rechnen muß! . . . Doch, was ich schließlich noch sagen wollte: haben Sie vielleicht schon ungefähr abgeschätzt, wieviel Sie durch die Feindseligkeit jener Seite einzubüßen fürchten? Nennen Sie uns die Summe, annähernd, und . . . (er hob, mit schalkhaftem Wohlwollen, den linken Zeigefinger bis zur Nasenhöhe) und fürchten Sie nichts."

Zehn Tage nach den Jubiläumsfestlichkeiten erfolgte mit außerordentlichem Prunk in der Jesuitenkirche „Gesù" Anthimos' öffentliche Abschwörung. Die Einzelheiten dieser Feier, mit der sich damals alle Zeitungen beschäftigten, brauchen hier nicht erzählt zu werden. Der Pater T., Sozius des Jesuitengenerals, hielt eine hochbedeutsame Ansprache, in welcher er darlegte: offenbar sei des Freidenkers Seele jahrelang bis zum Wahnwitz gequält gewesen, und nun habe sein letztes, gehässigstes Freveln sich als ein Vorbote der Liebe erwiesen. Der ehrwürdige Redner erinnerte an das Beispiel von Saulus und entdeckte zwischen Anthimos' Bilderstürmerei und der Steinigung des heiligen Stephanus überraschende Analogien. Und während die geistliche Beredsamkeit dröhnend und rollend durch das Kirchenschiff hallte wie die anschwellende Flut durch eine Meeresgrotte, dachte Anthimos an das zarte Stimmchen der kleinen Juliette, und aus tiefstem Herzen dankte er dem Kinde dafür, daß es auf des unfrommen Onkels Sünden den gnadenreichen Blick derjenigen gelenkt hatte, der allein er in Zukunft dienen wollte.

Des lärmenden Geredes, das sich nach dieser Zeremonie in steigendem Maße um Anthimos' Namen erhob, wurde der Bekehrte selbst, von höherem Trachten erfüllt, kaum gewahr. Um so peinlicher tönte es seinem distinguierten Schwager in den Ohren; ja, bald vermochte Julius de Baraglioul kein Zeitungsblatt mehr ohne Herzklopfen aufzuschlagen. Dem ersten Enthusiasmus der orthodoxen Organe antwortete jetzt das Hohngelächter der liberalen Presse; und wenn der *Osservatore* seinen eminenten Leitartikel betitelt hatte: „Ein neuer Sieg der Kirche", so äußerte sich die korrespondierende Galle des *Tempo Felice* unter der Spitzmarke: „Das Lager der Dummen erhält Zulauf". In der *Dépêche de Toulouse* wurde Anthimos' wissenschaftlicher Wochenbericht (den der Gelehrte zwei Tage vor seiner Heilung zur Post gegeben hatte) mit einer Vorbemerkung abgedruckt, deren spöttischer Ton unverkennbar war. In Vertretung von Anthimos replizierte Julius mittels einiger würdevoll-trockener Zeilen, die der *Dépêche* kund und zu wissen taten, daß sie auf des „Konvertiten" weitere Mitarbeit keinesfalls zu rechnen habe. Die *Zukunft* spielte das Prävenire und bat ihren bisherigen physiologischen Chronisten, sich nicht mehr für sie bemühen zu wollen. Anthimos empfing all diese Pfeile und Schleudern mit jenem unbeirrbaren Gleichmut, dessen nur die wahrhaft frommen Seelen teilhaftig werden.

„Glücklicherweise wird der *Correspondent* Ihnen offenstehen; dafür kann ich mich verbürgen", sagte Julius mit säuselnder Stimme.

„Aber was hätte ich denn irgendeiner Gazette noch zu sagen!?" wandte Anthimos freundlich ein, „alle meine bisherigen Interessen haben jeden Reiz für mich verloren."

Dann war Schweigen eingetreten. Julius hatte nach Paris zurückkehren müssen.

Bald darauf verließ Anthimos, von Pater Anselmus gedrängt, fügsam die Heilige Stadt. Nachdem die Logen ihm ihre Unterstützung entzogen hatten, war sein finanzieller Zusammenbruch rasch zur Tat geworden; und die Besuche, zu denen, kirchlicher Hilfe vertrauend, Veronica ihn nötigte, zeitigten kein anderes Ergebnis, als den hohen Klerus zu ermüden und schließlich zu verstimmen. Da gab man ihm den wohlgemeinten Rat, sich nach Mailand zurückzuziehen, um dort auf die versprochene Entschädigung und den Abhub einer säuerlich gewordenen Himmelsgnade zu warten.

ZWEITES BUCH

Julius de Baraglioul

„. . . da man keinem Menschen je
den Rückzug versperren soll."
Kardinal de Retz, VIII, S. 93

I

Gegen Mitternacht des dreißigsten März trafen die Baragliouls wieder zu Hause ein, Rue de Verneuil im siebenten Pariser Arrondissement.
Während Margarita sich für die Nacht zurechtmachte, ging Julius, eine kleine Lampe in der Hand und Pantoffeln an den Füßen, schnell noch in sein Arbeitszimmer, das er immer mit Vergnügen wiedersah. Es war ein zurückhaltend ausgestattes Gemach; an den Wänden hingen einige Bilder von Lépine und ein Boudin; etwas grell wirkte auf ihrem Ecksockel Margaritas Marmorbüste von Chapu. Mitten im Zimmer stand ein gewaltiger Renaissancetisch, der sich in der Zwischenzeit mit Büchern, Broschüren und Prospekten bedeckt hatte. Auf einer emaillierten Schale bemerkte der Romancier ein paar eingekniffene Visitenkarten und daneben, recht augenfällig gegen eine Bronze des Meisters Barye gelehnt, einen Brief mit der Handschrift seines Vaters. Er erbrach ihn sogleich und las:

Mein lieber Sohn!
In den letzten Tagen haben meine Kräfte sehr nachgelassen. An gewissen untrüglichen Anzeichen erkenne ich, daß es Zeit wird zur Vorbereitung auf die große Reise; ich hätte ja wohl auch kaum mehr viel zu erhoffen von einem längeren Verweilen auf diesem Erdenrund.
Ich weiß, daß Du heute nacht wieder in Paris sein wirst, und bitte Dich, mir ungesäumt einen Dienst erweisen zu wollen.

Im Hinblick auf gewisse Dispositionen, von denen Du alsbald Kenntnis erhalten wirst, muß ich wissen, ob ein junger Mann mit Namen Lafcadio Wluiki (sprich: Louki; das W und das i sind so gut wie stumm) noch in der Claude-Bernard-Gasse Numero 12 wohnhaft ist.
Ich wäre Dir dankbar, wenn Du Dich an diese Adresse begeben und versuchen wolltest, mit dem Obgenannten ins Gespräch zu kommen. (Um irgendeinen Vorwand wirst Du, als Romancier, sicherlich nicht verlegen sein.) Es liegt mir daran, zu erfahren:
Erstens: was der junge Mann tut.
Zweitens: was er zu tun beabsichtigt (ist er ehrgeizig? in welcher Hinsicht?).
Drittens wirst Du mir mitteilen, welcher Art Dir seine Hilfsquellen zu sein scheinen ...
Besuche mich vorläufig nicht: ich bin trüber Laune. Die erlangten Auskünfte übermittle mir, bitte, in einem kurzen Briefe. Falls ich Lust zum Plaudern verspüren oder mich dem letzten Aufbruch nahe fühlen sollte, erhältst Du einen Wink.

Mit besten Grüßen
Justus-Agenor von Baraglioul.

Nachschrift. – Laß mit keinem Worte merken, daß Du in meinem Auftrag kommst: der junge Mann weiß nichts von mir und soll auch fernerhin nichts von mir wissen.
Lafcadio Wluiki ist jetzt neunzehn Jahre alt. Rumänischer Staatsangehöriger. Waise.
Ich habe Deinen jüngsten Roman durchblättert. Wenn Du daraufhin nicht in die Akademie kommst, so gibt es keine Entschuldigung für den Verfasser solcher Albernheiten.

Es ließ sich nicht leugnen: Julius' letztes Buch hatte eine schlechte Presse. Trotz seiner Müdigkeit überflog der Romancier die Zeitungsausschnitte, in denen sein Name keineswegs glimpflich behandelt wurde. Dann öffnete er ein Fenster und sog die nebelige Nachtluft ein. Die Fenster von Julius' Arbeitszimmer gingen auf eine Reihe großer, zu Botschaftsräumen gehöriger Gärten, Bassins läuternden Schattens, darin Auge und Geist sich reinwaschen konnten vom Schmutz der Straße und der Alltagswelt. Er lauschte ein Weilchen dem Gesang einer unsichtbaren Amsel. Dann kehrte er ins Schlafzimmer zurück, wo Margarita sich bereits zur Ruhe gelegt hatte.

Da ihm nichts peinlicher war, als lange wach liegen zu müssen, ergriff er ein Fläschchen mit Pomeranzenessenz, das auf der Kommode stand und dessen er sich gegen seine Schlaflosigkeit häufig bediente. Rücksichtsvoll schraubte er die Lampe nieder und stellte sie so, daß ihr Schein Margarita nicht treffen konnte. Doch als er das Glas, aus dem er getrunken, wieder hinsetzte, erfolgte ein zitterndes Klirren, und dieses Geräusch, so leise es war, drang bis in die Unbewußtheit der Schläferin. Sie stieß eine Art Seufzer aus; sodann drehte sie sich zur Wand. Julius, erfreut, sie für erwacht halten zu dürfen, näherte sich und fragte mit erkünstelter Ruhe: „Willst du wissen, wie mein Vater über mein Buch spricht?“

„Aber, lieber Freund, du hast mir doch hundertmal gesagt, dein armer Vater habe nicht das geringste literarische Verständnis“, murmelte Margarita, und es war nicht zu verkennen, daß sie keinen anderen Wunsch hatte als: weiterzuschlafen.

Doch Julius' Herz war allzusehr mit Bitternis erfüllt: „Er sagt, es gebe keine Entschuldigung dafür, daß ich solche Albernheiten geschrieben hätte.“

Es entstand ein ziemlich langes Schweigen. Julius fuhr mit seiner Nachttoilette fort, und Margarita sank wieder in jene Tiefen der Betäubung, die keiner literarischen Sorge zugänglich sind. Schon glaubte Julius sich mit solcher Partnerlosigkeit abfinden zu müssen, da raffte sich die Schlaftrunkene, aus Liebe zu ihm, von neuem an die Oberfläche:

„Ich hoffe, du lässest dir deswegen keine grauen Haare wachsen.“

„Ich nehme die Sache, wie du siehst, ungemein kühl“, erwiderte Julius eifrig. „Immerhin scheint es mir, als hätte gerade mein Vater wenig Berechtigung, sich so auszudrücken; er weniger als jeder andere; und am allerwenigstens gelegentlich eben dieses Buches, das, wenn man es genau betrachtet, von Anfang bis zu Ende nichts ist als ein Dokument zu seinen Ehren.“

In der Tat, es war die so musterhafte Laufbahn des alten Diplomaten, die Julius in seinem Werke nachgezeichnet hatte; dieses Buch verherrlichte in scharfem Kontrast zu romantischer Wirrnis das ruhige, klassisch-würdevolle, gleichzeitig politisch-bedeutsame und ehelich-behagliche Dasein Justus-Agenors.

„Glücklicherweise hast du das Buch nicht um seines Dankes willen geschrieben."

„Er gibt mir zu verstehen, ich hätte *‚Höhenluft'* geschrieben, um in die Akademie zu kommen."

„Und *wenn* dem so wäre! Und *wenn* du in die Akademie kämst, weil du ein schönes Buch geschrieben hast!" – Dann, im Tone geringschätzigen Fallenlassens: „Na, hoffen wir, daß die Zeitungen und Zeitschriften ihm ein besseres Urteil beibringen werden."

Julius brach los:

„Die Zeitungen und Zeitschriften! . . . Eine saubere Gesellschaft!" – Und mit bösem Auflachen gegen das an diesen Widrigkeiten doch so unschuldige Weib: „Man verreißt mich von allen Seiten."

Da wurde Margarita völlig wach.

„Hast du viele Kritiken bekommen?" fragte sie in angelegentlichem Ton.

„Eine ganz hübsche Anzahl, und die lobenden sind von herzbewegender Tücke."

„Oh, wie du recht hattest, sie zu verachten, diese Journalisten! Aber denk immer an das Wort, das Monsieur de Vogüé dir gestern geschrieben hat: ‚Eine Feder wie die Ihrige verteidigt Frankreich wie ein Schwert!'"

„Eine Feder wie die Ihrige verteidigt Frankreich gegen die drohende Barbarei mehr als ein Schwert!" verbesserte Julius.

„Und der Kardinal André, dessen Stimme dir sicher ist, hat dir neulich wieder bestätigt, du habest die ganze Kirche hinter dir."

„Na, was ich mir dafür kaufe!"

„Aber, mein Lieber! . . ."

„Wir haben ja eben erst bei unserem Anthimos gesehen, was sie wert ist, die wohllöbliche Protektion der Geistlichkeit!"

„Julius, du wirst bitter. Hast du mir nicht oft genug gesagt, es sei dir weder um Belohnung noch um Anerkennung zu tun, und es genüge dir, wenn du selbst mit dir zufrieden seiest? Du hast sogar ein paar ausgezeichnete Seiten über dieses Thema geschrieben."

„Ich weiß, ich weiß", sagte Julius ungeduldig.

Sein Ärger hätte anderer Heilmittel bedurft als so matter Aufgüsse. Er begab sich ins Waschkabinett. Warum nur dieses klägliche Sich-gehen-lassen vor den Augen Margaritas? Warum war er nicht stolz genug gewesen, seinen Kummer (für den frauliches Bemitleiden und Einlullen so wenig kompetent war) für sich zu behalten? ... „Albernheiten!" ... Während des Zähneputzens hämmerte dies Wort ihm in den Schläfen, warf all sein vornehmes Denken durcheinander. Was kam es noch auf sein letztes Buch an? Er vergaß den Satz seines Vaters; vergaß wenigstens, daß es sein Vater war, der ihn geschrieben hatte ... Zum erstenmal in seinem Leben erhob sich ein beunruhigendes Fragen in ihm – in ihm, der bisher stets nur lächelnder Anerkennung begegnet war –: ein Mißtrauen gegen die Aufrichtigkeit dieses Lächelns, ein Zweifel am Werte dieser Anerkennung, an der Bedeutung seiner Schriften, an der Wahrheit seiner Gedankenwelt, an der Echtheit seines Lebens.

Unter so quälenden Meditationen ging er wieder ins Schlafzimmer, in der rechten Hand die Zahnbürste, in der linken das Wasserglas haltend. Er stellte das Glas hin und setzte sich an das Ahorntischchen, an dem Margarita ihre Korrespondenz zu erledigen pflegte; er nahm den Federhalter seiner Gemahlin und begann auf violettem, zartduftendem Papier zu schreiben:

Mein lieber Vater!

Heute abend in Paris angelangt, finde ich Ihren Brief. Gleich morgen werde ich mich der Mission unterziehen, die Sie mir anvertrauen und die ich, Ihnen stets ehrfürchtig ergeben, zu Ihrer Zufriedenheit ausführen zu können hoffe.

Denn Julius ist eine jener vornehmen Naturen, die gerade, wenn man sie gekränkt hat, ihre wahre Größe beweisen. – Darauf, den Oberkörper zurückgelehnt, erwog er prüfend, mit zögernder Feder, wie der folgende Satz zu gestalten sei:

Schmerzlich war es mir, gerade von Ihnen eine Uneigennützigkeit beargwöhnt zu sehen, die ...

Nein. Vielmehr:

Können Sie wirklich glauben, ich legte literarischer Lauterkeit geringeren Wert bei als ...?

Kein passender Satz wollte ihm einfallen. Julius befand sich im Nachtgewand. Er fühlte, daß er sich erkälten würde, zerknitterte den Briefbogen, nahm das Mundwasserglas und trug's ins Waschkabinett zurück, wo das zerknautschte Luxuspapier dem Eimer überantwortet wurde.

Im Begriff sich niederzulegen, berührte er seines Weibes Schulter: „Und du, was hältst *du* von meinem Buche?"

Margarita blinzelte verschlafen. Julius mußte seine Frage wieder-

holen. Margarita, sich halb umwendend, sah ihn an: mit einer Stirn voller Runzeln, den hochgezogenen Brauen und den verkrampften Lippen, machte er einen mitleiderregenden Eindruck.
„Aber was hast du denn, mein Freund? Du kannst doch nicht ernstlich vermuten, dieses Buch sei weniger gut als die anderen!?"
Das war keine unzweideutige Antwort. Margarita wich der Frage aus.
„Ich vermute, daß die anderen nicht besser sind als dieses letzte – da hast du meine Meinung!"
„Oh! dann ..."
Und Margarita, angesichts solcher Gereiztheit verzagend, erkannte, wie unwirksam ihre zärtlichen Argumente bleiben mußten; sie kehrte sich vom Lichte ab und schlief bald wieder ein.

II

Trotz einer gewissen beruflichen Neugier und der schmeichelhaften Einbildung, nichts Menschliches ignorieren zu dürfen, war Julius bisher nur selten aus den Bezirken und Gewohnheiten seiner Klasse herausgetreten. Doch war's wohl weniger Neigung als Gelegenheit, die ihm fehlte. Und wie er nun zu seiner unerwarteten „Mission" aufbrach, überkam ihn ein Empfinden, als ob auch sein Anzug durchaus nicht für solches Unternehmen geeignet sei. Der steife, eckige Filzhut, der Überzieher, das Plastron – alles, was er trug, hatte etwas unheilbar Wohlgesittetes, Zurückhaltendes und Distinguiertes ... Aber – so fragte sich der Schriftsteller im Vorwärtsschreiten – war es nicht am Ende ganz erwünscht, wenn sein Äußeres den jungen Mann von allzu rascher Vertraulichkeit zurückhielt? Sollte nicht vielmehr durch die Art, wie er, Julius, das Gespräch lenken würde, erst allmählich eine gewisse Mitteilsamkeit bei dem geheimnisvollen Rumänen geweckt werden? Und, weitergehend, überlegte sich Julius, unter welchen Ausflüchten und Vorwänden er sich einführen und seine Inquisition ins Werk setzen könne.
Was mochte dieser Lafcadio wohl mit dem Grafen Justus-Agenor von Baraglioul zu tun haben? Die Frage klang dem Romancier lästig in den Ohren. Er, der soeben den seines Vaters Leben verherrlichenden Band publiziert hatte, er würde sich gewißlich keines indiskreten Grübelns in bezug auf eben dieses Dasein schuldig

machen, sondern höchstens das erfahren wollen, was Justus-Agenor ihm aus freien Stücken zu wissen täte. In den letzten Jahren war der Graf recht schweigsam geworden, aber ein Geheimniskrämer war er nie gewesen ... Während Julius den Jardin du Luxembourg durchquerte, überraschte ihn ein Regenguß.

In der Claude-Bernard-Gasse hielt vor dem Hause Nr. 12 eine Droschke, in deren Innerem, wie den Autor der „*Höhenluft*" ein flüchtiger Seitenblick erkennen ließ, eine Dame saß mit übergroßem Hut und etwas auffälliger Toilette.

Sein Herz schlug, als er dem Pförtner der *Maison meublée* den Namen „Lafcadio Wluiki" zurief. Begannen in diesem Augenblick nicht unübersehbare Abenteuer? Doch als Julius die Treppe hinaufstieg, überfiel ihn krasses Unbehagen. Wie garstig und gewöhnlich sah es hier aus! Seine Spannung, ungenährt, sank in sich zusammen und wich dem Widerwillen.

Im vierten Stockwerk machte der teppichlose Korridor, der nur vom Treppenhause Licht empfing, kurz vorm Flur eine Biegung. Links und rechts befanden sich geschlossene Türen. Nur die Tür geradeaus stand angelehnt und ließ einen schmalen Streifen Licht hindurchsickern. Julius klopfte. Keine Antwort. Vorsichtig stieß er die Tür ein bißchen auf: es war niemand im Zimmer. Julius stieg die Treppe wieder hinunter.

„Wenn er nicht da ist, so muß er jeden Augenblick kommen", hatte der Portier gesagt.

Draußen regnete es in Strömen. An den unteren Hausflur schloß sich gegenüber dem Treppenaufgang eine Art Warteraum. Julius wollte eintreten. Doch der Modergeruch dieser verwahrlosten Dunkelkammer stieß ihn dermaßen ab, daß er dachte: dann wär's immer noch besser, dort oben im vierten Stock die angelehnte Tür resolut aufzustoßen und, ohne zu weichen, den jungen Mann in seinem Zimmer zu erwarten. Julius klomm die Stufen wieder hinauf.

Wie er oben angelangt erneut um die Korridorecke bog, trat eine Frau aus der Tür neben der angelehnten. In der herrschenden Dreivierteldunkelheit rannte Julius gegen sie an und entschuldigte sich.

„Sie wünschen? ..."

„Monsieur Wluiki! Ist das hier richtig?"

„Der ist ausgegangen."

„Oh!“ machte Julius in so mißvergnügtem Ton, daß die Flurbewohnerin ihn fragte:
„Eilt es, was Sie ihm zu sagen wünschen?“
Julius, gewappnet nur für eine Begegnung mit Lafcadio selbst, blieb einen Augenblick verwirrt. Aber war die Gelegenheit nicht günstig? Diese Frau wußte vielleicht manches über ihren Zimmernachbarn zu sagen –. Wie wär's, wenn er sie zum Sprechen zu bringen suchte?
„Es handelt sich um eine Auskunft, die ich von ihm erbitten wollte.“
„Auf wessen Veranlassung hin?“
Sollte sie mich für einen Polizeiagenten halten –? dachte Julius. „Ich bin der Graf Julius von Baraglioul“, sagte er leicht-zeremoniell, seinen Hut ein wenig lüftend.
„Oh, Herr Graf ... Wollen Sie, bitte, verzeihen, daß ich Sie nicht gleich ... Es ist immer so finster hier auf dem Gang! Haben Sie die Güte, einzutreten! (Sie stieß die angelehnte Tür auf.) Lafcadio muß jeden Augenblick ... Er ist nur eben zum ... Oh, gestatten Sie, bitte! ...“
Und den sich zum Eintreten anschickenden Julius für einen Augenblick zur Seite drängend, stürzte sie als erste ins Zimmer gerade auf eine Damenhose zu, die indiskret über einen Stuhl gebreitet lag und deren sichtbaren Umfang sie nunmehr (da an ein völliges Verschwindenlassen nicht zu denken war) möglichst zu reduzieren bestrebt schien.
„Es ist hier leider eine solche Unordnung, daß ...“
„Aber lassen Sie doch, bitte! Daran bin ich gewöhnt“, sagte Julius höflich.
Carola Venitequa war eine ziemlich starke (genauer: etwas fette) junge Frau von guter Statur und gesundem Aussehen. Ihr Gesicht, gewöhnlich, doch nicht ordinär, hatte einen gewissen Allerweltsreiz. Dem sanften Tierblick entsprach der blökende Timbre der Stimme. Carola war zum Ausgehen angekleidet: weiches Filzhütchen, Bluse mit Marineknoten, Herrenkragen und Manschetten.
„Kennen Sie Monsieur Wluiki schon lange?“
„Vielleicht könnte ich ihm Ihre Bestellung ausrichten?“ versetzte sie, ohne auf die Frage zu antworten.
„Gut ... Also ich möchte gern wissen, ob er momentan sehr beschäftigt ist.“

„Das kommt auf die Wochentage an.“
„Wenn er nämlich ein bißchen freie Zeit hätte, gedächte ich ihn zu bitten ... eine kleine Arbeit für mich zu übernehmen.“
„In welchem Fach?“
„Hm, ja, das ist es gerade ... ich hätte mich zunächst gern ein wenig darüber unterrichten mögen, welcher Art seine Kenntnisse und Fähigkeiten wohl sind.“
Diese Wendung war nicht besonders diplomatisch, aber bei Carolas Natur schien es arglistiger Finten auch kaum zu bedürfen. Der Graf von Baraglioul hatte längst seine volle Sicherheit wiedergewonnen. Er saß jetzt auf dem inzwischen völlig spitzenhosenfrei gewordenen Stuhl; und eben wollte die neben ihm stehende Carola zu reden beginnen, da ertönte vom Korridor heftiger Lärm: die Tür wurde ungestüm aufgerissen, und auf der Schwelle erschien die Dame mit dem Monstrehut, die Julius vorhin in der Droschke bemerkt hatte.
„Dacht' ich mir's doch!“ rief sie. „Gleich, als ich ihn hinaufgehen sah ...“
Worauf Carola, einen Schritt von Julius wegtretend, ohne jedes Zögern sagte:
„Aber nicht im geringsten, meine Liebe! ... Wir plauderten. – Meine Freundin Bertha Grand-Marnier; Herr Graf von ... pardon: nun habe ich Ihren Namen vergessen!“
„Das hat nichts auf sich“, sagte Julius ein wenig gezwungen und drückte die behandschuhte Rechte, die Bertha ihm hinhielt.
„Stell mich auch vor!“ bat Carola die elegante Freundin ...
„Nun hör aber, Kleine, jetzt ist's eine geschlagene Stunde, daß man auf uns wartet“, versetzte die andere, nachdem sie sich der gewünschten Zeremonie entledigt hatte. „Wenn du noch mit Monsieur zu reden hast, so nimm ihn doch mit. Ich habe einen Wagen unten.“
„Aber *mich* wollte er ja gar nicht aufsuchen ...“
„Na, dann komm! ... Wollen Sie heute abend mit uns dinieren? ...“
„Ich bedaure unendlich ...“
„Entschuldigen Sie mich, Monsieur“, sagte Carola errötend (und hatte es plötzlich sehr eilig, mit ihrer Freundin wegzukommen). „Lafcadio muß jeden Augenblick zurück sein.“
Im Hinausgehen hatten die beiden Frauen die Tür offengelassen.

Auf dem teppichlosen Gang dröhnte jeder Schritt; falls sich jemand draußen nähern sollte, so würde sein Kommen rechtzeitig hörbar sein (wenn auch infolge der erwähnten Biegung des Korridors nicht sichtbar).

Na, vielleicht orientiert mich das Zimmer besser als die Frau, dachte Julius. Und begann in aller Ruhe Umschau zu halten.

Doch es war wenig genug, was dem ersten, unerfahren-neugierigen Blick sich bot:

Keinen Bücherschrank gab es in dieser banal möblierten Bude, und keine Bilder an den Wänden. Auf dem Kaminsims: die *Moll Flanders* von Daniel Defoe, in einer minderwertigen, nur halb aufgeschnittenen (englischen) Ausgabe, und die *Novellen* des Anton-Francesco Grazzini, auf italienisch. Diese beiden Bücher machten Julius stutzig. Neben ihnen stand, hinter einem Fläschchen Pfefferminzgeist, eine Photographie, die den Romancier nicht weniger verwirrte: auf sandigem Meeresstrande eine nicht mehr ganz junge, aber seltsam-schöne Frau am Arme eines schlanken, sportmäßig gekleideten Mannes von ausgesprochen englischem Typus; und zu ihren Füßen, auf umgekippter Ruderjolle sitzend, ein elastischer Knabe von etwa fünfzehn Jahren, mit dichtem, hellem Strudelhaar, kecker, lachender Miene und vollkommen nackt.

Julius nahm die Photographie und trat ans Fenster, um sie genauer zu betrachten. Unten rechts, in der Ecke, las er in verblichenen Schriftzeichen: *Duino, Juli 1886* – Worte, die ihm nicht viel sagten, obwohl er sich erinnerte, daß Duino ein kleiner österreichischer Küstenort an der Adria war. Kopfschüttelnd und naserümpfend stellte er die Photographie an ihren Platz zurück. In der kalten Höhlung des Kamins fröstelten eine Schachtel Hafermehl, ein Sack Linsen und ein Sack Reis; etwas weiter weg lehnte ein Schachbrett an der Wand. Nichts verriet, welcher Art das Studium oder die Beschäftigung sein mochte, mit denen dieser junge Mann seine Tage ausfüllte.

Offenbar hatte Lafcadio vor ganz kurzer Frist seinen Morgenimbiß genommen. In dem kleinen Aluminiumtopf, der auf dem Spirituskocher stand, tröpfelte noch das Tee-Ei, und Brotkrümel lagen um die gebrauchte Tasse herum. Julius trat näher an den Frühstückstisch heran; der Tisch hatte eine Schublade, und in der Schublade stak ein Schlüssel . . .

Da das, was jetzt folgt, Anlaß zu falscher Beurteilung von Julius' Charakter geben könnte, so sei betont: Julius de Baraglioul war keineswegs indiskret; er respektierte die Hülle jedes privaten Daseins; und alles Unschickliche war ihm tief zuwider. Um jedoch seines Vaters Wunsch zu erfüllen, mußte er seiner eigenen Natur Gewalt antun. Er zögerte noch einen Augenblick, lauschte, und da er niemand kommen hörte, so wagte er – gegen alle seine Neigungen und Prinzipien, wenngleich mit angenehm kribbelndem Pflichtbewußtsein –, die Schublade (deren Schlüssel nicht umgedreht war) hervorzuziehen.
In der Schublade befand sich ein in Juchten gebundenes Notizbuch. Julius nahm es heraus und öffnete es. Auf die erste Seite hatte dieselbe Hand, von der die Worte auf der Photographie stammten, folgendes geschrieben:

Meinem treuen Gefährten Cadio,
zum Notieren seiner Ausgaben,
sein alter Onkel Faby.

Unmittelbar darunter stand, in korrekter, fast kindlich-braver Handschrift:

Duino, den 10. Juli 1886. Heute morgen ist Lord Fabian hier bei uns angelangt und hat mir eine Ruderjolle, einen Karabiner und dieses schöne Notizbuch mitgebracht.

Nichts weiter auf dieser ersten Seite.
Auf der dritten Seite, unter dem Datum des 20. August, war zu lesen:

Faby vier Stöße vorgegeben. – Unter dem folgenden Datum:

Ihm zwölf Stöße vorgegeben.

Julius begriff, daß es sich hier um Wettschwimmnotizen handelte – die indessen bald abbrachen, um nach einer leeren Seite folgender Aufzeichnung Platz zu machen:

Den 20. September: Abreise von Algier nach dem Aurès-Gebirge.

Darauf etliche Angaben von Orten und Tagen. Endlich die letzte Eintragung:

Den 5. Oktober: Zurück nach El Kantara.
Fünfzig Kilometer im Sattel, ohne Aufenthalt.

Julius blätterte einige unbeschriebene Seiten um, jenseits deren wieder Schriftliches auftauchte. Oben auf eine Seite war, wie ein neues Eingangswort, in großen sorgfältigen Buchstaben hingemalt:

QUI INCOMINCIA IL LIBRO
DELLA NOVA ESIGENZA
E
DELLA SUPREMA VIRTU.

Darunter als Motto:

Tanto quanto se ne taglia
Boccaccio.

Angesichts der Kundgebung moralischer Ideen erwachte jäh das Interesse des Romanciers: das war Beute für ihn. Doch schon auf der nächsten Seite war er enttäuscht: man sank in die Zahlenwirtschaft zurück. Immerhin schien es eine Buchführung neuer Art zu sein. Ohne jede Angabe von Zeit und Ort fand sich eingetragen:

Weil ich Protos im Schach besiegt: 1 punta.
Weil ich nicht verheimlicht, daß ich Italienisch kann: 3 punte.
Weil ich eher geantwortet als Protos: 1 punta.
Weil ich das letzte Wort gehabt: 1 punta.
Weil ich bei Fabys Todesnachricht geweint: 4 punte.

Julius nahm in der Hast des Lesens „punta“ für irgendeine fremdländische Münze und sah in dieser Abrechnung nichts als einen kindlich-spielerischen Handel mit Verdiensten und Belohnungen. Dann hörte die Rechnungslegung wieder auf.
Julius wandte noch ein Blatt um und las:

Heute, den 4. April, Diskussion mit Protos:

Verstehst du den inneren Sinn des Ausdrucks:
„ZUR TAGESORDNUNG ÜBERGEHEN“?

Damit waren die Aufzeichnungen zu Ende.
Julius zuckte mit den Achseln, verzog den Mund und legte das Notizbuch an seinen Platz zurück. Dann sah er nach der Uhr, erhob sich, trat ans Fenster und blickte hinaus: der Regen hatte aufgehört. Kopfschüttelnd wollte er eben der Zimmerecke zuschreiten, der er beim Eintreten seinen Regenschirm anvertraut hatte; da fiel sein Blick auf eine Gestalt: einen schönen, blonden jungen Mann, der noch etwas außerhalb des Zimmers an den Türrahmen gelehnt stand und ihn lächelnd beobachtete.

III

Der Jüngling der Photographie schien kaum älter geworden zu sein; Justus-Agenor hatte gesagt: neunzehn Jahre; man hätte ihm nicht mehr als sechzehn gegeben. Zweifellos war Lafcadio erst in diesem Augenblick gekommen; vor einer Minute, als Julius das Notizbuch an seinen Platz zurückgelegt (und gleichzeitig nach der Tür gesehen) hatte, war er ganz bestimmt noch nicht dagewesen; doch wie erklärte es sich, daß Julius die Schritte des Näherkommenden nicht gehört hatte? Instinktiv senkte der Romancier seinen Blick auf die Füße des jungen Mannes und bemerkte, daß er keine Stiefel, sondern nur Gummischuhe trug.
Lafcadios Lächeln hatte nichts Feindseliges, es deutete nur auf ein gewisses ironisches Amüsiertsein. Der junge Mann hatte seine Mütze auf dem Kopf behalten, doch wie er dem Erstaunen des Fremdlings begegnete, nahm er sie ab und verbeugte sich förmlich.
„Monsieur Wluiki?“ fragte Julius.
Wortlos verbeugte der Jünglich sich nochmals.
„Verzeihen Sie, wenn ich, Sie zu erwarten, in Ihrem Zimmer verweilt bin. Aber ich hätte selbiges nicht zu betreten gewagt, wenn man nicht die Freundlichkeit gehabt hätte, mich hineinzuführen.“
Julius sprach, um seine Geistesgegenwart zu beweisen, rascher und lauter als gewöhnlich. Ein Schatten von Unmut huschte, kaum spürbar, über des Rumänen Antlitz; er ging auf Julius' Schirm zu, nahm ihn schweigend und trug das triefende Gerät auf den

Korridor hinaus. Dann kam er ins Zimmer zurück und forderte den Gast durch eine Handbewegung auf, Platz zu nehmen.

„Sie sind gewiß befremdet über mein unvermitteltes Erscheinen?“

Schweigend entnahm Lafcadio einem silbernen Etui eine Zigarette und zündete sie an.

„Ich möchte Ihnen in wenigen Worten erklären, welche Gründe mich herführen. Sie werden dann gleich sehen, daß ...“ Je mehr er sprach, desto mehr fühlte er seine Sicherheit schwinden.

„Also ... Indessen erlauben Sie, daß ich Ihnen zunächst meinen Namen sage: ...“ Doch, als widerstrebe es ihm, zog er eine Karte aus der Tasche und reichte sie Lafcadio, der sie ungelesen auf den Tisch legte.

„Ich bin ... Ich habe soeben eine Arbeit vollendet, die, wenn gleich nicht umfangreich, doch ziemlich wichtig ist. Nun mangelt es mir an Zeit, sie ins reine zu schreiben ... Da hat mir jemand von Ihrer ausgezeichneten Handschrift gesprochen, und es kam mir der Gedanke, daß ...“ – Julius' Augen schweiften über die kärgliche Einrichtung des Raumes – „es kam mir der Gedanke, daß Sie vielleicht nicht böse sein würden, wenn ...“

„In ganz Paris lebt niemand“, unterbrach ihn Lafcadio, „der Ihnen von meiner Handschrift hätte sprechen können“ – er sah auf die Schublade, an der Julius ahnungslos ein winziges Wachssiegel aufgesprengt hatte, drehte heftig den Schlüssel im Schlosse um und steckte ihn in die Tasche – „niemand, der ein Recht hätte, Ihnen davon zu sprechen“, präzisierte er, und Julius errötete unter seinem Blick. „Andererseits (er sprach ganz langsam, in einem dalbrig-plärrenden, keinerlei Empfindung verratenden Tone) ist mir noch nicht recht klar, aus welchen Gründen Monsieur ... (er blickte auf die Karte) ... aus welchen Motiven der Graf Julius von Baraglioul sich speziell für mich zu interessieren beliebt. Immerhin (und seine Stimme wurde plötzlich, ähnlich der von Julius, salbungsvoll-geschmeidig) ist Ihr Vorschlag erwägenswert für jemand, der, wie Ihnen nicht entgangen ist, Geld braucht. (Er erhob sich.) Monsieur, darf ich Ihnen morgen vormittag meine Antwort bringen?“

Die Verabschiedung war deutlich. Julius, im Gefühl seiner ungünstigen Rolle, zögerte noch einen Augenblick. Dann, schon den Hut in der Hand:

„Ich hätte ausführlicher mit Ihnen zu sprechen gewünscht", sagte er ungeschickt. „Hoffentlich ergibt sich morgen eine Möglichkeit ... Ich werde Sie von zehn Uhr an erwarten."
Lafcadio verneigte sich.
Sowie Julius' Schritte im Korridor verhallt waren, schloß Lafcadio die Zimmertür und schob den Riegel vor. Dann lief er zur Schublade, nahm das Notizbuch heraus, schlug die letzte beschriebene (seit vielen Monaten der Fortsetzung harrende) Seite auf und vertraute ihr mit steiler, inzwischen ganz veränderter Handschrift folgende Bleistifteintragung an:

Weil ich nicht zu hindern verstanden, daß Salbölius seine Schnüffelnase in dies Buch gesteckt: 1 punta.

Er zog ein Messer aus der Tasche, dessen eine, ganz abgewetzte Klinge nur noch wie ein kurzer Pfriemen war, hielt sie zum Anglühen über ein Streichholz und stieß sie sich durch die Hosentasche hindurch mit brüskem Ruck gerade in den Oberschenkel. Sein Gesicht verzerrte sich, aller Selbstbeherrschung zum Trotz. Aber damit war es noch nicht genug. Ohne sich zu setzen, über den Tisch gebeugt, fügte er dem Rechenschaftsbericht hinzu:

Und weil ich ihm gezeigt, daß ich es wußte: 2 punte.

Diesmal zauderte er; machte die Hose los und streifte sie seitlich herunter. Er betrachtete die blutende kleine Wunde am Schenkel, die er sich soeben beigebracht, und prüfte auch die alten Narben ringsum: Impfspuren unerbittlicher Disziplin. Wieder glühte er die Klinge an und stieß sie dann zweimal rasch nacheinander in sein Fleisch.
„Früher wandte ich nicht so viel Vorsichtsmaßregeln an", sagte er zu sich, ergriff das Fläschchen mit Pfefferminzgeist und goß ein paar Tropfen über die Wunden.
Sein Zorn schien nachzulassen, doch wie er das Fläschchen zurückstellte, wurde er gewahr, daß die Photographie, die sein und seiner Mutter Abbild zeigte, nicht mehr ganz an ihrem Platze stand. Da nahm er sie in beide Hände, umfing sie mit einem letzten wilden Blick und zerriß sie dann voller Wut, während eine heiße Welle ihm ins Gesicht schoß. Er versuchte die Stücke zu

verbrennen, aber sie fingen nicht Feuer. So räumte er den Reis- und den Linsensack aus dem Kamin, stellte seine beiden einzigen Bücher, den Defoe und den Grazzini, als Brennböcke hinein, zerriß, zerfetzte, zerstörte sein Notizheft, warf die Fetzen der Photographie obenauf und zündete das Ganze an.
Sein Gesicht den züngelnden Flammen zugewandt, suchte er sich einzureden, die Vernichtung dieser Andenken erfülle ihn mit unsagbarer Befriedigung. Doch wie alles nur noch Asche war und er sich abkehrte, schwindelte ihm der Kopf. Das Zimmer war voll von Qualm. Er trat an den Waschtisch und kühlte sich die Stirn.
Dann betrachtete er mit klarerem Auge die kleine Karte, die sein Besucher ihm zurückgelassen hatte. „*Graf Julius von Baraglioul*", sagte er vor sich hin. „*Dapprima importa sapere chi è.*"
Er streifte das seidene Tuch vom Halse, das ihm Kragen und Krawatte ersetzte, riß sich das Hemd auf und dehnte seine Brust in der zum geöffneten Fenster hereinströmenden Frische. Dann, in plötzlicher Aktivität, machte er sich rapid zum Ausgehen fertig, setzte einen unauffälligen grauen Filzhut auf, und nach wenigen Minuten verließ ein in den Grenzen des Möglichen gesänftigter und gesitteter Lafcadio sein Gehäuse und nahm Kurs in der Richtung auf die Place Saint-Sulpice. Dort befand sich gerade gegenüber dem Rathaus eine öffentliche Bibliothek, deren Nachschlagewerke ihm die Auskünfte liefern sollten, die er brauchte.

IV

Als er unter den Bogengängen des Odeontheaters hindurchkam und einen flüchtigen Blick auf die Auslagen der dort installierten Buchhändler warf, gewahrte er einen Band mit gelbem Umschlag, dessen bloßer Anblick ihm zu jeder anderen Zeit gähnende Langeweile verursacht hätte. Doch des heutigen Tages Ungewöhnlichkeit trieb zu Impulsivem: Lafcadio griff in seine Westentasche, schmiß ein Fünffrankenstück aufs Zahlbrett und erwarb käuflich das chromgelbe Buch mit dem Titel: „*Höhenluft*, Roman von Julius de Baraglioul."
Das gibt ein schönes Feuer für heute abend! dachte er, während

der Buchhandlungsgehilfe die herauszugebenden dreißig Sous aus der Kasse hervorsuchte.
In der Bibliothek fand sich ein „Lexikon der Zeitgenossen", welches unter der Rubrik „*Julius de Baraglioul (Vicomte)*" eine herkömmliche literarische Laufbahn knapp umriß, so dann die Titel der erschienenen Werke angab und selbigen ein banales, jeden Annäherungswillen von vornherein dämpfendes Lob folgen ließ.
„Uäh!" machte Lafcadio ... Und schon wollte er das dicke Lexikon wieder zuschlagen, da fielen seine Augen von ungefähr auf drei Worte des vorhergehenden Artikels: drei Worte, die ihn durchfuhren wie ein elektrischer Strom. Die Überschrift dieser biographischen Zusammenfassung lautete: *Justus-Agenor von Baraglioul*", und etwa in der Mitte derselben las Lafcadio die Notiz: „*1873 Gesandter in Bukarest*". Wie kam es nur, daß diese einfachen Worte sein Herz so stürmisch klopfen machten?
Lafcadio, der von seiner Mutter mit fünf Onkeln beschenkt worden war, hatte seinen Vater nie gekannt. Er hatte es auch stets vermieden, nach ihm zu fragen, und nahm es hin, ihn für tot zu halten. Was die Oheime betraf (alle von verschiedener Nationalität, und unter ihnen nicht weniger als drei Angehörige der Diplomatie), so war der Knabe schnell dahintergekommen, daß sie mit ihm keine andere als die ihnen seitens der schönen Wanda zuerkannte Verwandtschaft aufzuweisen hatten. Nun, Lafcadio war vor kurzem neunzehn Jahre alt geworden. Er war 1874 in Bukarest geboren, das heißt zu Ende des zweiten Jahres von des Grafen Justus-Agenor Baraglioul dortiger diplomatischer Wirksamkeit.
Wie hätte sein durch Julius' geheimnisvollen Besuch geweckter Spürsinn darin nichts Bedeutsameres erblicken sollen als ein zufälliges Zusammentreffen? Er gab sich große Mühe, den Artikel „*Justus-Agenor*" genau durchzulesen; allein die Buchstaben tanzten ihm wirr vor den Augen. Immerhin wurde ihm bewußt, daß der Graf von Baraglioul, Julius' Vater, eine vornehme Persönlichkeit war.
Ein toller Jubel erhob sich in seinem Herzen, eine Freude, so lärmend, daß er glaubte, die nachbarlichen Bibliotheksinsassen müßten sie hören können. Doch nein: die Umpanzerung von Fleisch und Knochen, die sein Inneres umschloß, war solide gebaut und ließ nichts Ungewolltes an die Außenwelt dringen ... Verstohlen

musterte er die Umsitzenden: alle blieben in ihre lächerliche Gewohnheitslektüre versunken, als wenn nichts geschehen wäre ... Er rechnete nach: „Der Graf ist 1821 geboren, jetzt also zweiundsiebzig Jahre alt ... *Ma chi sa se vive ancora?* ..." Er stellte das Lexikon auf seinen Platz zurück und verließ die Bibliothek.
Draußen brach aus leichtem, zerwehendem Gewölk ein strahlendes Blau hervor. „*Importa di domesticare questo nuovo proposito*", sagte sich Lafcadio, dem eine freie Selbstverfügung über alles ging; und da er das Wirbelnd-Aufgewühlte nicht sofort bändigen konnte, so beschloß er, es für eine Weile ganz aus seinem Hirn zu verscheuchen. Zog Julius' Roman aus der Tasche und suchte sich hineinzulesen. Aber dem Buche fehlte jedes Geheimnis, das einen Zerstreuungsbedürftigen in fremde Sphären hätte bannen können.
„Und von dem Herrn, der solche Limonade verzapft, soll ich mich morgen als Sekretär anwerben lassen!" murmelte er verächtlich vor sich hin.
An einem Kiosk kaufte er eine Zeitung und durchschritt das seitlich vom Museum gelegene Tor zum Jardin du Luxembourg. Die Bänke waren regennaß. Er schlug das Buch auseinander, setzte sich darauf und entfaltete die Gazette, um sich alsbald in die „Vermischten Nachrichten" zu versenken. Sein erster Blick fiel, wie durch Magie, auf folgende Zeilen:

Der Gesundheitszustand des Grafen Justus-Agenor von Baraglioul, der, wie wir letzthin berichtet haben, zu Besorgnissen Anlaß gab, scheint sich zum Besseren zu wenden. Immerhin muß sich der Graf noch sehr schonen und darf höchstens ein paar nahe Freunde empfangen.

Lafcadio sprang von seiner Bank in die Höhe. Im Augenblick war sein Entschluß gefaßt. Er vergaß das Buch mitzunehmen und stürzte zu einem Papierladen in der Rue de Médicis, in dessen Auslage er eine Papptafel gesehen zu haben vermeinte: *Visitenkarten werden schnellstens geliefert, hundert Stück 3 Franken.*

Er lächelte im Gehen; die Kühnheit seines Einfalls amüsierte ihn; es stach ihn die Abenteuersucht wie der Hafer den Rappen.
„Wie lange brauchen Sie, um hundert Visitenkarten anzufertigen?" fragte er den Ladeninhaber.

„Sie können sie heute abend um sechs haben.“
„Ich bezahle den doppelten Preis, wenn Sie sie mir bis zwei Uhr liefern.“
Der Geschäftsmann tat, als müsse erst sein Bestellregister zu Rate gezogen werden. Nachdem das erledigt war:
„Um Ihnen gefällig zu sein, werde ich mein Äußerstes tun ... Gut, Sie können die Karten um zwei abholen. Welchen Namen sollen sie tragen?“
Auf den Zettel, den ihm der Mann hinreichte, schrieb der Jüngling herzklopfend, doch ohne Zittern und Erröten:

LAFCADIO DE BARAGLIOUL

Dieser Kerl nimmt mich nicht ernst, dachte er im Hinausgehen, ärgerlich, keiner tieferen Abschiedsverbeugung gewürdigt zu werden. Dann, bei einem Schaufensterspiegel vorüberkommend: Allerdings sehe ich nicht gerade wie ein Baraglioul aus ... Na, wollen versuchen, uns diesem Ideal so rasch wie möglich anzunähern!
Es war gegen Mittag. Lafcadio, ganz im Banne phantastischer Möglichkeiten, spürte nicht den geringsten Hunger.
„Ich will noch ein bißchen herumlaufen, sonst fliege ich in die Luft! Und ich muß mitten auf der Fahrstraße gehen, sonst merken die biederen Trottoirbürger, wie maßlos ich ihnen über den Kopf gewachsen bin. Noch eine Überlegenheit, die zu verheimlichen ist ... Ja, man lernt nie aus.“
Er trat in ein Postamt.
„Place Malesherbes ... Das kommt nachher an die Reihe!“ murmelte er, in einem Adreßbuch die Wohnung des Grafen Justus-Agenor heraussuchend. „Was aber hindert mich, gleich jetzt einen Vorstoß nach der Rue de Verneuil zu unternehmen?“ (Diese Straße und Hausnummer war als Julius' Domizil angegeben auf dessen zurückgelassener Karte.)
Lafcadio kannte jene Stadtgegend und liebte sie. Die großen Verkehrsadern meidend, machte er einen Umweg durch die stille Rue Vaneau, wo sein aufgeregtes Glück leichter Atem schöpfen konnte. Als er um die Ecke der Rue de Babylone kam, sah er Menschen rennen: nach dem Oudinot-Gäßchen bildete sich ein Auflauf vor einem zweistöckigen Haus, aus dem verdächtiger Rauch quoll. Er

zwang sich, das Tempo seines Schrittes genau beizubehalten ... Gerätst du in die Lokalrubrik des Abendblattes, Lafcadio, mein Freund? Dann müßte meine Feder dich verlassen ... jedenfalls spürt sie keine Neigung, die abgerissenen Schreie einer Menge wiederzugeben, den Lärm, die Panik ...

Sich durch den Haufen schlängelnd wie ein Aal, gelangte Lafcadio in die vorderste Reihe. Dort kauerte ein ärmlich gekleidetes Weib, schluchzte und rang die Hände.

„Meine Kinder! Meine kleinen Kinder!" jammerte sie.

Um sie mühte sich ein junges Mädchen, dessen diskrete Eleganz den Gedanken, daß es ihre Verwandte sei, widerlegte. Die junge Dame war blaß und so schön, daß Lafcadio, gleich zu ihr hingezogen, sie um Auskunft über den Stand der Dinge bat.

„Nein, mein Herr, ich kenne die Frau nicht. Alles, was ich begriffen habe, ist, daß ihre beiden kleinen Kinder noch oben im zweiten Stock sind – da, in dem Zimmer, an das die Flammen fast hinanreichen. Die Treppe steht schon in Brand. Die Feuerwehr ist alarmiert, aber bis sie ankommt, werden die Kleinen in dem Qualm erstickt sein ... Sagen Sie, mein Herr, könnte man nicht über die Mauer da zum Balkon gelangen, wenn man sich an dem dünnen Abflußrohr festhielte? Diesen Weg haben in einer finsteren Nacht Einbrecher genommen, sagen die Leute; aber was andere in verbrecherischer Absicht getan haben, das wagt jetzt, wo es die Rettung von Menschenleben gilt, niemand zu wiederholen. Vergebens habe ich meine Börse zum Lohn gesetzt. Ach, ich könnte weinen, daß ich kein Mann bin! ..."

Lafcadio hörte nicht länger zu. Hut und Stock zu Füßen des jungen Mädchens niederlegend, stürmte er los. Ein einziger Klimmzug brachte ihn ohne jeden Beistand auf die Höhe der Mauer. Nun schritt er aufrecht auf dem schmalen, stellenweise mit Glasscherben gespickten Grat dahin.

Doch das Staunen der Menge wuchs, als er die senkrechte Röhre umklammerte und sich daran hochzog, allein mit Armeskraft, die Fußspitzen kaum hier und da leicht auf die Tragringe setzend. Jetzt packt er das Balkongitter, schwingt sich über die Brüstung ... Die bewundernde Menge zittert nicht mehr, so groß ist die Sicherheit seiner Haltung. Mit der Schulter stößt er das Fenster ein; verschwindet im Zimmer ... Ein Augenblick der Erwartung und unsagbarer Angst ... Dann erscheint er wieder, ein heulendes

Bündelchen in den Händen. Aus einem Bettlaken, das er zerrissen und wieder zusammengeknotet, hat er eine Art Seil gemacht, an dem er das Baby nun in die Arme der zerfließenden Mutter herabläßt. Dem zweiten Liebling widerfährt dieselbe Prozedur ...

Als Lafcadio selbst herunterkletterte, jubelte ihm die Menge zu wie einem Heros.

Man hält mich für einen Clown, dachte er, voll Erbitterung über sein Rotwerden, und wehrte die Huldigung mit brutaler Gebärde ab. Als jedoch die junge Dame, der er sich wieder nahte, ihm nebst seinem Hut und Stock mit verwirrter Miene die zur Belohnung ausgesetzte Börse überreichte, da nahm er den Beutel lächelnd und bot die sechzig Franken, die darin waren, dem armen Weibe, das die geretteten Sprößlinge jetzt mit Küssen erstickte.

„Darf ich die Börse behalten zum Andenken an Sie, Mademoiselle?“

Es war eine kleine gestickte Börse, die er küßte. Die beiden sahen sich einen Augenblick an. Das junge Mädchen, noch bleicher als vorhin, schien etwas sagen zu wollen. Doch brüsk wandte sich Lafcadio zur Flucht, die Menge mit einem Stockhieb zerteilend, und so bös verzerrten Antlitzes, daß aller Beifall jäh verstummte.

Er kam von neuem durch den Luxembourg, absolvierte in einem kleinen Restaurant beim Odéon ein hastiges Mittagessen und war bald wieder in seiner unfreundlichen Bude angelangt, Claude-Bernard-Gäßchen Nr. 12. Unter einer Bohle des Fußbodens verwahrte er seine Barmittel; vier Goldstücke (drei zu zwanzig Franken und eines zu zehn Franken) kamen aus dem Verstecke zum Vorschein. Er rechnete:

Visitenkarten: sechs Franken.

Ein Paar Handschuhe: fünf Franken.

Eine Krawatte: fünf Franken. (Aber was kriege ich denn Rechtes für einen so lumpigen Preis!?)

Ein Paar Schuhe: fünfunddreißig Franken. (Ich werde keine lange Haltbarkeit von ihnen verlangen.)

Bleiben: neunzehn Franken für Unvorhergesehenes. (Aus Ekel vor Verpflichtungen zahlte Lafcadio stets bar.)

Er ging zum Wandschrank und entnahm ihm einen dunklen, weichen Cheviotanzug von ausgezeichnetem Schnitt und kaum getragen.

„Nur bin ich inzwischen, leider, gewachsen", sagte er vor sich hin und gedachte der glänzenden, noch gar nicht weit zurückliegenden Zeit, da der Marquis de Gesvres, sein letzter Onkel, ihn so flott zu allen Lieferanten mitgenommen hatte.
Ein schlechtsitzender Anzug war für Lafcadio etwas ebenso Unerträgliches wie für den Kalvinisten die Lüge.
„Das Dringendste zuerst!" Onkel Gesvres pflegte zu sagen, man erkenne den Menschen am Schuhwerk.
Und im Hinblick auf die Schuhe, die er anprobieren würde, wechselte er zunächst die Strümpfe.

V

Der Graf Justus-Agenor von Baraglioul hatte seine luxuriöse, an der Place Malesherbes gelegene Wohnung seit fünf Jahren nicht mehr verlassen. Durch die mit kostbaren Sammlungen vollgestopften Säle irrend oder, meistens die schmerzenden Glieder von Kompressen bedeckt, in seinem Krankensessel hockend, bereitete er sich nachdenklich auf den Tod vor. Seinen mächtigen Kopf umhüllte turbanartig ein gelbrotes Seidentuch. In silberner Kaskade rieselte der Bart über des tabakfarbenen Leibrockes wollene Flauschigkeit. Die Füße, in wildledernen Pantoffeln, ruhten auf einem Kissen mit Wärmflaschen. Abwechselnd tauchte er seine blutleeren Hände in ein von einem Spiritusflämmchen heiß gehaltenes Sandbad. Über seinen Knien lag eine graue Reisedecke. Gewiß, er hatte Ähnlichkeit mit Julius; doch mehr noch mit einem Bildnis Tizians; Julius bot nur ein schwaches Abbild seiner Züge, wie er auch in der *„Höhenluft"* nur eine Verdünnung und Versüßlichung von des Alten Daseinsfülle gegeben hatte.
Justus-Agenor von Baraglioul ließ gerade, kamillenteetrinkend, den geistlichen Zuspruch seines neuerdings häufig zu Rate gezogenen Beichtvaters, des Paters Avril, über sich ergehen; da klopfte es an die Tür, und der treue Hector, der seit zwanzig Jahren sein Kammerdiener, Krankenwärter und nötigenfalls Vertrauter war, brachte auf einem Lacktablett ein verschlossenes kleines Kuvert.
„Dieser Herr hofft, daß der Herr Graf ihn empfangen werde."
Justus-Agenor setzte seine Tasse hin, riß das Kuvert auf und entnahm ihm Lafcadios Visitenkarte. Nervös sie zerknitternd:

„Sag ihm, daß ...“ Dann, sich eines anderen besinnend: „Ein Herr? Du meinst wohl: ein junger Mann? Oder was ist es für eine Art Mensch?“

„Jemand, den der Herr Graf empfangen kann.“

„Mein lieber Abbé“, wandte sich Justus-Agenor an den Pater Avril, „möchten Sie mir verzeihen, wenn ich Sie bitte, unsere Unterhaltung für heute abbrechen zu wollen? Doch versäumen Sie keinesfalls, morgen wiederzukommen. Sicherlich werde ich Ihnen Neues mitzuteilen haben, und Sie werden, denke ich, zufrieden sein.“

Während Pater Avril sich durch die Salontür zurückzog, verharrte der Alte in Nachdenken. Dann, den Kopf hebend:

„Laß ihn eintreten.“

Mit selbstbewußt zurückgeworfener Stirn betrat Lafcadio den Raum. Vor des Greises Sessel angelangt, verneigte er sich tief. Er hatte sich vorgenommen, keine Silbe zu sprechen, bevor er nicht innerlich langsam bis zwölf gezählt hätte, und so war es der Graf, der als erster das Wort nahm:

„Lassen Sie sich vor allen Dingen gesagt sein, Monsieur, daß eine Person namens Lafcadio de Baraglioul nicht existiert. (Er zerriß die Visitenkarte.) Und da sich unter Ihrer Bekanntschaft ein gewisser Monsieur Lafcadio Wluiki zu befinden scheint, so haben Sie wohl die Güte, ihm mitzuteilen, daß, falls er etwa auf die Idee kommt, mit diesen Karten Unfug zu treiben und sie nicht alle, ritsch-ratsch, in kleine Stücke reißt, genauso wie ich diese hier (er tat's und warf die Fetzen in die leere Tasse), daß ich ihn dann ohne weiteres der Polizei signalisiere und ihn verhaften lasse wie einen ganz banalen Hochstapler. Haben Sie mich verstanden? ... Jetzt treten Sie näher ans Fenster, damit ich Sie betrachten kann!“

„Lafcadio Wluiki wird Ihnen gehorchen, Monsieur. (Seine Stimme, durchaus ehrerbietig, zitterte ein wenig.) Verzeihen Sie ihm das Mittel, das er angewandt, um sich bei Ihnen einzuführen: jede böse Absicht lag ihm fern. Er möchte Ihnen beweisen, daß er ... wenigstens Ihrer Achtung würdig ist.“

„Sie sind gut gewachsen. Aber dieser Anzug sitzt Ihnen schlecht“, bemerkte der Graf, der nichts gehört haben wollte.

„So war mein Unbehagen also gerechtfertigt“, wagte Lafcadio zu sagen, sich der Musterung mit gefälligem Lächeln darbietend.

„Gott sei gedankt: er hat Ähnlichkeit mit seiner Mutter!" murmelte der alte Baraglioul.

Lafcadio (nach berechnetem Zögern, halblaut, den Grafen fest ansehend):

„Wäre eine andere Ähnlichkeit, falls ich sie möglichst unauffällig zur Erscheinung brächte, mir denn so ganz und gar untersagt?"

„Ich sprach vom Äußeren. – Selbst wenn Sie nicht nur nach Ihrer Mutter schlügen, so ließe Gott mir doch keine Zeit mehr, es zu erkennen."

In diesem Augenblick fiel die graue Reisedecke von des Grafen Knien zu Boden.

Lafcadio sprang hinzu, und während er niedergebückt war, fühlte er die Hand des Alten sanft auf seiner Schulter ruhen.

„Lafcadio Wluiki", hub Justus-Agenor wieder an, als der Jüngling sich erhoben hatte, „meine Tage sind gezählt. Ich will mich mit Ihnen nicht in Spitzfindigkeiten einlassen: es würde mich ermüden. Ich gebe zu, daß Sie nicht dumm sind; und ich bin froh, daß Sie nicht häßlich sind. Ihr heutiges Auftauchen in meinem Hause zeugt von einer gewissen Verwegenheit, die Ihnen nicht übel ansteht; ich hatte zunächst zwar mehr den Eindruck von Frechheit, doch Ihre Stimme und Haltung beruhigen mich. Was das übrige anlangt, so hatte ich meinen Sohn Julius gebeten, mich darüber zu orientieren; aber ich merke jetzt, daß mir daran gar nicht besonders viel gelegen ist, und jedenfalls weniger als an Ihrer persönlichen Bekanntschaft. – Und nun, Lafcadio, hören Sie mich an: Es existiert keinerlei Schriftstück, keinerlei Urkunde, die Ihre Identität bewiese. Ich habe dafür gesorgt, daß Ihnen jede Möglichkeit etwaiger Rechtsansprüche verschlossen ist. – Nein, sparen Sie die Beteuerung Ihrer Gefühle: sie ist überflüssig; und unterbrechen Sie mich nicht. Aus Ihrer bisherigen Unsichtbarkeit schließe ich, daß Ihre Mutter das Versprechen, Ihnen nichts von mir zu sagen, gehalten hat. Das ist gut so. Und Sie sollen nun die Dankbarkeit, zu der ich mich ihr gegenüber verpflichtet habe, erfahren. Durch Vermittlung meines Sohnes Julius will ich Ihnen, trotz gesetzlicher Schwierigkeiten, den Teil der Erbschaft zukommen lassen, den Ihnen zu reservieren ich Ihrer Mutter damals zugesagt habe. Das heißt: zuungunsten meiner Tochter, der Gräfin Guy de Saint-Prix, werde ich meinen Sohn Julius in dem gesetzlich erlaubten Maße bevorzugen, und zwar um genau die Summe, die ich durch seine Vermittlung Ihnen hinterlassen möchte. Diese Summe wird, denke ich . . . na, sagen wir: vierzigtausend Franken jährliche Rente ergeben; ich erwarte noch heute meinen Notar, mit dem ich die Einzelheiten endgültig besprechen werde . . . Setzen Sie sich, falls Sie mir dann besser zuhören können. (Lafcadio hatte sich an die Tischkante gelehnt.) Julius kann gegen eine solche Regelung Einspruch erheben, er hat das Gesetz für sich. Ich halte ihn jedoch für ritterlich genug, um nichts dergleichen zu unternehmen. Und ich hoffe, daß Ihre eigene Rechtschaffenheit den Frieden von Julius' Familie niemals stören wird, ebenso wie Ihre Mutter den meinen stets respektiert hat. Für Julius und die Seinen darf es, wennschon einen Lafcadio, so doch immer nur einen solchen geben, der ‚Wluiki' heißt. Ich will auch nicht, daß Sie etwa Trauer um mich anlegen. Mein Kind, die Familie ist ein großes verschlossenes Haus: Sie werden stets nur ein Bastard bleiben."

Trotz der Aufforderung seines Vaters, der bemerkt hatte, daß er ein wenig schwankte, hatte Lafcadio sich nicht gesetzt. Schon war er wieder Herr seiner Sinne und lehnte sich nun, eine höchst ehrerbietige Haltung bewahrend, an das Tischchen, auf dem Teekanne und -tasse standen.

„Sagen Sie mir jetzt . . . Sie haben doch heute vormittag meinen Sohn Julius gesehen. Er hat Ihnen gesagt . . .?"

„Er hat mir nichts Bestimmtes gesagt; ich habe alles erraten."

„Der Ungeschickte! . . . Oh, ich meine nicht Sie . . . Haben Sie etwas mit ihm verabredet?"

„Er hat mir eine Sekretärstellung angetragen."

„Und Sie haben angenommen?"

„Wäre Ihnen das unlieb?"

„. . . Nein. Immerhin scheint es mir erwünscht, daß ihr euch nicht erkennt."

„Das dachte ich auch. Aber, ohne ihn eigentlich zu erkennen, möchte ich ihn ganz gern ein bißchen kennenlernen."

„Indessen beabsichtigen Sie doch gewiß nicht, längere Zeit in so untergeordneter Beschäftigung zu verweilen?"

„Nur so lange, um mir über meine Lage klarzuwerden."

„Und was denken Sie weiterhin zu tun, jetzt, wo Sie wohlhabend sind?"

„Ach, mein Herr, gestern noch hatte ich so gut wie nichts zu essen:

lassen Sie mir Zeit, zu merken, worauf mein Hunger sich richten mag."
In diesem Augenblick klopfte Hector an die Tür:
„Der Herr Vicomte möchte den Herrn Grafen gern sprechen. Darf ich ihn eintreten lassen?"
Des Alten Stirn verdüsterte sich. Ein paar Sekunden lang schwieg er; doch wie Lafcadio mit diskreter Bereitwilligkeit Miene machte, sich zurückzuziehen, rief Justus-Agenor so heftig, daß dem jungen Manne das Herz schlug: „Bleiben Sie!" Dann, zu Hector gewandt:
„Ich hatte ihn doch extra gebeten, jetzt nicht zu mir zu kommen ... Sag ihm, ich sei beschäftigt und ... ich würde ihm schreiben."
Hector verbeugte sich und ging.
Der alte Graf hielt seine Augen eine Weile geschlossen. Man hätte denken können, er sei eingeschlafen, wenn sich nicht unter dem Dickicht des Bartes die Lippen bewegt hätten. Endlich schlug er die Lider auf, streckte Lafcadio seine Rechte hin und sagte mit ganz veränderter, gesänftigter und fast gebrochener Stimme:
„Leg deine Hand in meine. So. Und jetzt mußt du mich verlassen, mein Kind!"
„Darf ich Ihnen noch ein Geständnis machen?" sagte Lafcadio zögernd. „Um mich anständig bei Ihnen präsentieren zu können, habe ich meine letzten Mittel erschöpft. Wenn Sie mir nicht helfen, weiß ich nicht recht, wovon ich heute abend satt werden soll – und noch weniger morgen, falls nicht etwa Ihr Herr Sohn ..."
„Nimm vorläufig dies", sagte der Graf und nahm einen Fünfhundertfrankenschein aus der Schublade. „Nun? Worauf wartest du noch?"
„Ich möchte mir noch die Frage erlauben, ob ... ich nicht hoffen darf, Sie wiederzusehen?"
„In der Tat, das wäre eine nicht unvergnügliche Aussicht. Doch die ehrwürdigen Herrschaften, die sich um mein Seelenheil bekümmern, erhalten mich in einer Laune, die mir wenig Befähigung zum Vergnügen läßt. Und meinen Segen kann ich dir gleich jetzt geben –" und der Alte öffnete die Arme, den Jüngling zu umfangen. Aber Lafcadio, anstatt dieser Geste zu folgen, kniete andächtig vor dem Grafen nieder, und tief gesenkten Hauptes, schluchzend, ganz Hingabe unter der Berührung, fühlte er sein zu trotzigen Entschlüssen neigendes Herz zerschmelzen.

„Mein Kind, mein Kind“, stammelte der Alte, „ich habe viel gutzumachen an dir!“

Als Lafcadio sich erhob, war sein Antlitz voller Tränen.

Wie er sich entfernen wollte und die Banknote (die er nicht gleich genommen hatte) in seine Tasche steckte, fand er dort den Pack Visitenkarten und reichte ihn dem Grafen hin:

„Da haben Sie alle zusammen!“

„Ich hab' Vertrauen zu dir: du wirst sie selbst zerreißen. Adieu!“

Der hätte das Musterexemplar eines Onkels abgegeben, dachte Lafcadio auf dem Rückweg nach dem Quartier Latin; und sogar noch etwas mehr als das, nuancierte er mit einem Anflug von Melancholie. Na! ... Er holte die Visitenkarten hervor, schlug sie zu einem Fächer auseinander und zerriß sie allesamt mit einem einzigen Ruck, der ihm nicht einmal Anstrengung verursachte.

„Zu den Straßendolen hab' ich immer nur ein begrenztes Vertrauen gehabt“, murmelte er und warf die Hälfte mit dem Vornamen „*Lafcadio*“ in eine der unterhalb der Bordschwellen befindlichen Gossenöffnungen, und erst der übernächsten wurden die anderen mit „*de Baraglioul*“ gezierten Hälften überantwortet.

„Baraglioul oder Wluiki, das kann schließlich gleich sein: tilgen wir jetzt zunächst das Vergangene!“

Am Boulevard Saint-Michel befand sich ein Juweliergeschäft, vor dem Carola ihn oft stehenzubleiben genötigt hatte. Vorgestern hatte sie in der überhellen Auslage ein paar ungewöhnliche Manschettenknöpfe entdeckt: vier Katzengesichter (je zwei durch ein Goldkettchen verbunden), geschnitten aus einem nebelig-milchigen Achat, von dem man nicht recht zu sagen vermocht hätte, ob er durchsichtig sei oder nicht. Da Carola, wie schon erwähnt, zu ihrem „Schneiderkleid“ eine Art männlicher Manschetten trug und einen absurden Geschmack hatte, so empfand sie ein Gelüste nach diesen Manschettenknöpfen. Sie waren weniger hübsch als vielmehr lächerlich, diese Knöpfe; Lafcadio fand sie unausstehlich und hätte sie an seiner Geliebten niemals zu erdulden vermocht. Doch eben jetzt, wo er Carola verlassen wollte ... Er betrat den Laden und erwarb die vier goldverbrämten Fratzen um den Preis von einhundertundzwanzig Franken.

„Ein Stück Papier, bitte!“ – Und auf das Blatt, das ihm der Juwelenhändler reichte, schrieb er, über den Ladentisch gebeugt:

An Carola Venitequa,
zum Dank dafür, daß sie den Unbekannten in mein Zimmer geführt, und mit der Bitte, selbiges ihrerseits nie wieder betreten zu wollen.

Er kniff das Papier zusammen und tat es in die kleine Schachtel, worin der Schmuck verpackt wurde.
Übereilen wir nichts! beschloß er, wie er eben dem Hauswart das Schächtelchen übergeben wollte. Verbringen wir ruhig die Nacht noch unter diesem Dache, und begnügen wir uns für heute abend mit dem Faktum, daß Mademoiselle Carola, wenn sie nach Hause kommt, unsere Tür verschlossen finden wird.

VI

Julius de Baraglioul lebte seit geraumer Zeit unter der Herrschaft einer vorläufigen Moral (ähnlich wie dereinst Descartes sich mit einem moralischen Provisorium begnügte, bevor ihm die endgültige Lebensregelung gelänge). Doch empfand und dachte Julius viel zu läßlich und bequem, als daß ihn die Einreihung ins Konventionelle sonderlich bedrückt hätte. Im Grund verlangte er vom Leben nur Komfort, und seinen literarischen Erfolg rechnete er in eben diese Kategorie. Erst die ungünstige Aufnahme seines jüngsten Buches gab diesem Lavendel-Hedonismus einen leisen Stoß.
Daß der alte Graf sich gestern hatte verleugnen lassen, war für Julius eine schwere Kränkung gewesen. Und wie nun gar, wenn er gewußt hätte, *wer* ihm bei dem Alten zuvorgekommen war! Während des Rückwegs in die Rue de Verneuil brach Julius' innerer Widerstand gegen eine impertinente, Lafcadios Ursprung betreffende Vermutung immer mehr in sich zusammen. Auch er, der Romancier, wußte Tatsachen und Daten aneinanderzurücken; auch ihm wurde es deutlich, eine so frappante Konstellation beruhe nicht auf bloßem Spiel des Zufalls. Übrigens hatte Lafcadios jugendlicher Reiz ihn gewonnen, und obwohl er vermutete, sein Vater werde ihn zugunsten dieses illegitimen Bruders um einen Teil seiner Erbschaft kürzen, so verspürte er doch keinerlei Übelwollen gegen diesen Eindringling; ja, er erwartete dessen Kommen heute vormittag mit einer Art konziliianter Neugier.

Den Sohn Wandas dagegen lockte, trotz seines düster-verschlossenen Wesens, die seltene Gelegenheit, zu reden; und die Lust, Julius ein bißchen zu piesacken. Denn selbst Protos hatte nur wenig Herzenstöne von ihm zu hören bekommen. Welchen Weg hatte er seitdem zurückgelegt! Julius mißfiel ihm eigentlich kaum, so marionettenhaft er ihm auch vorkam; es war amüsant, plötzlich sein Bruder geworden zu sein.

Wie er nun an diesem Morgen auf dem Wege war zu Julius' Behausung (am Tage nach dessen Besuch in der Claude-Bernard-Gasse), passierte ihm ewas Überraschendes:

Um eine gewisse geistige und körperliche Erregtheit zu bewältigen und seinem Bruder in voller Selbstbeherrschung gegenüberzutreten, vielleicht auch getrieben von seinem Genie, seinem Hang zum Indirekten, wählte Lafcadio den weitesten Umweg; er war bis zum Boulevard des Invalides vorgestoßen, dann am Schauplatz des gestrigen Brandes vorbeigekommen und näherte sich nun durch die Rue de Bellechasse seinem Ziele.

„Rue de Verneuil 34", wiederholte er sich im Gehen; „3 und 4 macht 7, eine Glückszahl."

Wie er (an der Stelle, wo zur Linken die Rue Saint-Dominique einmündet) den Boulevard Saint-Germain erreichte, glaubte er auf der gegenüberliegenden Seite des Boulevards jenes junge Mädchen zu erkennen, das ihm seit gestern nicht recht aus dem Sinn gekommen war. Er beschleunigte den Schritt —: sie war es wirklich! Er holte sie am Ende der kurzen Rue de Villersexel ein, verwarf jedoch die Idee eines etwaigen Ansprechens als unbaraglioulesk und begnügte sich mit leichtem Verneigen sowie diskretlächelnder Hutlüpfung. Dann hielt er's, eilig vorübergehend, für dienlich, in einen Tabakladen zu springen, wodurch nun das junge Mädchen, das seinen Weg um die Ecke der Rue de l'Université nahm, einen erneuten Vorsprung gewann.

Als Lafcadio nach bewerkstelligtem Zigaretteneinkauf die Tabakbar verließ und seinerseits in die genannte Straße einbog, sah er sich vergeblich nach allen Seiten um: die junge Dame war verschwunden. (Lafcadio, mein Freund: spürst du nicht die Abgedroschenheit, die dich bedroht? Solltest du dich wirklich verlieben, so rechne, bitte, nicht darauf, daß meine Feder die Irrungen und Wirrungen deines Herzens nachzeichne . . .)

Doch nein, eine Damenverfolgung wäre unserem Helden unpas-

send erschienen. Auch blieb, falls er Julius nicht warten lassen wollte, keine Zeit mehr für Allotria. Glücklicherweise war die Rue de Verneuil nahe, und das Haus, in dem Julius wohnte, lag gleich an der ersten Ecke. Lafcadio rief dem Portier den Namen des Grafen zu und eilte die Treppen hinauf.
Inzwischen hatte Geneviève de Baraglioul – denn sie war es: des Grafen Julius älteste Tochter, und sie kam eben von ihrem allmorgendlichen Liebesdienst im Krankenhaus zurück – inzwischen hatte, sagte ich, die ob dieses erneuten Zusammentreffens ganz betroffene Geneviève in großer Hast die väterliche Wohnung erreicht. In dem Augenblick, wo Lafcadio um die Ecke bog, trat sie ins Haustor, und sie war fast bis zur zweiten Etage emporgestiegen, als eilige Schritte hinter ihr sie veranlaßten, sich umzuwenden. Jemand kam schneller als sie die Treppe herauf. Sie trat beiseite, um den Betreffenden vorüberzulassen. Da erkannte sie plötzlich den verdutzt stehenbleibenden Lafcadio, und voller Empörung schleuderte sie ihm ins Gesicht:
„Ist das anständig von Ihnen, Monsieur, mich so zu verfolgen?"
„O Mademoiselle, was denken Sie von mir!?" rief Lafcadio. „Natürlich hatte ich Sie nicht in dieses Haus eintreten sehen, in dem ich Sie nun höchst erstaunt wiederfinde! Aber wie ist mir denn? Wohnt hier denn nicht der Graf Julius von Baraglioul?"
„Wie?" errötete Geneviève, „sollten Sie der neue Sekretär sein, den mein Vater erwartet? Monsieur Lafcadio Wlou . . .? Sie haben einen so ungewöhnlichen Namen, daß ich nicht weiß, wie ich ihn aussprechen soll."
Und da Lafcadio, ebenfalls errötend, sich verneigte: „Weil wir uns hier erneut treffen, Monsieur: darf ich Sie wohl bitten, meinen Eltern nichts von dem gestrigen Abenteuer (das sie kaum goutieren würden) zu erzählen? Und besonders nichts von der Börse (denn ich habe ihnen gesagt, sie sei mir abhanden gekommen)?"
„Eben wollte ich Sie anflehen, Mademoiselle, Ihrerseits Schweigen zu bewahren über die Rolle, die Sie mich haben spielen sehen und die mir – darin müßte ich Ihren Eltern durchaus recht geben – abgeschmackt und lächerlich, ja geradezu unverständlich erscheint! Sie müssen mich ja für einen Neufundländer gehalten haben! Ich konnte mich nicht zurückhalten . . . Verzeihen Sie mir. Ich habe noch viel zu lernen . . . Aber ich *werde* lernen, dessen bin ich wenigstens sicher . . . Wollen Sie mir die Hand geben?"

Geneviève de Baraglioul, die sich nicht eingestehen mochte, daß sie Lafcadio sehr schön fand, gestand diesem nicht ein, daß sein gestriges Verhalten ihr keineswegs lächerlich, sondern im Gegenteil heldenhaft erschienen war. Sie reichte ihm ihre Hand, die er ritterlich an die Lippen führte. Darauf bat sie ihn lächelnd, ein paar Stufen wieder hinunterzusteigen und zu warten, bis sie in die Wohnung eingetreten sei und die Tür hinter sich geschlossen habe; erst dann solle er seinerseits klingeln; dadurch werde vermieden werden, daß man sie beieinander sehe; und auch künftighin möge er niemals merken lassen, daß sie sich schon begegnet seien.
Einige Minuten später wurde Lafcadio in das Arbeitszimmer des Romanciers geführt.

Julius empfing ihn liebenswürdig; aber sein Ton hatte einen ungewollten Beigeschmack, der den andern sofort auf die Schanze rief:
„Monsieur, ich muß Ihnen gleich sagen: jegliche Dankbarkeit widerstrebt mir (ebenso wie Schulden). Und was Sie auch für mich tun mögen: Sie werden mich nie dahin bringen, daß ich mich in Ihrer Schuld fühle."
Nun stieg auch Julius aufs hohe Pferd:
„Ich beabsichtige keineswegs, Sie zu kaufen, Monsieur Wluiki . . ."
Doch schon empfanden sie beide, wie wenig ratsam es sei, die Brücken so schnell hinter sich abzubrechen. Sie hielten inne, und es entstand ein Augenblick des Schweigens. Dann war es Lafcadio, der in verträglicherem Tone wieder anhub:
„Was ist das für eine Arbeit, deren Abschrift Sie mir anvertrauen wollten?"
Julius vermied eine bestimmte Antwort und gab vor, der Text des betreffenden Werkes bedürfe vor der Reinschrift noch etlicher Änderungen. „Wär's nicht übrigens auch ganz erwünscht", meinte er einladend, „wenn wir vorher etwas genauere Bekanntschaft schlössen?"
„Gestehen Sie, Monsieur", erwidere Lafcadio mit einem Anflug von Laune, „daß Sie gestern schon vor meinem Nachhausekommen eine Art Präliminarbekanntschaft mit mir zu schließen suchten, indem Sie ein gewisses Notizbuch Ihrer Blicke würdigten . . .?"
Julius fühlte sich überrumpelt und sagte ziemlich beschämt:
„Ich gestehe es . . ."

Dann, sich zusammenraffend:
„... und ich bitte deswegen um Entschuldigung. Käme es noch einmal in Frage, so würde ich dergleichen vermeiden."
„Es kommt nicht mehr in Frage: ich habe das Notizbuch verbrannt."
Ganz bestürzt fragte Julius:
„Sind Sie sehr böse?"
„Wäre ich's noch, so spräche ich mit Ihnen nicht darüber. Verzeihen Sie den Ton, den ich eben beim Hereinkommen angenommen habe... Immerhin möchte ich gern wissen, ob Sie auch ein Briefchen gelesen haben, das sich in dem Notizbuch befand?"
Julius hatte keinerlei Briefchen gelesen, aus dem einfachen Grunde, weil er keins gefunden hatte: doch ergriff er die Gelegenheit, um seine Diskretion zu beteuern. Lafcadio amüsierte sich über ihn und trug dieses Vergnügen unverhohlen zur Schau.
„Eine kleine Revanche habe ich schon gestern genommen, und zwar an Ihrem neuesten Buche!"
„Das kaum geeignet ist, Sie zu interessieren", beeilte sich Julius vorzubeugen.
„Oh, ich habe es auch nicht ganz gelesen... Ich habe am Lesen nie besonderen Geschmack gefunden. Im Grunde war es nur der *Robinson,* der mir zugesagt hat... Höchstens noch *Aladin oder die Wunderlampe*... Nun bin ich in Ihren Augen wohl zu einem ganz unmöglichen Menschen herabgesunken?"
Julius erhob milde die Hand:
„Ich beklage Sie nur, denn Sie berauben sich großer Freuden."
„Ich kenne andere."
„Die vielleicht weniger edel sind."
„Dessen seien Sie versichert!" – Und Lafcadio lachte ungezogen.
„Eines Tages kommt die Reue", meinte Julius leicht pikiert.
„Wenn's zu spät ist", ergänzte Lafcadio sentenziös. Dann unvermittelt:
„Macht Ihnen das eigentlich Vergnügen: zu schreiben?"
Julius warf sich in die Brust:
„Ich schreibe nicht, um Vergnügen dabei zu empfinden", sagte er würdevoll. „Die Freuden, die ich beim Schreiben auskoste, sind erhabener als die Genüsse, die ich im äußeren Leben finden könnte. Übrigens schließt das eine ja das andere nicht aus..."

„Das ist leicht gesagt!“ – Dann, die Stimme, die er nachlässig hatte sinken lassen, plötzlich hebend:
„Wissen Sie, was mir an der Schreiberei zu widerlich ist? Das sind die Durchstreichungen, Änderungen, Verfälschungen, die sogenannten Korrekturen, die man dabei macht.“
„Glauben Sie denn, daß man sich im Leben nicht korrigiert?“ fragte Julius angeregt.
„Sie verstehen mich nicht: zwar kann man *sich* im Leben korrigieren (oder: verbessern, wie man sagt); aber man kann nicht wegkorrigieren, nicht abändern oder ungeschehen machen, was man einmal *getan* hat. Eben dieses Recht auf Retusche ist es, was das Schreibhandwerk zu etwas so Staubig-Grauem macht, zu etwas so ... (er vollendete nicht). Ja. Und am Leben erscheint es mir so bezaubernd, daß man *al fresco* malen muß. Wegradieren kann man da nicht.“
„Gäbe es in Ihrem Leben etwas wegzuradieren?“
„Nein ... noch nicht viel ... Und zumal es gar nicht möglich ist ...“ Lafcadio schwieg einen Augenblick. Dann: „Und doch war's der Wunsch, etwas Geschehenes, etwas *Gelesenes* durch Vernichtung *ungelesen* zu machen, der mich mein Notizbuch ins Feuer hat werfen lassen ... Zu spät, wie Sie wohl wissen ... Aber gestehen Sie, daß Sie nicht allzuviel davon begriffen haben?“
Nein; das hätte Julius nie eingestanden.
„Wollen Sie mir ein paar Fragen erlauben?“ sagte er statt aller Antwort.
Lafcadio erhob sich so plötzlich, daß Julius glaubte, er wolle fliehen. Aber er ging nur ans Fenster und sagte, den Tüllvorhang beiseite schiebend:
„Gehört der Garten Ihnen?“
„Nein“, sagte Julius.
„Monsieur, noch nie habe ich jemand auch nur den verstohlensten Blick auf mein Dasein werfen lassen“, erklärte Lafcadio, ohne sich vom Platz zu rühren. Dann, zu Julius zurückkehrend (der ihn immer mehr für einen Wichtigtuer zu halten begann): „Aber heute will ich mir Ferien gönnen, dieses einzige Mal im Leben. Stellen Sie Ihre Fragen: ich werde sie alle beantworten ... Und zuvörderst sei Ihnen kundgetan, daß ich das Mädel zur selben Tür, die sie Ihnen gestern geöffnet hat, hinausgepfeffert habe.“
Aus Höflichkeit formte Julius ein bekümmertes Gesicht:

„Durch meine Schuld! Seien Sie überzeugt, daß . . .“

„Ah bah, schon seit längerer Zeit suchte ich nach einem Anlaß, von ihr loszukommen.“

„Sie . . . lebten mit ihr?“ fragte Julius ungeschickt.

„Ja; aus Hygiene . . . Aber sowenig wie möglich; und zur Erinnerung an einen Freund, der ihr Geliebter gewesen war.“

„Vielleicht Monsieur Protos?“ vermutete Julius im krampfhaften Bestreben, seinen empörten Widerwillen hinunterzuschlucken und von allem Befremdetsein heute nur so viel merken zu lassen, wie einer angeregten Unterhaltung förderlich sein mochte.

„Ja, Protos“, bestätigte Lafcadio munter. „Und jetzt möchten Sie wohl gern erfahren, wer Protos war?“

„Ihre Freunde ein wenig kennenzulernen: das wäre mir vielleicht ein Hilfsmittel zur Kenntnis Ihrer selbst.“

„Er war ein Italiener und hieß eigentlich . . . Donnerwetter, nun hab' ich seinen Namen völlig vergessen! Aber das schadet nichts. Seitdem er eines Tages ganz plötzlich den ersten Platz im griechischen Aufsatz ergatterte, nannten wir ihn alle – und selbst die Lehrer – nur noch mit diesem Beinamen.“

„Ich erinnere mich nicht, jemals selbst Primus gewesen zu sein“, bemerkte Julius, um zur aufkommenden Vertraulichkeit beizutragen; „doch, ebenso wie Sie, habe ich stets gute Freundschaft gehalten mit den Ersten der Klasse. Also Protos . . .“

„Ja, es kam infolge einer Wette, die er gemacht hatte. Vorher war er immer einer der Letzten in der Klasse (wenngleich: Ältesten). Ich dagegen war einer der Jüngsten, was übrigens meinen Fleiß durchaus nicht stachelte. Protos bezeugte aller Schulweisheit seine äußerste Verachtung. Als jedoch einer unserer Musterschüler, den er haßte, ihm eines Tages zu verstehen gab: es sei bequem, etwas herabzusetzen, dessen man selbst nicht fähig sei, da fühlte Protos sich am Stolz gepackt, arbeitete vierzehn Tage lang wie ein Wilder und machte beim nächsten Klassenaufsatz seine Sache so gut, daß er sogar den Musterknaben überflügelte und zum allgemeinen Erstaunen als Erster ans Ziel kam. Ich hätte lieber sagen sollen: zum Erstaunen aller außer mir selbst. Denn *ich* schätzte Protos viel zu hoch, als daß irgendeine seiner Errungenschaften mich hätte verblüffen können. Er hatte zu mir gesagt: ich werde ihnen zeigen, daß es kein so großes Kunststück ist; und ich hatte ihm geglaubt.“

„Wenn ich Sie recht verstehe, hat Protos Einfluß auf Sie gehabt?"
„Vielleicht. Er imponierte mir. Eigentlich habe ich mit ihm nur ein einziges intimes Gespräch geführt. Selbiges war mir allerdings so überzeugend, daß ich, tags darauf, aus dem Pensionat (wo ich gilbte wie ein Kopfsalat im Dunkeln) entfloh und mich zu Fuß nach Baden-Baden aufmachte, wo meine Mutter damals in Gesellschaft des Marquis de Gesvres lebte, eines meiner Oheime . . . Aber wir beginnen ja mit dem, was zuletzt kommen müßte! Ich merke schon, daß Ihre Art, Fragen zu stellen, die Dinge nur durcheinanderbringt. Da will ich Ihnen lieber gleich alles im Zusammenhang berichten, ganz einfach von Anfang an. Auf diese Weise werden Sie viel mehr von meinem Leben erfahren, als Sie durch Fragen aus mir herausbekommen könnten, und vielleicht sogar mehr, als Ihnen zu hören lieb sein wird . . . Nein, danke, ich ziehe meine Sorte vor", sagte er, die ihm vorhin von Julius angebotene und inzwischen ausgegangene Zigarette in den Aschbecher werfend und seinem eigenen Etui eine entnehmend.

VII

„Geboren bin ich 1874 in Bukarest", begann er langsam, „und wie Ihnen vermutlich bekannt ist, habe ich meinen Vater wenige Monate nach meiner Geburt verloren. Das erste Antlitz, an das ich – neben dem meiner Mutter – zurückdenken kann, gehörte einem Deutschen, dem Baron Heldenbruck, meinem Onkel. Doch, da ich ihn verlor, als ich zwölf Jahre alt geworden war, so ist er mir nur ziemlich undeutlich im Gedächtnis geblieben. Er war, glaube ich, ein hervorragender Finanzmann. Er unterrichtete mich in seiner Sprache und brachte mir auch das Rechnen bei, und zwar letzteres auf so raffinierte Weise, daß ich alsbald das größte Vergnügen daran fand. Er hatte mich – wie er es launigerweise nannte – zu seinem Kassierer gemacht, das heißt, er gab mir eine Summe Geldes zu verwalten, und überall, wohin ich ihn begleitete, war ich es, dem die Bezahlung oblag. Was auch immer er kaufte (und oft kaufte er ein Dutzend Gegenstände in einem einzigen Laden): ich mußte den Gesamtpreis zusammenrechnen und durfte nicht mehr Zeit darauf verwenden, als man braucht, um Metallgeld und Banknoten aus der Tasche zu ziehen. Manchmal suchte er mich durch fremdländische Münzen in Verwirrung zu bringen, und dann tauchten Währungs-, auch Diskont-, Zins-, Darlehens-, schließlich sogar Spekulationsfragen auf. Solchermaßen wurde ich in kurzem so routiniert, daß ich mehrstellige Zahlen im Kopfe ohne Papier und Bleistift multiplizieren und dividieren konnte ... Aber beruhigen Sie sich (denn Julius runzelte die Stirn): all das hat mich weder ins Rechnen noch in den Mammon verliebt gemacht. Über meine eigenen Ausgaben rechne ich nie ab, falls Sie das interessieren sollte. Diese frühe Unterweisung ist ganz äußerlich-real geblieben und hat nichts Inneres in mir berührt ... Übrigens verstand sich Heldenbruck auch wunderbar auf die Hygiene der Kindheit; er veranlaßte meine Mutter, mich bei jedem Wetter ohne Hut und ohne Schuhe herumlaufen zu lassen, und wo sich auf unseren Spaziergängen nur eine Gelegenheit bot, ließ er mich baden in Fluß und See, mochte es nun Sommer sein oder Winter. Das war famos ... Doch solche Einzelheiten müssen Sie langweilen ..."

„Aber im Gegenteil!"

„Dann riefen ihn seine Geschäfte nach Amerika, und ich habe ihn nie wieder gesehen.

Im Salon meiner Mutter zu Bukarest verkehrte eine glänzende, wenn auch (soweit ich mich entsinnen kann) bunt zusammengewürfelte Gesellschaft. Zum intimsten Kreise gehörten damals besonders Fürst Wladimir Bielkowski, mein Onkel, und Ardengo Baldi, den ich sonderbarerweise nie ‚Onkel' genannt habe. Die Interessen Rußlands (oder soll ich sagen: Polens?) und Italiens hielten sie drei oder vier Jahre in der rumänischen Hauptstadt fest. Jeder von beiden lehrte mich seine Sprache, das heißt Italienisch und Polnisch, denn Russisch kann ich zwar einigermaßen lesen, aber ich habe es nie fließend gesprochen. In dem internationalen (mich verhätschelnden) Kreise, den meine Mutter um sich sah, hatte ich täglich Gelegenheit, mich in vier oder fünf Sprachen zu üben, und mit dreizehn Jahren konnte ich sie alle ungefähr gleich gut ohne jeden Akzent; am liebsten aber bediente ich mich stets des Französischen, der Sprache meines Vaters, die meine Mutter mich vor allen anderen gelehrt hatte.

Bielkowski beschäftigte sich (wie alle, die meiner Mutter zu gefallen wünschten) so viel mit mir, daß es aussah, als wäre ich es, dem er den Hof machte. In Wirklichkeit aber handelte er dabei, glaube ich, doch ohne Berechnung, einzig seiner mannigfach regsamen Natur folgend. Er beschäftigte sich mit mir auch dann, wenn meine Mutter es nicht bemerkte: eine von mir als höchst schmeichelhaft empfundene Zuneigung. Dieser sonderbare Mann verwandelte unsere bis dahin nicht sehr abwechslungsreiche Existenz in ein ruheloses Fest. Sein Vergnügungs- und Bewegungsdrang hatte etwas Frenetisches, und mit Leidenschaft stürzte er sich in alles, was ihn lockte.

Während dreier Sommer waren wir seine Gäste auf seinem in der Nähe von Eperjes gelegenen ungarischen Karpatenschloß. Von dort aus unternahmen wir häufige Wagenfahrten. Noch lieber stiegen wir aufs Pferd, und nichts bereitete meiner Mutter größere Freude als dieses wilde Durchjagen von Wald und Feld. Es waren schöne Zeiten, und das Pony, das ich von Wladimir zum Geschenk erhalten hatte, wurde mir das liebste Wesen auf der Welt.

Im zweiten Sommer kam auch Ardengo Baldi dorthin. Damals lehrte er mich das Schachspiel, und dank der Heldenbruckschen Kopfrechnenvorbildung war ich bald so weit, daß ich meine Züge berechnete, ohne einen Blick aufs Schachbrett zu werfen.

Baldi verstand sich gut mit Bielkowski. Oft verbrachten wir (meine Mutter, die beiden Diplomaten und ich) lange Abende in einem gespenstisch inmitten von Park und Wald aufragenden Turm und spielten Karten. Denn obwohl ich erst dreizehn Jahre alt war, hatte Baldi mir – aus Angst vor dem ‚Strohmann' – schon das Whist und auch das Falschspielen beigebracht. Diese Séancen dauerten meist über Mitternacht hinaus.

Baldi war Jongleur, Zauberkünstler, Taschenspieler und Akrobat. In der Zeit, wo dieser cagliostrohafte Italiener bei uns auftauchte, kam ich eben aus Heldenbrucks vernünftelnder Realschule. Um so berauschender überfiel mich nun die neue Magie, und mit selig-gläubigem Staunen nahm ich alles hin, was Baldi mir an Wundern zu bieten hatte. Späterhin hat er mich in die Technik seiner Tricks eingeweiht; aber dieses Aufgeklärtwerden nahm dem Geheimnis nichts von seiner Bannkraft, und niemals verwischte sich mir der Verzauberungsrausch jenes ersten Abends, da Baldi sich die Zigarette seelenruhig am Nagel seines kleinen Fingers angezündet und darauf (zu meinem Entsetzen und zur Belustigung der übrigen) aus meiner Nase genausoviel Rubel hervorgehokuspokust hatte, wie er zur Deckung seines Spielverlustes

brauchte – eine Finanzoperation, die er mit einer kühlen Erklärung begleitete: ‚Glücklicherweise ist dieser Knabe eine unerschöpfliche Goldmine.'
Wenn er abends mit meiner Mutter und mir allein war, so erfand er immer etwas Neues, eine Überraschung oder einen Schabernack. Er äffte alle unsere Bekannten nach, schnitt Fratzen, eskamotierte jede Ähnlichkeit mit sich selbst, imitierte alle Stimmen, Tierlaute und Instrumente, exzellierte in unglaublichen Geräuschen, sang und begleiete sich auf der einsaitigen Gusla, tanzte, machte Luftsprünge, ging auf den Händen, sprang über Tische und Stühle oder zog sich die Schuhe aus, um als japanischer Fußjongleur Ofenschirme und Salontischchen auf der Zehenspitze tanzen zu lassen. Mit den Händen jonglierte er noch besser. Aus einem zerknüllten Stück Papier ließ er weiße Schmetterlinge hervorflattern, die er mit Fächerschlägen in der Schwebe erhielt und die ich mit meinem Atem pustend verfolgte. Bei diesem Magier verloren alle Dinge Gewicht und Wirklichkeit, ja sogar Gegenwärtigkeit, und schienen einen neuen, unerwarteten, phantastischen, jedem Nutzwert entrückten Sinn zu gewinnen: ‚Es gibt kaum etwas, womit man nicht jonglieren könnte', sagte er. Und dabei war er so komisch, daß ich aus dem Lachen nicht herauskam und daß meine Mutter rief: ‚Nun aber genug, Baldi! Cadio wird nachher wieder nicht einschlafen können!' Und in der Tat müssen meine Nerven wohl gut imstande gewesen sein, um von solchen Sensationen nicht überreizt zu werden.
Ich habe in dieser Lehre viel profitiert. Nach einigen Monaten wäre ich meinem Hexenmeister wohl schon in manchem Kunststück über gewesen, und sogar ..."
„Ich sehe, mein Lieber, daß Sie eine sorgfältige Erziehung genossen haben", unterbrach in diesem Moment Julius.
Lafcadio, des Romanciers verhaltenen Kummer genießend, lachte. „Oh, das alles ging mir nicht besonders tief: da brauchen Sie keine Bange zu haben! Immerhin wurde es (nicht wahr?) allgemach Zeit, daß Onkel Faby auf der Szene erschien. Er war es, der zu meiner Mutter kam, als Bielkowski und Baldi auf andere Posten berufen wurden."
„Faby? ... Derselbe, dessen Widmungsworte ich auf der ersten Seite Ihres Notizbuches gelesen habe?"
„Ja. Fabian Taylor, Lord Gravensdale. Er führte meine Muter

und mich ans Adriatische Meer in die Nähe von Duino, wo er eine Villa gemietet hatte. Dort habe ich mich sehr gekräftigt. Die Küste bildete eine felsige, in ihrer ganzen Ausdehnung zu dem Besitztum gehörende Halbinsel, an deren zerrissenem Gestade ich mich in urweltlicher Ungeniertheit einnistete. Ich lag unter Pinien, kroch in die Schluchten und Höhlen, schwamm und ruderte aufs Meer hinaus, kurz: ich lebte wie ein Wilder. Aus dieser Duineser Zeit stammt die Photographie, die Sie gesehen haben und die ich ebenfalls verbrannt habe."

„Hätten Sie sich", meinte, erneuter Kümmernis nachgebend, Julius, „für diese photographische Aufnahme nicht etwas dezenter herrichten können?"

„Nein, gerade das wäre mir, selbst wenn ich's gewollt hätte, versagt gewesen", antwortete Lafcadio lachend; „unter dem Vorwand, ich müsse braun werden wie ein Äthiopier, hielt Faby alle meine Kleidungsstücke, ja sogar meine Wäsche dauernd unter Verschluß . . ."

„Und was sagte Ihre Frau Mutter dazu?"

„Sie amüsierte sich weidlich und sagte: wem von unseren Eingeladenen solches Gehaben mißfalle, dem bleibe es ja unverwehrt, schleunigst wieder abzureisen. Aber niemand machte von dieser Freiheit Gebrauch."

„Und was wurde während dieser ganzen Zeit aus Ihrer Schulbildung, mein armer Junge?! . . ."

„Die war (weil ich alles spielend zu lernen vermochte) bis dahin freilich etwas vernachlässigt worden. Ich ging ins sechzehnte Jahr. Meine Mutter schien dessen ganz plötzlich inne zu werden, denn – nach einer algerischen Reise mit Onkel Faby, die vielleicht das Herrlichste in meinem Leben war – wurde ich nach Paris zu einem unerbittlichen Kerkermeister geschickt, der nun meinen Unterricht in die Hand nahm."

„Nach so viel Ungebundenheit muß Ihnen der plötzliche Zwang in der Tat schwer erträglich gewesen sein."

„Ich hätte ihn nie ertragen, wenn nicht Protos gewesen wäre. Er lebte in derselben Pension wie ich. Angeblich sollte er Französisch lernen; aber er sprach es schon ganz ausgezeichnet, und nie habe ich begriffen, was er dort eigentlich wollte. Und ein ebenso großes Rätsel blieb mir, was ich selbst in jener Kiste zu suchen hatte. Ich vegetierte so hin. Für Protos empfand ich nicht eigentlich Freundschaft, aber ich hatte ein Gefühl, als müsse von ihm die Befreiung kommen. Er war mir an Jahren bedeutend voran und schien noch älter zu sein, als er wirklich war; kein Rest von Kindlichkeit war ihm verblieben. Seine Züge waren, wenn er wollte, ungemein ausdrucksvoll und konnten jede erdenkliche Empfindung veranschaulichen. Im gewöhnlichen Ruhezustand aber beliebte es ihm, die Maske idiotischer Indolenz zu tragen. Als ich ihn deswegen einmal neckte, erwiderte er: man dürfe auf dieser Welt niemals allzusehr merken lassen, wer man sei.

Harmlos zu erscheinen, genügte ihm nicht: er legte es darauf an, für dumm gehalten zu werden. Was die meisten Menschen ins Unglück stürze – erklärte er mir –, sei, daß sie ihre Gaben nicht zu verheimlichen wüßten und lieber paradieren als sich disziplinieren wollten. Aber derlei sagte er nur zu mir. Er lebte abseits von den anderen; abseits auch von mir, obgleich ich der einzige in der Pension war, den er nicht verachtete. Gelang es mir einmal, ihn zum Sprechen zu bringen, so hatte seine Beredsamkeit etwas Zauberhaftes. Meist jedoch war er schweigsam und schien düstere Pläne zu wälzen, die meiner Neugier verriegelt blieben. Als ich ihn fragte: ‚Was machen Sie hier?' (keiner von uns sagte ‚du' zu ihm), antwortete er: ‚ich nehme meinen Anlauf.' Er behauptete, alle Schwierigkeiten des Lebens seien überwindbar, wenn man sich im rechten Moment zu sagen wisse: *‚Darauf soll's nicht ankommen!'* Das habe ich mir denn auch gesagt, als ich, dem Pensionat den Rücken kehrend, mich in Trab setzte.

Ich hatte achtzehn Franken in der Tasche. Irgend etwas essend, irgendwo schlafend, gelangte ich in kleinen Tagemärschen nach Baden-Baden ... Ich sah ein bißchen ramponiert aus, als ich ankam. Dennoch erfüllte mich Genugtuung, denn es befanden sich immer noch drei Franken in meinem Besitz (allerdings hatte ich unterwegs fünf oder sechs eingeheimst). In Baden-Baden fand ich meine Mutter mit meinem Onkel Gesvres. Letzterer amüsierte sich sehr über meine Flucht und beschloß, mich wieder nach Paris zu bringen, damit (wie er sich ausdrückte) der schlechte Eindruck, den ich von dieser Stadt empfangen hatte, verbessert werde. Und in der Tat erschien mir Paris, als ich mit dem Marquis de Gesvres dorthin zurückkehrte, in einem etwas freundlicheren Lichte.

Der Marquis de Gesvres hatte eine beständige Leidenschaft, Geld auszugeben. Ihr frönte er mit wahrem Heißhunger, und er schien

überglücklich zu sein, wenn ich ihm dabei half und seinen Appetit durch den meinen noch verschärfte. Ganz im Gegensatz zu Faby lehrte er mich, Freude zu finden an allem, was mit Kleidung und Mode zusammenhängt; und ich glaube, daß ich in den teuren Stoffen, die er mir anmessen ließ, bald eine präsentable Figur machte. Jedenfalls war ich bei ihm in bester Schule: seine Eleganz hatte etwas vollendet Natürliches, Selbstverständliches. Ich verstand mich gut mit ihm. Ganze Vormittage verbrachten wir zusammen in den Herrenkonfektionsgeschäften, in den Ateliers der großen Schneider und Fußbekleidungskünstler. Auf Schuhe legte er besonderen Wert: an ihnen erkenne man (bedeutete er mir) einen Menschen fast noch sicherer als an seiner übrigen Equipierung oder an den Gesichtszügen ... Er lehrte mich, Geld auszugeben, ohne zu rechnen und ohne zu erwägen, ob für späteren Einfall, Wunsch, Hunger noch genügend verbleibe. Seinen Hunger, dozierte er, müsse man immer zuletzt stillen, denn (diese Worte sind mir noch gegenwärtig) Wunsch oder Phantasie seien flüchtige Reize, während der Hunger stets wiederkehre, und zwar um so köstlich-gebieterischer, je länger man ihn habe warten lassen. Schließlich lehrte er mich noch, einer Sache nicht um deswillen größeren Geschmack abzugewinnen, weil sie viel gekostet habe, und sie nicht zu mißachten, wenn sie zufällig ganz umsonst erreichbar gewesen sei.
So weit war ich gekommen, als ich meine Mutter verlor. Ein Telegramm rief mich nach Bukarest; aber ich traf sie nicht mehr lebend an. Man tat mir kund, sie habe seit der Abreise des Marquis so viel Schulden gemacht, daß mir nach deren Deckung keine Kopeke, kein Heller, kein Pfennig verbleiben werde. Gleich nach der Bestattung fuhr ich nach Paris zurück, wo ich den Onkel Gesvres wieder vorzufinden gedachte. Aber er war, ohne Hinterlassung einer Adresse, plötzlich nach Rußland abgereist.
Ich brauche Ihnen nicht von allen Überlegungen, die ich nun anstellte, Kenntnis zu geben. Gewiß hatte ich manche verwertbaren Fertigkeiten im Ranzen, aber je mehr ich ihrer bedurft hätte, um so mehr widerstrebte es mir, sie auszubeuten. Glücklicherweise traf ich eines Nachts, als ich ziemlich bedeppert umherirrte, die Ihnen gestern ja bekannt gewordene Carola Venitequa, Protos' Exmätresse, die mich gastfreundlich aufnahm. Ein paar Tage darauf wurde mir, auf ziemlich geheimnisvolle Weise, mitgeteilt, ich

könne an jedem Monatsersten bei einem Notar eine bestimmte – übrigens dürftig genug bemessene – Summe erheben. Ich liebe keine Aufklärungen und holte mir das Geld, ohne weiter nachzuforschen. Dann sind Sie gekommen ... So. Nun wissen Sie alles, was Ihnen zu sagen mir beliebt hat."

„Es ist ein Glück", versetzte Julius feierlich, „es ist ein Glück für Sie, Lafcadio, daß Sie jetzt etwas Geld verdienen werden: ohne Beruf, ohne rechte Bildung, auf die Wechselfälle des Zufalls angewiesen, wären Sie – wie ich Sie jetzt kennengelernt habe – zu allem bereit gewesen."

„Zu gar nichts bereit!" widersprach Lafcadio und sah Julius ernsthaft an. „Wie schlecht Sie mich doch noch kennen, trotz allem, was ich Ihnen von mir erzählt habe! Nichts hemmt mich so sehr an jedem Bereitsein wie die banalen Überredungsversuche des Notwendigen, der billige Geruch der Zweckmäßigkeit; ich habe immer nur nach Dingen gestrebt, die mir nicht im geringsten Nutzen bringen können."

„Zum Beispiel: nach Paradoxen. Und derlei Hors d'œuvre halten Sie für lecker?"

„Das kommt auf die Gaumennerven an. *Sie* nennen ‚paradox', was den Ihrigen widerstrebt ... *Ich* würde lieber Hungers sterben, als daß ich den logischen Schöpsenbraten anrührte, mit dem Sie Ihre Romanpersonen füttern!"

„Erlauben Sie mal ..."

„Wenigstens den Helden Ihrer neuesten Publikation. Ist es wahr, daß Sie in diesem Mustermenschen Ihren Vater haben zeichnen wollen? Oh, was für ein peinliches Bemühen, ihn überall und immer, auf jedem Aste des Lebensbaumes, in Konsequenz mit sich selbst zu erhalten, in Harmonie mit seinen heiligen Pflichten und Grundsätzen, das heißt mit *Ihren* theoretischen Prinzipien! ... (Führen Sie sich mal zu Gemüte, was gerade *ich* darüber denken könnte!) ... Monsieur de Baraglioul, nun vernehmen Sie noch folgendes: ich bin die Inkonsequenz selber. Was ich heute alles geredet: ich, gestern noch der Schweigsamste, Verschlossenste, Zurückhaltendste unter den Sterblichen! Aber es war gut, daß wir so prompt Bekanntschaft schlossen; und daß mir nichts zu sagen übrigbleibt. Morgen, schon heute abend werde ich zurückkehren in meine Verschwiegenheit."

Der Romancier, dem es war, als schwanke leise der Boden unter

ihm, suchte sein Überlegenheitsgefühl wiederzugewinnen:
„Lassen Sie sich zunächst sagen“, begann er, „daß es den Begriff der Inkonsequenz gar nicht gibt, weder im Psychologischen noch im Physiologischen. Sie sind noch eine im Werden begriffene Individualität, und . . .“
In diesem Augenblick klopfte es an der Tür. Da niemand sichtbar wurde, so erhob sich Julius und ging hinaus. Durch die offen bleibende Tür drang Stimmengewirr. Dann tiefes Schweigen. Lafcadio wartete etwa zehn Minuten, und schon begann er zu überlegen, wie er sich auf passende Weise entfernen könne, da erschien ein galonierter Diener:
„Der Herr Graf läßt dem Herrn Sekretarius sagen: er wolle ihn nicht länger aufhalten. Der Herr Graf hat soeben ungünstige Nachrichten von seinem Herrn Vater erhalten und bittet zu entschuldigen, daß er sich von dem Herrn Sekretarius nicht verabschieden kann.“
Der Ton dieser Botschaft ließ dem jungen Manne keine Zweifel darüber, daß die „ungünstigen Nachrichten“ den Tod des alten Grafen zum Inhalt hatten. Er bezwang seine Erregung.
„Der Augenblick ist da!“ murmelte er auf dem Rückweg in die Claude-Bernard-Gasse. *„It is time to launch the ship.* Woher jetzt auch der Wind wehe: jedes Wetter sei mir willkommen! Da ich dem Alten nicht nah sein kann: auf ins Grenzenlose!“
Beim Passieren der Portierloge übergab er dem Insassen derselben das Schächtelchen, das er seit gestern bei sich trug.
„Geben Sie dies der Demoiselle Venitequa, wenn sie heute abend nach Hause kommt“, sagte er. „Und machen Sie meine Rechnung fertig.“
Eine Stunde später war sein Koffer gepackt, und er schickte nach einer Droschke. Er verließ das Haus, ohne anzudeuten, wohin er sich begebe. Die Adresse seines Notars genügte.

DRITTES BUCH

Amadeus Fleurissoire

I

Die Gräfin Valentine de Saint-Prix, Julius Baragliouls jüngere Schwester, durch Justus-Agenors Tod unvermutet nach Paris gerufen, war noch nicht lange zurück auf ihrem in der Umgebung von Pau allerliebst gelegenen Landsitz, den sie seit ihrer Witwenschaft – und zumal seit der Verheiratung und Versorgung ihrer Kinder – kaum je verließ: da erhielt sie einen merkwürdigen Besuch.

Gerade hatte sie im selbstgelenkten Dogcart ihre allmorgendliche Spazierfahrt erledigt, als ihr gemeldet wurde, daß schon seit einer Stunde ein Angehöriger des Kapuzinerordens im Salon auf sie warte. Dieser Unbekannte berief sich auf eine Empfehlung des Kardinals André, wie es des letzteren Visitenkarte, die man der Gräfin übergab, bezeugte. Die Karte befand sich in verschlossenem Kuvert, und unter dem Namen des Kardinals waren mit dessen feiner und fast weiblicher Handschrift die Wore geschrieben:

empfiehlt den Abbé J.-P. Salus, Kanonikus von Virmontal, dem aufmerksamsten Gehör der Frau Gräfin von Saint-Prix.

Das war alles. Und es war genügend: jeden, der ein geistliches Gewand trug, empfing die Gräfin gern; und außerdem war der Kardinal André seit vielen Jahren unumschränkter Herr ihrer Seele. Sie eilte in den Salon und bat um Entschuldigung, daß sie habe auf sich warten lassen.

Der Kanonikus von Virmontal war ein schöner Mann. Die herbe

Energie seines Antlitzes bildete einen fesselnden Gegensatz zur Bedachtsamkeit seiner Stimme und seines Auftretens, wie denn auch die fast weißen Haare erstaunlich wirkten neben der noch jugendlichen Rosigkeit der Wangen.

Trotz Valentinens Entgegenkommen ließ das Gespräch sich, leider, wenig befriedigend an: ein paar konventionelle Sätze über den Trauerfall, von dem die Gräfin betroffen worden, über den Gesundheitszustand des Kardinals André, über Julius' neuen Mißerfolg bei der Akademie – dann geriet man ins Stocken. Indessen wurde des Kanonikus Sprechweise immer langsamer und dumpfer, sein Gesichtsausdruck immer verzweifelter. Schließlich erhob er sich und sagte mit zögernd-flüsternder Vorsicht:

„Frau Gräfin, ich hätte im Auftrage des Kardinals etwas sehr Ernstes mit Ihnen zu besprechen. Aber dieses Zimmers Akustik erscheint mir verdächtig; es hat erschreckend viele Türen; ich fürchte, man könnte uns belauschen."

Konfidenzen und zeremoniöse Heimlichkeiten – es gab nichts, was der Gräfin willkommener gewesen wäre. Sie hatte eine wahre Schwäche dafür, von kirchlicher Seite ins Vertrauen gezogen zu werden, und so war es denn ein Gefühl angenehmster Erwartung, mit dem sie ihren Besucher in das kleine Boudoir treten ließ und die Tür hinter sich schloß: „Hier sind wir ganz unbelauschbar", sagte sie. „Sprechen Sie ohne Furcht!"

Doch anstatt zu sprechen, zog der Abbé (welcher der Gräfin gegenüber auf einem niedrigen Sessel Platz genommen) ein seidenes Tuch aus der Tasche, preßte sein Gesicht hinein und schluchzte bitterlich. Valentine, sehr bestürzt, griff nach dem auf einem Seitentischchen befindlichen Nähkorb, wühlte ein Riechfläschchen daraus hervor, zögerte, es dem Gaste anzubieten, und entschloß sich endlich, selbst daran zu riechen.

„Verzeihen Sie mir", sagte, ein tränenüberströmtes Antlitz aus dem Taschentuch zum Vorschein bringend, der Abbé: „Sie sind eine viel zu gute Katholikin, Madame, als daß Sie meinen Kummer nicht alsogleich verstehen und teilen sollten."

Gefühlsergüsse waren der korrekten Gräfin unsympathisch. Sie ließ dies aber nicht merken, sondern verbarg den leisen Schock, den sie empfand, hinter den Gläsern ihrer Lorgnette. Der Abbé, schnell gefaßt, rückte seinen Sessel etwas näher:

„Frau Gräfin, nur eine feierliche Versicherung des Kardinals

André hat mich bewogen, zu Ihnen zu kommen: die Versicherung, daß Ihr Glaube keineswegs jenes modische Komfortabilitätsgepräge aufweise, hinter dessen Oberfläche sich oft nichts verbirgt als schnöder Indifferentismus ..."

„Kommen wir zur Sache, Herr Abbé!"

„Also der Kardinal hat mir beteuert, ich dürfe ein absolutes Vertrauen setzen in Ihre Verschwiegenheit, Madame: in Ihre – beichtväterische Verschwiegenheit ..."

„Aber, Herr Abbé, verzeihen Sie: wenn es sich um ein so wichtiges Geheimnis handelt, in das der Kardinal eingeweiht ist: warum hat er mir dann nicht selbst ein Wort darüber mitgeteilt?"

Das bloße Lächeln des Abbés hätte der Gräfin die Naivität ihrer Frage zum Bewußtsein bringen können.

„Etwa brieflich!? Oh, Madame, heutzutage werden alle Briefe der Kardinäle auf der Post geöffnet ..."

„Er hätte *Ihnen* den Brief anvertrauen können."

„Allerdings. Doch wer kann voraussehen, welchen ‚Zufällen' ein Stück Papier unterworfen ist? Wir werden ja so mißtrauisch überwacht ... Und noch mehr: der Kardinal wünscht den Anschein zu erwecken, als *wisse er nichts* von allem, was ich Ihnen jetzt sagen werde; er wünscht keinerlei Rolle in dieser Sache zu spielen ... Ach, Frau Gräfin, im letzten Augenblick verläßt mich der Mut, und ich weiß nicht, ob ..."

„Herr Abbé, Sie kennen mich erst seit heute, und somit darf ich's Ihnen nicht verübeln, wenn Ihr Vertrauen zu mir nicht größer ist", sagte Valentine sanft, ihr Antlitz abwendend und die Lorgnette sinken lassend. „Ich bewahre Geheimnisse, die man mir anvertraut, aufs sorglichste in meinem Herzen: Gott ist mein Zeuge, daß ich nie und nimmer eins verraten habe! Aber ferne sei es von mir, mich eindrängen zu wollen in Dinge, die mir zu enthüllen man Bedenken trägt ..."

Sie schien durch eine leichte Bewegung anzudeuten, daß sie das Gespräch für beendet halte. Doch der Abbé streckte den Arm nach ihr aus:

„Sie werden mein Zögern vielleicht entschuldigen, Madame, wenn Sie sich die Tatsache vergegenwärtigen, daß Sie die erste Frau sind, die allererste Frau, sage ich, die von meinen Auftraggebern für würdig erachtet worden ist, des furchtbaren Geheimnisses, das ich Ihnen offenbaren soll, teilhaftig zu werden und es zu hüten als ein heilig-schmerzliches Privilegium! Und ich gestehe, daß mich der Gedanke erschreckt, wie drückend, wie verwirrend diese Enthüllung sein muß für ein weibliches Weltbild . . .“

„Man denkt oft wunder was über den geringen Umfang weiblicher Weltbilder“, bemerkte fast trocken die Gräfin, ihre Neugier unter einer zerstreuten, undeutlich-ekstatischen Miene verbergend. Die Hände hielt sie leicht erhoben. In solcher Pose harrte sie des großen ekklesiastischen Geheimnisses, in das sie eingeweiht werden sollte. Der Abbé rückte seinen Sessel noch etwas näher.

Aber das verborgene Faktum, das der Abbé im Begriffe stand, der Gräfin mitzuteilen, erscheint mir, dem Autor, noch heute als so unfaßbar, so abenteuerlich-bestürzend, daß ich nicht wage, es hier ohne eine gewisse weitläufige Behutsamkeit zu rapportieren.

Es gibt den Roman, und es gibt die Historie. Gelehrte Kritiker haben den Roman definiert als Historie, die hätte sein können, und die Historie als einen Roman, der Wirklichkeit geworden sei. In der Tat vermag des Romanschreibers Kunst, in glücklichen Fällen, dem Stoffe eine Glaubhaftigkeit zu leihen, wie sie der Realität kaum jemals zu eigen ist. Aber der Skeptizismus mancher Geister leugnet ja leider alles, was der Alltäglichkeit widerspricht und den gewohnten Sinn des Weltgeschehens in Frage zu stellen scheint. Für solche Geister schreibe ich nicht.

Daß Gottes Statthalter auf Erden dem Heiligen Stuhle habe entrissen und durch eine Machenschaft des Quirinals gewissermaßen der ganzen Christenheit habe gestohlen werden können – das ist eine so problematische und bedenkliche Annahme, daß ich keineswegs den Mut aufbringe, ihre Authentizität zu unterstellen. *Historische* Tatsache jedoch ist, daß gegen Ende des Jahres 1893 derartige Gerüchte im Umlauf waren; und daß eine Anzahl frommer Seelen darob in grausamen Kummer verfielen. Ein paar Zeitungen taten mit halben, schüchternen Worten des verdächtigen Raunens Erwähnung: man brachte sie zum Schweigen. In der bretonischen Stadt Saint-Malo erschien eine Broschüre über diesen Gegenstand*: sie wurde beschlagnahmt. Denn ebensowenig wie

* *Rechenschaft über die Befreiung Seiner Heiligkeit Leos des Dreizehnten aus seiner Einkerkerung in den unterirdischen Gewölben des Vatikans* (Saint-Malo 1893; Druck und Verlag von Y. Billois, rue de l'Orme, 4).

die Freimaurer ein Weitergreifen so skandalöser Vermutungen wünschen konnten, ebensowenig wagte die katholische Partei den außergewöhnlichen Kollekten, die in dieser Hinsicht alsbald unternommen wurden, eine wenn auch nur inoffizielle Unterstützung zu gewähren. Zweifellos entschlossen sich etliche Gläubige zu bedeutenden Opfern (man schätzt die Summe der damals gesammelten Beträge auf etwa eine halbe Million Goldfranken); aber es blieb fraglich, ob alle diese Gelder in berufene Hände kamen oder nicht vielleicht größtenteils in die Klauen von Hochstaplern gerieten. Jedenfalls wäre, falls es sich um betrügerische Tricks handelte, zum erfolgreichen In-Szene-Setzen derselben – mangels religiöser Überzeugung – eine Kühnheit, eine Geschicklichkeit, ein Takt, eine Beredsamkeit, eine Seelen- und Sachkenntnis, eine Unverwüstlichkeit notwendig gewesen, über die nur gewisse auserlesene Gaunernaturen verfügen mochten, wie zum Beispiel Protos, der einstige Pensionatsgenosse des guten Lafcadio. Und weil mir die Ehrbarkeit über alles geht, so sei dem Leser verraten: *er*, Protos, ist es, der sich unter dem erborgten Namen und Aussehen eines Kanonikus von Virmontal bei der Gräfin Valentine de Saint-Prix eingeführt hat.

Die Gräfin hatte sich vorgenommen, bis zur völligen Ausschöpfung des Geheimnisses in ihrer schweigsamen, halb devoten, halb doch auch wieder vornehm-spröden Attitüde zu verharren, und so empfing sie, ohne irgendwelche Erregung sichtbar werden zu lassen, den erstaunlichen Tatsachenbericht des mit immer größerem Nachdruck perorierenden falschen Priesters. Er hatte sich erhoben und stapfte im Zimmerchen umher. Zur besseren Verständlichmachung rememorierte er, wenn auch nicht die frühesten Anfänge der Affäre (stammt der Gegensatz zwischen Loge und Kirche nicht vom Urbeginn der Zeiten?), so doch gewisse Daten, wo die Feindseligkeit offen zum Ausbruch gekommen war. Er bat die Gräfin zunächst, sich der beiden päpstlichen Schreiben des Vorjahres (Dezember 1892) zu erinnern, in denen das italienische Volk und speziell die Geistlichkeit gegen die Quertreibereien der Freimaurer aufgerufen worden war. Da Valentinens Gedächtnis versagte, so griff er weiter zurück und sprach von der Errichtung der Giordano-Bruno-Statue durch Crispis (hinter dem bis dahin die Loge sich verborgen hatte) Initiative. Er erzählte, Crispi sei gekränkt gewesen, weil der Papst seine ‚Avancen' und Unterhandlungsvorschläge (recte: Unterwerfungsforderungen) zurückgewiesen habe. Und dann beschwor er den tragischen Tag herauf, wo die Freimaurer, die Maske abwerfend, auf dem *Campo dei Fiori* mit wehenden Bannern dem aufreizenden Denkmal des Gottesleugners huldigten, während das beim Heiligen Stuhl akkreditierte diplomatische Korps sich in den Vatikan begab und durch diesen Akt sowohl seiner Abneigung gegen Crispi wie seiner Verehrung für den tiefbeleidigten Heiligen Vater Ausdruck verlieh.

„Bei dem bald darauf, am 30. Juni 1889, eröffneten Konsistorium" – so fuhr der immer noch stehende, sich jetzt über ein Tischchen weg zur Gräfin hinüberbeugende Abbé fort – „ließ Leo der Dreizehnte seiner Erbitterung freien Lauf. Sein Protest wurde von der ganzen Welt gehört; und die ganze Christenheit zitterte bei seiner Andeutung der Möglichkeit, Rom zu verlassen – man vergegenwärtige sich: *Rom zu verlassen!* ... Dies alles wissen Sie ebensogut wie ich, Frau Gräfin; und den Schmerz, den Sie darum erlitten haben, bewahren Sie im Herzen ebenso getreulich, wie ich es tue."

Er nahm sein Umherstapfen wieder auf.

„Endlich verlor Crispi die Macht. Würde die Kirche nun aufatmen können? ... Im Dezember 1892 schrieb der Papst jene beiden Briefe. Und, Madame ..."

Er setzte sich, zog seinen Schemel nahe ans Sofa und ergriff Valentinens Arm:

„Und einen Monat später war der Papst eingekerkert!"

Da die Gräfin in ihrer starren Schweigerolle verharrte, so gab der Kanonikus ihren Arm wieder frei und sagte mit nunmehr gedämpfter Emphase:

„Nicht zum Mitleid mit den Qualen eines Gefangenen will ich, Madame, Ihr zärtliches Herz rühren; sondern Ihre Intelligenz rufe ich auf, damit selbige durchdenke, in welche Wirrnis das Verschwinden unseres Oberhauptes uns Christen versetzt hat."

Auf Valentinens bleicher Stirn erschien ein Fältchen. „Kein Papst mehr: das ist schrecklich, Madame. Doch *darauf soll's nicht einmal ankommen:* noch weit schrecklicher ist ein falscher Papst! Denn, um ihre Schandtat zu verwischen, ja, um die Kirche recht eigentlich zur Selbstvernichtung zu zwingen, hat die Loge auf den päpstlichen Thron, an Leos Stelle, irgendeinen Emissär des Quirinals gesetzt, irgendeine, dem armen Geraubten ähnlich gemachte Puppe, irgendeinen Betrüger, einen gefälschten Papst, dem wir uns nun – damit der wahre keinen Schaden erleide – zum Schein unterwerfen müssen, und vor dem (o namenlose Schmach!) am Tage des Jubiläums die ganze Christenheit auf den Knien gelegen hat!"

Bei diesen Worten zerriß das Taschentuch, das er in seinen Händen wrang.

„Die erste Amtshandlung des falschen Papstes war jene so bedauerliche Enzyklika, die Enzyklika an Frankreich, über die noch heute jedem wahren Franzosen das Herz blutet. Ja, ja, ich weiß, Madame, wie tief gerade Ihr aristokratisches Herz gelitten hat, als die Kunde eintraf, daß der Vatikan seinen Frieden mache mit der Republik! Nun, Ihr Erstaunen war nur allzutief motiviert ... Beruhigen Sie sich jetzt, Frau Gräfin, doch ohne zu vergessen, was der Heilige Vater gelitten haben muß, als er in seiner Unterwelt vernahm, daß sein betrügerischer Doppelgänger ihn zum Republikaner ausrief!"

Dann, sich mit hysterischem Lachen zurückwerfend: „Und was haben Sie gedacht, Comtesse de Saint-Prix, was haben Sie wohl denken müssen, als unser Heiliger Vater – gewissermaßen zur Ergänzung jener grausamen Enzyklika – dem Redakteur des *Petit Journal* eine Audienz gewährte? Des *Petit Journal*, Frau Gräfin! ... O pfui: Leo der Dreizehnte empfängt das *Petit Journal!* Sie werden sich gleich gesagt haben, daß das ein Ding der Unmöglichkeit ist; Ihr edles Herz hat instinktiv empfunden, daß eine Fälschung dabei im Spiele sein müsse!"

„Aber", explodierte die Gräfin, die nun nicht mehr an sich halten konnte, „warum schreit man diesen Skandal denn nicht der ganzen Menschheit ins Antlitz!?"

„Weil man ihn verschweigen muß, diesen Skandal!" donnerte der Geistliche mit fürchterlicher Autorität; „weil man ihn zunächst verschweigen muß; weil wir verschweigen müssen, um handeln zu können!"

Dann, sich zurücknehmend, mit plötzlich zerfließender Stimme:

„Aber ich tue gewiß unrecht daran, zu Ihnen zu sprechen, als wären Sie ein Mann!"

„Nein, Sie tun recht, Herr Abbé! ... Handeln, sagten Sie. Rasch, was haben Sie beschlossen?"

„Ah, ich wußte: in Ihren Adern rollt das männlich-ungestüme Blut der Baragliouls! Dennoch kann, wie die Umstände einmal liegen, nichts schädlicher wirken als unzeitiger Eifer. Wenn jetzt einige Auserwählte in jene teuflische Komplikation eingeweiht sind, so müssen wir, Madame, felsenfest rechnen dürfen auf diese absolute Verschwiegenheit der von uns ins Vertrauen gezogenen Seelen, auf ihre bedingungslose Unterwerfung unter die Verhaltungsmaßregeln, die ihnen im gegebenen Moment zugehen werden. Ohne uns handeln, das hieße, gegen uns handeln! Und außer der kirchlichen Mißbilligung, die *(darauf soll's nicht ankommen!)* bis zur Exkommunikation gehen kann, würde jedes eigenmächtige Vorgehen auf ein unzweideutiges, auf ein allerschärfstes Dementi von unserer Seite stoßen. Madame, es handelt sich hier um einen Kreuzzug; aber dieser Kreuzzug muß in tiefster Heimlichkeit vorbereitet werden. Verzeihen Sie, wenn ich diese Notwendigkeit so sehr betone! Ich entspreche damit einem ganz speziellen Wunsche des Kardinals André, der, wie gesagt, sein Verhalten so einzurichten wünscht, als sei ihm diese raffinierte Tragödie völlig unbekannt, und der somit, falls etwa jemand ihm gegenüber von ihr spräche, nicht einmal zu verstehen scheinen würde, wovon die Rede ist. Der Kardinal wünscht ferner den Anschein zu erwecken, als habe er mich, den Abbé Salus, nie gesehen; und wenn Sie, Frau Gräfin, durch den späteren Lauf der Ereignisse in erneute Beziehung zu mir gesetzt werden sollten, so muß ausgemacht sein, daß auch wir beide niemals ein Sterbenswörtchen miteinander gewechselt haben! . . . Doch die Stunde ist nicht mehr fern, wo der Heilige Vater seine wahren Getreuen zu erkennen wissen wird."
Ein bißchen enttäuscht erkundigte sich die Gräfin: „Was soll denn aber werden?"
„Es wird gehandelt werden, Frau Gräfin, darüber seien Sie unbesorgt! Und ich bin sogar ermächtigt, Ihnen einen Teil unseres Feldzugsplans zu offenbaren."
Er verschanzte sich gewichtig in seinem Sessel, der Gräfin gerade gegenüber. Diese saß jetzt vornübergeneigt, die Ellbogen auf die Knie gestützt; das Kinn preßte sie in die Wölbung der Hände.

Der Abbé begann damit, daß er kundtat, der Papst sei nicht im Vatikan selbst eingekerkert, sondern höchstwahrscheinlich in der Engelsburg, die, wie der Gräfin gewiß bekannt sei, mit dem Vatikan durch einen unterirdischen Gang in Verbindung stehe; und es würde vielleicht nicht einmal allzu schwer sein, ihn aus diesen plutonischen Bezirken zu befreien, wenn man nicht mit der Tatsache zu rechnen hätte, daß die gesamte Dienerschaft (obgleich innerlich der Kirche ergeben) einer geradezu abergläubischen Angst vor der Macht des Freimaurertums verfallen war. Diese Angst wurde von der Loge geflissentlich genährt, und wirklich mußte ja die Tatsache, daß selbst der Heilige Vater auf so empörende Weise in die Hände der Ungläubigen geraten konnte, jedes fromme Gemüt mit tiefstem Entsetzen erfüllen. Dem entsprach es, daß jeder einzelne Diener, der wegen etwaiger Mitwirkung am Befreiungswerke sondiert worden war, zu verstehen gegeben hatte, von solcher Begünstigung könne erst dann die Rede sein, wenn man ihm zuvor die Mittel in die Hand gedrückt, um alsbald zu „verschwinden" und in fernem, den Verfolgern unerreichbarem Land ein neues Dasein zu etablieren. Für diesen Zweck waren seitens kirchentreuer Persönlichkeiten, deren Diskretion und Zuverlässigkeit bekannt war, schon bedeutende Summen aufgebracht worden. Es blieb nur noch ein einziges Hindernis zu überwinden, allerdings ein solches, das größere Geldmittel erforderte als alle anderen zusammen. Denn dieses Hindernis war ein Prinz, Leos des Dreizehnten oberster Kerkermeister.

„Erinnern Sie sich, Frau Gräfin, welch mysteriöses Dunkel noch heute lastet über dem Tode des Erzherzogs Rudolf, des österreichischen Thronfolgers, und seiner jungen, ihm kaum erst angetrauten Gemahlin, die man röchelnd neben ihm fand — jener Mary Vetsera, der Nichte der Fürstin Grazioli . . .? ‚Selbstmord', hat man gesagt! Aber die Pistole lag nur da, um die öffentliche Meinung zu täuschen: in Wirklichkeit waren sie beide vergiftet worden. Ein anderer hoffnungslos in Maria Wettsyera verliebter Erzherzog hatte den Gedanken, daß sie seinem Vetter Rudolf gehören solle, nicht ertragen können . . . Nach dieser abscheulichen Tat verließ Johann Salvator von Lothringen, Sohn der Großherzogin Maria Antonia von Toscana, den Hof des Kaisers Franz Joseph, seines Anverwandten. Er wußte sich in Wien entdeckt und ging daher zum Papst, ihn zu erweichen, ihn um Gnade anzuflehen. Und sie wurde ihm gewährt. Doch unter dem Vorwand der Buße sperrte ihn Monaco — der Kardinal Monaco La Valette — in die Engelsburg, wo er seit drei Jahren schmachtet."

Der Kanonikus hatte all das ziemlich monoton berichtet. Dann nahm er sich Zeit, um mit Aplomb fortzufahren:
„Diesen Büßer hat Monaco zu des Papstes oberstem Kerkermeister gemacht!"
„Wie? Der Kardinal!?" entsetzte sich die Gräfin; „kann denn ein Kardinal Freimaurer sein?"
„Hm", sagte der Kanonikus nachdenklich, „leider hat sich die Loge schon tief in die Kirche hineingefressen. Sie erkennen sehr scharfsinnig, Frau Gräfin, daß, wenn die Kirche sich selbst besser hätte verteidigen können, nichts von all dem passiert wäre. Die Loge vermochte sich der Person des Heiligen Vaters nur mit dem Einverständnis etlicher sehr hochgestellter Gesinnungsgenossen zu bemächtigen."
„Aber das ist ja unheimlich!"
„Was bleibt noch zu sagen, Frau Gräfin? Johann Salvator, der ein Gefangener der Kirche zu sein glaubte, war in Wirklichkeit ein Häftling der Freimaurer. An der Befreiung des Heiligen Vaters mitzuarbeiten, dazu findet er sich nur unter der Bedingung bereit, daß man ihm gleichzeitig die Mittel gewähre, die seine eigene Flucht ermöglichen sollen; und fliehen kann er nur in ein ganz fernes, überseeisches Land, in ein Land, das keinen Auslieferungsvertrag mit den europäischen Mächten hat. Er verlangt zweimalhunderttausend Goldfranken."
Bei diesen Worten sank Valentine de Saint-Prix auf ihrem Sofaplatz hinüber, stieß einen schwachen Seufzer aus und verlor das Bewußtsein. Der Geistliche stürzte hinzu:
„Beruhigen Sie sich, Frau Gräfin (er klopfte ihr auf die Hände): *darauf soll's nicht ankommen!* (Er hielt ihr das Riechfläschchen unter die Nase.) Von diesen zweihunderttausend Franken haben wir schon hundertvierzigtausend aufgebracht (und, da die Gräfin ein Auge öffnete): die Herzogin von Lectoure hat nur fünfzigtausend gegeben. Es fehlen noch sechzigtausend."
„Die werden Sie bekommen", murmelte die Gräfin fast unhörbar.
„Gräfin, die Kirche hat nie an Ihnen gezweifelt!"
Er erhob sich zu feierlicher Pose und verblieb einen Augenblick schweigend. Dann:
„Comtesse des Saint-Prix, ich hege zu Ihrem hochherzigen Wort ein absolutes Vertrauen. Bedenken Sie jedoch die zahllosen Schwierigkeiten, die die Auszahlung der Summe begleiten, er-

schweren, vielleicht sogar verhindern können: einer Summe, deren Hingabe Sie werden vergessen müssen, deren Inempfangnahme ich zu verleugnen bereit sein muß, ja, über die ich Ihnen nicht einmal eine Empfangsbestätigung werde ausstellen dürfen ... Aus Vorsichtsgründen darf ich sie nur von Hand zu Hand empfangen, von Ihrer Hand in die meinige. Wir werden scharf überwacht. Mein Besuch im Schloß kann Anlaß zu Kommentaren bieten. Ist man der Dienerschaft je sicher? Denken Sie auch an die akademische Kandidatur des Grafen Julius! ... Oh, nie wieder darf ich meinen Fuß in dieses Boudoir setzen!"

Nach diesen Worten verharrte er regungslos: ein furchtgebietend aufgetürmter Riese. Valentine begriff:

„Aber, Herr Abbé, Sie können sich doch denken, daß ich diese enorme Summe nicht in der Schublade liegen habe. Und außerdem ..."

Der Abbé gab ein leises Zeichen von Ungeduld. Somit wagte sie nicht hinzuzufügen, es werde sicherlich einiger Zeit bedürfen, um die sechzigtausend zusammenzubringen (eine Finanzoperation, an der sich dann, so hoffte sie, auch andere reiche Damen der Gegend würden beteiligen müssen). Sie murmelte:

„Wie soll man's nur machen ...?"

Dann, angesichts eines bedrohlichen Stirnrunzelns des Geistlichen:

„Ich habe im Schlafzimmer ein paar Juwelen ..."

„Aber, gnädige Frau! Juwelen sind Andenken: halten Sie mich für einen Trödler?! Soll ich vielleicht Diamantbroschen an den Meistbietenden verhökern und mir dadurch die ganze argwöhnische Freimaurermeute auf den Hals hetzen!? Nein, das hieße: mit einem Schlage Sie, mich und unser erhabenes Werk kompromittieren!"

Seine Stimme wurde immer schärfer und heftiger. Die Gräfin zitterte, als sie sagte:

„Warten Sie, bitte, einen Augenblick, Herr Kanonikus: ich will sehen, was ich oben in meinen Schubfächern habe." –

... Sie kam rasch zurück. In ihrer Hand knisterten blaue Scheine.

„Glücklicherweise habe ich gerade Pachtgelder eingenommen, und so kann ich Ihnen schon heute sechstausendfünfhundert Franken einhändigen."

Der Kanonikus zuckte die Achseln:

„Was soll ich mit diesem Bettelgeld anfangen, Madame!?"

Und, in stolzer Kümmernis Valentine von sich weisend:
„Nein, nein: diese Scheine nehme ich nicht! ... Ich nehme sie nur mit den anderen zusammen! Die unantastbare Sache verlangt einen unangetasteten Opfersinn! Wann können Sie mir die volle Summe übergeben?"
„Wieviel Zeit lassen Sie mir? ... Acht Tage ...?" fragte die Gräfin, schon die Einzelheiten der Kollekte erwägend, die sie zu inszenieren beabsichtigte.
„Gräfin von Saint-Prix: sollte die Kirche sich in Ihnen getäuscht haben!? ... Acht Tage? ... Ich erwidere nur das eine: DER PAPST WARTET!"
Dann, mit erhobenen Armen:
„Wie? Sie genießen des unausdenkbaren Vorzugs, *seine* Befreiung in Ihren Händen zu halten, und Sie zögern? ... Ich fürchte, Madame, daß am Tage Ihrer eigenen Befreiung Gott Ihre Seele ebenso warten und schmachten läßt vor den Toren des Paradieses!"
Der Abbé J.-P. Salus dräute schreckenerregend. Plötzlich führte er das Kruzifix seines Rosenkranzes an die Lippen und versank in die Entrücktheit hastigen Betens.
„Bleibt mir nicht wenigstens Zeit, nach Paris zu schreiben?" ächzte die Gräfin.
„Telegraphieren Sie! Ihr Bankier soll die sechzigtausend an die Pariser Landeskreditbank überweisen, welche ihrerseits der Landeskreditbank von Pau telegraphische Ordre geben wird, Ihnen die Summe unverzüglich auszuzahlen. Das ist ein Kinderspiel!"
„Ich habe ja Geld in Pau deponiert", bemerkte Valentine furchtsam.
„Bei einem Bankier?"
„Eben bei der Landeskreditbank!"
Da loderte des Klerikers Entrüstung heiß empor:
„Oh, Madame, welchen Umweg nehmen Sie, um mich *das* wissen zu lassen! Sieht so der fromme Eifer aus, den Sie zur Schau zu tragen pflegen? Hätten Sie jetzt noch ein Recht, sich zu wundern, wenn ich Ihre Mitwirkung ganz und gar zurückwiese ...?"
Dann, mit gekreuzten Armen den Raum durchwandernd und gleichsam in vorgefaßtem Unwillen gegen jeden noch möglichen Einwand:
„Dies Benehmen verrät Schlimmeres als Gesinnungslauheit (und

er exekutierte jenes rapide Zungenschnalzen, das man für bedenklichste Fälle in petto hat): es verrät fast schon Doppelzüngigkeit!"
„Aber, Herr Abbé, ich beschwöre Sie . . .!"
Unerbittlich und undurchdringlich setzte der Abbé seine Wanderung fort. Sodann:
„Sie kennen ja den Abbé Boudin, mit dem ich heute zum Mittagessen verabredet bin und den ich (er sah nach der Uhr) schon allzulange warten lasse. Schreiben Sie einen Scheck auf seinen Namen: er wird die sechzigtausend für mich erheben und kann sie mir dann ohne weiteres einhändigen. Wenn Sie ihn späterhin treffen, sagen Sie ihm einfach, es sei für die Sühnekapelle gewesen: er ist ein diskreter, weltkundiger Mann und wird keine neugierigen Fragen stellen. – Nun, worauf warten Sie noch?"
Mühselig erhob sich Valentine vom Sofa, und verzweifelt schleppte sie sich zu dem koketten, eine Ecke des Boudoirs ausfüllenden Damenschreibtisch. Sie öffnete ihn und brachte ein längliches, olivgrünes Heft zum Vorschein, dessen oberstes Blatt sie mit ihren weitgezogenen Schriftzügen bedeckte.
„Entschuldigen Sie, wenn ich Sie eben etwas hart angefahren habe, Frau Gräfin", sagte der Abbé in milderem Ton, den Scheck, den Valentine ihm reichte, an sich nehmend. „Aber welch ungeheure Interessen stehen auf dem Spiele!"
Darauf, den Scheck in seiner innersten Tasche bergend:
„Es würde unpassend sein, Ihnen zu danken, nicht wahr? Und wäre es auch im Namen desjenigen, in dessen Händen ich nur ein unwürdiges Werkzeug bin!"
Er schluchzte ein wenig in sein zerwrungenes Seidentuch; doch faßte er sich schnell, und nach einmaligem Aufstampfen (mittels dessen er sich in die Pflichten der Realität zurückzurufen schien) murmelte er einen schnellen Satz in einer fremden Sprache.
„Sie sind Italiener?" fragte die Gräfin.
„Spanier! Die Aufrichtigkeit meiner Gefühle verrät es."
„Ihre Aussprache nicht. Sie sprechen ein untadeliges Französisch . . ."
„Oh, Sie sind allzu gütig, Frau Gräfin! . . . Doch jetzt erlauben Sie mir, mich rasch zu verabschieden . . . Dank unserer kleinen Verschwörung kann ich noch heute abend bis Narbonne gelangen, wo der Erzbischof mich mit großer Ungeduld erwartet. Adieu!"

Er hatte beide Hände Valentinens ergriffen und hielt sie in den seinigen. Dann, mit zurückgeworfenem Körper, ihr starr in die Augen blickend:
„Adieu, Comtesse de Saint-Prix! (Und, einen Finger auf den Lippen): Vergessen Sie nicht, daß ein einziges Wort, das Sie sprächen, alles verdürbe!"
Kaum hatte er das Boudoir verlassen, da eilte die Gräfin an den Klingelzug.
„Amélie, sag dem Pierre, er solle gleich nach Tisch den Wagen bereithalten: ich fahre in die Stadt. Ja; und noch etwas ... Célestin soll sich aufs Veloziped setzen und der Madame Fleurissoire sofort ein kleines Billett von mir überbringen. Wart einen Augenblick ..."
Und, über die noch offenstehende, grünbespannte Platte gebeugt, schrieb sie:

Liebe Madame Fleurissoire!
Ich komme nachher auf ein Stündchen zu Ihnen. Erwarten Sie mich gegen zwei. Ich habe Ihnen etwas sehr Wichtiges zu erzählen. Richten Sie es ein, daß wir allein sind.

Ihre

Valentine de Saint-Prix.

Sie siegelte und reichte der Zofe das Kuvert.

II

Madame Fleurissoire, geborene Péterat, jüngere Schwester von Veronica Armand-Dubois und Margarita de Baraglioul, war auf den barocken Namen Arnica getauft. Philibert Péterat, ein unter dem zweiten Kaiserreich durch seine ehelichen Malheurs leidlich bekannt gewordener Botaniker, hatte schon als Jüngling das Gelübde getan, den Kindern, die er etwa haben würde, Blumennamen zu geben. Einige Freunde hatten den Namen Veronica, mit dem er das erstgeborene bedachte, etwas komisch gefunden. Als er sich aber wegen des dem zweiten Töchterlein zuteil gewordenen Namens Margarita sagen lassen mußte, er setze seinem floristischen Radikalismus einen Dämpfer auf, er weiche der öffentlichen Kritik, er nähere sich der Allerwelts-Nomenklatur, beschloß er, in neuerwachtem Starrsinn dem drittgeborenen Baby einen so unzweideutigen botanischen Benennungszettel anzuhängen, daß den Verleumdern das Schandmaul endgültig gestopft werde.

Kurz nach der Geburt von Arnica geschah es, daß Philibert, dessen Wesen immer bitterer wurde, sich von seiner Frau trennte, die Hauptstadt verließ und sich in Pau ansiedelte. Die Gattin verblieb noch während des Winters in Paris, um mit Frühlings Erwachen nach ihrer Heimatstadt Tarbes zurückzukehren, wo sie – im alten Erbhaus – ihre ältesten Töchter wieder an die Brust drückte.

Veronica und Margarita halbierten das Jahr zwischen Tarbes und Pau. Was die kleine Arnica betraf, so blieb dieses von Mutter und Schwestern in eine gewisse Aschenbrödel-Reputation gestupste und wirklich etwas schusselige, mehr rührende als hübsche Kind sommers und winters beim Papa.

Des Mädchens größte Freude war, mit dem Vater botanisieren zu gehen. Doch meistens ließ der maniakalische Sonderling es zu Hause, unternahm seine herbariumfüllenden Tagesmärsche ganz allein, kam erst in der Dunkelheit, völlig abgeschlagen, zurück und kroch nach hastigem Abendimbiß in die Federn, ohne seiner Tochter auch nur ein Wort der Begrüßung oder ein Lächeln gegönnt zu haben. In seinen poetischen Stunden spielte dieser Griesgram die Flöte, sich in ein paar ewig selben Lieblingstakten gefallend. An Regentagen zeichnete er mit übernatürlicher Exaktheit Blumenporträts.

Eine alte Magd, die sich den Beinamen Reseda hatte aufstülpen lassen müssen, besorgte Küche und Haushalt und hütete das Kind. Sie vermittelte ihm auch nur die geringen Kenntnisse, die sie selber besaß. War es bei solcher Erziehungsmethode zu verwundern, daß Arnica mit zehn Jahren kaum lesen und schreiben konnte?

Das zunehmende Gewisper der Nachbarschaft drang endlich bis zu den Ohren des Pflanzenkenners und bewog ihn, Arnicas Weiterbildung der Madame Semène anzuvertrauen, einer Witwe, die einem Dutzend kleiner Mädchen und einigen Bübchen die Grundbegriffe der Gelehrsamkeit beibrachte.

Arnica Péterat, ein Wesen sonder Arg und Argwohn, wäre nie auf die Vermutung gekommen, daß ihr ehrbarer Name Keime der

Lächerlichkeit enthalte. Der erste Tag in der Privatschule sollte sie eines Schlimmeren belehren: die Flut der Spöttereien beugte sie wie die reißende Strömung eine Wasserpflanze; sie errötete, erblaßte, weinte; und Madame Semène tat, indem sie die ganze Klasse wegen Ungebühr bestrafte, den psychologischen Fehlgriff, einem ursprünglich gutmütigen Losprusten Bosheitsmikroben zu injizieren.

Lang, aufgeschossen, flapsig, blutarm und verdattert, blieb die „Neue“ mit herabhängenden Armen mitten in dem kleinen Klassenzimmer stehen, und als Madame Semène ihr den Platz anwies: „Arnica Péterat auf die dritte Bank links!“ – da brach, allen Vorhaltungen zum Trotz, das Gelächter aufs schönste wieder los.

Bedauernswerte Arnica! Vor ihren verweinten Kinderaugen dehnte sich die ganze Zukunft wie eine trübselige, von Schimpf- und Schandbäumen eingefaßte Landstraße. Ein Glück war nur, daß Madame Semène sich der Verzweifelnden verständnisvoll annahm, so daß die Maid bald eine Zuflucht fand im Schoße der Wittib.

Wenn der Nachmittagsunterricht zu Ende war, so verweilte Arnica lieber noch ein paar Stunden bei der Privatlehrerin, als daß sie in ihr eigenes, vom Vater so arg vernachlässigtes Heim zurückgekehrt wäre. Madame Semène hatte eine etwas verwachsene, aber herzensgute Tochter, die sieben Jahre älter war als das Botanikerkind. In der Hoffnung, der Quasi-Buckligen einen Gemahl zu erlisten, gab Madame Semène jeden Sonntagabend kleine „Empfänge“, ja, zweimal im Jahr organisierte sie ausführlich Vergnügungen mit Deklamation, Gesang und Tanz. Zu diesen ästhetisierenden Hopsereien pflegten mit elterlicher Eskorte eine Anzahl früherer Schülerinnen zu erscheinen sowie auch ein paar mickrige, wenig versprechende Jünglinge: erstere aus Dankbarkeit, letztere aus Langeweile. Arnica war stets anwesend: eine unscheinbare, demütige Blüte, die trotzdem nicht unbemerkt bleiben sollte.

Im Alter von vierzehn Jahren verlor Arnica ihren Vater. Da nahm Madame Semène die Verwaiste völlig zu sich ins Haus. Nur selten noch tauchten zu flüchtigem Besuch Arnicas beträchtlich ältere Schwestern in der Stadt Pau auf. Und doch geschah es bei einem dieser Besuche, daß Margarita die Bekanntschaft desjenigen machte, der zwei Jahre später ihr Eheherr werden sollte: des damals achtundzwanzigjährigen Julius de Baraglioul – zu sommerlicher Erholung eben bei seinem Großvater Robert de Baraglioul weilend, welch letzterer sich (wie berichtet) in der Umgebung von Pau niedergelassen hatte, kurze Zeit nach der Angliederung des Herzogtums Parma an Frankreich.

Margaritas glänzende Heirat (übrigens waren die Demoisellen Péterat nicht ganz ohne Vermögen) ließ der geblendeten Arnica die Schwester noch unnahbarer erscheinen. Ach, sie selbst, Arnica, würde es nie erleben, daß ein Graf, ein Julius, des Weges käme, sich über sie beugte und ihren Duft einatmete! Besonders neidete sie der Schwester das Glück, dem häßlichen Namen „Péterat" entronnen zu sein. Der Vorname *Margarita* war entzückend. Und: *Margarita de Baraglioul* – wie hübsch das klang. Das pharmazeutische Gewächs *Arnica* jedoch: in welcher ehelichen Namensverbindung wäre es nicht lächerlich geblieben!?

Vom Realen enttäuscht, rettete sich dieses wunde Seelchen in die Poesie. Melancholisch-düstere Schmachtlocken umrahmten ein knapp sechzehnjähriges Gesicht, das mit blauen Augen träumerisch in die Welt starrte. Arnikens Stimme war klanglos, aber keineswegs unangenehm. Sie las viele Gedichte und machte sogar selbst welche. Als poetisch galt ihr alles, was sie den gemeinen Lauf der Dinge vergessen ließ.

Zu den Besuchern von Madame Semènes Soiréen gehörten zwei junge Leute, die von Kindesbeinen an innig befreundet, ja, gleichsam zu einer Firma verbunden waren. Der eine dieser Jünglinge, windschief, ohne groß zu sein, hopfenstangig und doch nicht eigentlich mager, fahlhaarig und doch nicht blond, mit kecker Nase und bangen Augen, hörte auf den Namen Amadeus Fleurissoire. Der andere, ein fetter Stöpsel mit schwarzen Borstenhaaren, hatte die komische Gewohnheit, den Kopf nach links geneigt zu tragen, den Mund stets offen und die rechte Hand vorgestreckt zu halten: das war Gaston Blafaphas. Der Vater von Amadeus fabrizierte marmorne Grabdenkmäler sowie Totenkränze aus Metall und Glas; Gastons Papa besaß eine florierende Apotheke.

(Der uns vielleicht seltsam anmutende Name Blafaphas ist an den Nordabhängen der Pyrenäen sehr verbreitet, allerdings mit kleinen Nuancen der Schreibweise. So fand der Urheber dieser Zeilen in einem einzigen Städtchen, in das er zufällig kam, einen Notar Blaphaphas, einen Friseur Blafafaz und einen Schlächtermeister

Blaphaface, die von keinerlei gemeinsamem Ursprung etwas wissen wollten und deren jeder mit einer Art Hohn auf die plumpe Namensform der beiden anderen herabsah. – Aber diese philologische Mitteilung interessiert wohl nur eine beschränkte Anzahl von Lesern.)
Was hätten die Knaben Fleurissoire und Blafaphas ohne einander beginnen sollen? Das ist kaum vorstellbar. In jeder Schulpause hockten sie zusammen, sich gegenseitig tröstend über das dauernde Hänseln. Man nannte sie die *Blafafoires.* Ihre Freundschaft erschien ihnen als Arche auf der Sintflut des Lebens. Sie teilten jede Freude: oder genauer: nichts, was sie nicht geteilt hätten, würde ihnen Freude gemacht haben.
Auf dem Gymnasium wäre dieses zwar fleißige, aber tief-unmusische Paar nie losgekommen von der allerletzten Bank, wenn nicht Eudoxus Lévichon existiert hätte, der ihm für geringes Entgelt die Schularbeiten verbesserte, ja, ganz anfertigte. Dieser Lévichon war der jüngste Sprößling eines der Hauptjuweliere von Pau. (Vor zwanzig Jahren, kurz nach der Hochzeit mit des Juweliers Cohen Töchterlein, hatte der Juwelier Albert Lévy, sein aufblühendes Geschäft aus der Unterstadt in die Kasinonähe verlegend, es für ratsam gehalten, gleichzeitig mit der Verschmelzung der beiden Häuser auch die beiden Namen zu verschmelzen.)
Blafaphas war zäh, Fleurissoire eher zart. In der Epoche der Pubertätswehen beschattete sich Gastons Gesicht, während Amadeus' empfindlichere Haut der andrängenden Behaarung zu widerstreben schien: sie entzündete sich und kriegte Pickel. Papa Blafaphas riet zu Blutreinigungsmitteln, und jeden Montag brachte Gaston in seiner Schulmappe eine Flasche „Anti-Skorbut-Saft" mit, die er dem Freunde heimlich übergab. Auch Salben wurden angewandt.
Um dieselbe Zeit bekam Amadeus seinen ersten Schnupfen; einen Schnupfen, der, trotz der Milde von Pau, den ganzen Winter anhielt und eine peinliche Empfänglichkeit der Bronchien zurückließ. Das war für Gaston Grund zu neuer Sorge: er überschwemmte den Freund mit Lakritzen, Fenchel- und Quittensaft, Kräutertee und Eukalyptuspastillen, die der Apotheker nach dem Rezept eines alten Landgeistlichen selbst herstellte. Ferner durfte Amadeus nie ohne Halstuch ausgehen.
Der Sohn des Grabsteinfabrikanten verriet in seinem Lebensstil

keinerlei Initiative. Gaston hingegen, trotz ebenso indolenten Anscheins, ermangelte nicht einer gewissen erfinderischen Phantasie, und schon in den unteren Gymnasialklassen hatte er eine Fliegenfalle, eine Marmelwaage und ein Sicherheitsschloß für sein – ach so geheimnisleeres! – Pult konstruiert. Diesen spielerischen Talentproben folgten ernsthaftere Bemühungen – Experimente, die zur Erfindung jener „rauchverzehrenden Gesundheitspfeife für penible Bronchien" führen sollten, welche jahrelang im Schaufenster der Apotheke ausgestellt blieb.

Amadeus Fleurissoire und Gaston Blafaphas verliebten sich gleichzeitig in Arnica. Das lag in ihrer Schicksalsgemeinschaft beschlossen. Und wundervoll war's, daß diese Neigung (deren Aufkeimen alsbald einer dem anderen gestand) sie nicht etwa trennte, sondern nur noch enger miteinander verknüpfte. Übrigens gab Arnica keinem von ihnen Grund zur Eifersucht. Wie hätte sie auch ahnen können, daß diese schüchternen Unzertrennlichen, denen sie an Madame Semènes Abenden Himbeerlimonade, Verbenenaufguß und Kamillentee servierte, um ihretwillen in Brand geraten waren? Auf dem Heimweg dann priesen sie beide des Fräuleins sittige Anmut, beklagten seine Blässe, faßten Pläne . . .

Sie verabredeten, nächsten Sonntag abend ihre Erklärungen simultan vorzubringen und sich der Entscheidung des Mädchens zu unterwerfen. Arnica, diese Novize der Liebe, dankte dem Himmel in verblüffter Herzenseinfalt. Und bat die beiden Freier um Zeit zur Überlegung.

Im Grunde fühlte sie sich zu keinem von den beiden hingezogen, sondern brachte ihnen höchstens ein schwelendes Interesse entgegen in Erwiderung der ihr selbst, der bisher Verschmähten, dargebotenen Glut. Sechs Wochen lang berauschte sie sich, süßverwirrt, an den Huldigungen ihrer Parallelbewerber. Und während letztere auf nächtlichen Spaziergängen einander jeden Satz, Augenaufschlag, Mundfaltenwurf der Geliebten berichteten, die respektiven Erfolgaussichten haarscharf kalkulierend, saß Arnica im Kämmerlein bei einsamer Kerze und kritzelte auf (gleich wieder verbrannte) Papierfetzchen unablässig die – synchronistisch hingemurmelten – Namen: Arnica Blafaphas . . ., Arnica Fleurissoire . . ., unfähig, zu entscheiden, welche Wortverbindung die wenigst häßliche sei.

Dann, eines Tanzabends, entschied sie sich urplötzlich für Fleurissoire. Zufällig hatte Amadeus (wohl unbewußt dem Rhythmus des Klavierspiels gehorchend) ihren Namen auf der vorletzten Silbe betont, und diese (italienisierende? . . .) Akzentverschiebung *Arníca* schien ihr heimliche Lockungen zu enthalten, ungeahnte Schätze von Musik, Poesie und Liebe . . . Sie waren ganz allein im Nebenzimmer des Salons und saßen so nahe beisammen, daß Arnikens dankesschwer hinsinkendes Haupt Amadeus' Schulter streifte, der nun würdevoll des Mägdleins Fingerspitzen nahm und küßte.

Als auf dem Heimweg Amadeus sein Glück dem Freunde unterbreitete, sagte dieser kein Wort, aber beim nächsten Laternenschein war zu erkennen, daß er weinte. Ging die Naivität des Grabsteinfabrikantensohnes so weit, daß er diese Freundestränen für Tränen freundschaftlich mitempfundener Freude nahm? Beschämt umarmte er Gaston (die Straße war menschenleer) und schwor: auch er werde die Freundschaft stets über jede noch so erhabene Gattenliebe stellen und somit (auf daß Gastons Herz vor etwaiger Eifersucht gefeit bleibt) seiner ehelichen Rechte dauernd entraten.

Weder Blafaphas noch Fleurissoire waren besonders orientalische Naturen. Immerhin verblieb der erstere, den die Sinnlichkeit etwas heftiger packte, nachdenklich und ließ den Eid gelten.

Kurz nach des Amadeus Hochzeit erfand der im Arbeiten Trost suchende Blafaphas den *Plastischen Karton*. Diese Erfindung, die anfangs recht unbedeutend aussah, hatte alsbald eine Wiederannäherung Lévichons an die Blafafoires zur Folge. Eudoxus Lévichon spürte sogleich, welchen Aufschwung die Heiligenstatuetten-Industrie durch das neue Material nehmen könne, und taufte letzteres, mit bemerkenswertem Sinn für geschäftliche Möglichkeiten: *Römisch-Plastischer Karton**. Die Firma „Blafaphas, Fleurissoire & Lévichon" war gegründet.

Das Unternehmen startete mit einem Kapital von sechzigtausend

* Der „Römisch-Plastische Karton" (sagte der erste Katalog), eine neue Spezialerfindung, deren Fabrikationsgeheimnis dem Hause Blafaphas, Fleurissoire & Lévichon gehört, bietet einen überlegenen Qualitätsersatz für Steinpappe, Gipspapier und ähnliche Zusammensetzungen, deren Unzulänglichkeit sich in der Praxis nur allzusehr erwiesen hat. (Folgte die Beschreibung der verschiedenen Muster.)

Franken, von denen die Blafafoires bescheidentlich zehntausend zeichneten. In edler Aufwallung übernahm Lévichon („Meine Freunde sollen sich doch nicht in Schulden stürzen!“) die restlichen fünfzigtausend. Allerdings hatte ihm von diesen fünfzigtausend Fleurissoire vierzigtausend geliehen: eine von Arnicas Mitgift genommene, in zehn Jahren mit viereinhalb Prozent Zins und Zinseszins rückzahlbare Summe. (Diese Bedingungen waren günstiger, als Arnica je zu hoffen gewagt, und außerdem schützten sie Amadeus' kleines Vermögen vor den unausbleiblichen Risiken der neuen Unternehmung.) Die Blafafoires dagegen brachten ihre und der Baragliouls Beziehungen ein, das heißt, nach kurzer Probezeit, die Gönnerschaft einflußreicher Geistlicher, welche ihrerseits (abgesehen von etlichen größeren Bestellungen) den kleinen Pfarreien das Haus „B. F. L.“ empfahlen zur Befriedigung des sich immer mehr verfeinernden Kunstgeschmackes der Gläubigen. Im Zusammenhang damit geschah es, daß mehrere um die Religion hochverdiente und jetzt für den *Römisch-Plastischen Karton* arbeitende Künstler sich endlich von der Jury des *Salons* anerkannt sahen. Nunmehr etablierte sich, die beiden Sozien in Pau zurücklassend, Lévichon in Paris, wo, dank seinem taktvollen Eingehen auf die Bedürfnisse der Kundschaft, das Haus bald einen beträchtlichen Umfang gewann.

Was konnte natürlicher sein, als daß die Gräfin Valentine de Saint-Prix, durch Arnica als Mittlerin, das Haus Blafaphas & Cie. für die geheimnisvolle Befreiung des Papstes zu interessieren und von den frommgesinnten Fleurissoires einen Teil ihrer eigenen Aufwendung zurückzuerhalten hoffte? Leider waren die Einkünfte der Blafafoires wegen der erwähnten Geringfügigkeit ihrer Gründungsquote recht beschränkt: sie erhielten nur ein Sechstel von dem bilanzmäßig ersichtlichen Geschäftsgewinn und von dem übrigen gar nichts. Dieser Sachlage war Valentine unkundig, da Arnica und Amadeus sich vor Geldgesprächen immer geniert hatten.

III

„Was gibt es, liebe Frau Gräfin?! Ihr Brief hat mich gehörig erschreckt ...“

Die Gräfin ließ sich in den Sessel fallen, den Arnica ihr hinschob.
„O Madame Fleurissoire! ... Darf ich ‚Freundin' zu Ihnen sagen? ... Die gemeinsame Not schließt uns zusammen. Ach, wenn Sie wüßten ...!"
„Sprechen Sie! Lassen Sie mich nicht länger warten und bangen!"
„Ich spreche nur unter der Bedingung, daß alles streng geheim bleibt zwischen Ihnen und mir!"
„Bin ich eines Vertrauensbruches fähig?" fragte Arnica, der noch nie ein Geheimnis anvertraut worden war.
„Aber Sie werden es nicht glauben können!"
„Doch, doch!" ächzte die Tochter des Krautgelehrten.
„Ach!" seufzte Valentine. „Könnten Sie mir vielleicht irgend etwas zu trinken geben? Mir wird ganz schlecht ..."
„Wollen Sie Verbenen-, Lindenblüten- oder Kamillentee?"
„Irgend etwas ... Nein, doch lieber richtigen Tee ... Auch ich konnte es im ersten Augenblick nicht glauben, das Entsetzliche!"
„Ich habe kochendes Wasser in der Küche. Das ist schnell getan."
Und während Arnica draußen war, musterte die Gräfin das Zimmer. Eine deprimiernde Kleinbürgerlichkeit herrschte darin: grüne Ripsstühle; ein verblichener Plüsch- und ein anderer, noch gewöhnlicherer Sessel (in diesem saß sie); ein Tisch; eine Mahagonikonsole; vorm Kamin ein wollener Vorleger, auf dem Sims eine Alabasteruhr unter Glas, flankiert von zwei unförmigen, ebenfalls glasüberstürzten Alabastervasen; auf dem Tisch ein Familienphotographienalbum; auf der Konsole eine Plastik aus *Römischem Karton,* verkleinertes Modell, darstellend die Muttergottes von Lourdes in der Grotte ... Valentine fühlte ihren Mut sinken.
Am Ende waren die Fleurissoires filzige Duckmäuser, deren ganze Daseinsgarnitur Ärmlichkeit vortäuschen sollte ...?!
Arnica erschien mit einem Tablett: Teekanne, Zuckerdose und Tasse.
„Ich mach' Ihnen so viel Mühe ..."
„Aber bitte sehr! ... Besser vor als nach der Enthüllung: nachher hätt' ich gewiß nicht mehr die Kraft ..."
„Nun also!" sagte Valentine, nachdem Arnica sich gesetzt hatte; „der Papst ..."
„Nein! Sprechen Sie nicht weiter!" kreischte Madame Fleurissoire,

hob die Rechte zur Abwehr und sank mit geschlossenen Augen hintenüber.

„Meine arme Freundin", tätschelte Valentine ihr den Puls: „ich wußte ja, daß es zuviel sein würde für Sie!"

Arnica öffnete ein trübseliges Auge:

„Tot?!"

Valentine, über sie gebeugt, an ihrem Ohre flüsternd:

„Eingesperrt!"

Die Verblüffung machte Arnica wieder etwas munter. Und Valentine lieferte einen langen Bericht voll wirrer Daten und strauchelnder Chronologie, doch triftig und schlüssig im Tatsacheneffekt: der Heilige Vater war in die Hände der Ungläubigen gefallen, zu seiner Befreiung wurde insgeheim ein Kreuzzug gerüstet, und um letzterem den Erfolg zu sichern, brauchte man Geld, viel Geld.

„Was wird Amadeus dazu sagen?" stöhnte Arnica konfus.

Er hatte mit seinem Freunde Blafaphas einen kleinen Ausflug unternommen und wollte erst abends zurück sein . . .

„Vor allem binden Sie ihm Diskretion auf die Seele!" mahnte Valentine beim Abschied. „Und verlieren Sie den Mut nicht, teure Freundin! (Sie küßte die feuchte Stirn, die die Hausfrau perplex ihr hinhielt.) Morgen komme ich wieder auf einen Augenblick zu Ihnen und erkundige mich, was Sie zu tun gedenken. Beraten Sie sich mit Ihrem Gemahl; und bleiben Sie sich bewußt, daß das Schicksal der Kirche auf dem Spiele steht! . . . Aber keinem anderen menschlichen Wesen dürfen Sie auch nur eine Silbe verraten! Seien Sie schweigsam wie das Grab! Kann ich mich darauf verlassen? . . . Gut. – Also auf Wiedersehen morgen!"

Tief erschüttert, ihrer Sinne kaum noch mächtig, blieb Arnica zurück. Als gegen Sonnenuntergang Amadeus nach Hause kam:

„Mein Freund, etwas Schreckliches ist passiert: man hat den armen Papst eingekerkert."

„Nicht möglich!" sagte Amadeus so ruhig, als wenn er gesagt hätte: „Bah!"

Arnica brach in Schluchzen aus:

„Ich wußte ja, daß du's nicht glauben würdest!"

„Na, hör mal, mein Schatz", erwiderte Amadeus und kroch aus dem Paletot, dessen der Vielverschnupfte auf keinem Spaziergang entriet, „wie denkst du dir das eigentlich? Das wäre doch allgemein bekannt, wenn wirklich dem Heiligen Vater irgendein Leid zugestoßen wäre! Das stünde doch in allen Gazetten! ... Wer soll ihn denn eingekerkert haben?"

„Valentine sagt: die Loge."

Amadeus sah sein Weib an, als sei es toll geworden. Immerhin: „Die Loge ...! Welche Loge?"

„Wie soll ich das wissen? Valentine hat versprochen, nichts davon zu sagen."

„Und wer hat ihr das alles erzählt?"

„Sie hat mir verboten, es weiterzusagen ... Ein Kanonikus, den ein Kardinal entsandt hat mit seiner Visitenkarte ..."

Von öffentlichen Dingen verstand Arnica nichts, und Valentinens Darlegungen waren nur recht unklar in ihr Bewußtsein gedrungen. Düster, wie romantische Visionen, schwankten die Worte *Gefangennahme* und *Kerkerhaft* ihr vor den Augen, am heftigsten erregte der Begriff *Kreuzzug* ihre Phantasie, und als der sich allen ursprünglichen Zweifeln nunmehr entwindende Amadeus die Meinung aussprach, „man selbst müsse zu diesem Kreuzzuge aufbrechen", da sah sie ihn schon, geharnischt und behelmt, hoch zu Roß ins Blachfeld sprengen ... Mit großen Schritten durchmaß Fleurissoire das Zimmer und argumentierte:

„Zuvörderst: Geld besitzen wir ja nicht ... Und was wäre das auch für eine klägliche Sache: ein paar Banknoten zu opfern! Das gäbe mir meinen ruhigen Schlaf nicht zurück ... Nein, Schatz, wenn Valentinens Geschichte wahr ist, so ist das etwas Ungeheuerliches – du verstehst mich: etwas ganz Unausdenkbares!"

„Ja, ich verstehe: etwas Unausdenkbares ... Aber willst du mir nicht doch ein bißchen erklären, warum es so unausdenkbar ist?"

„Oh, wenn ich dir das erst erklären muß! ..." – und Amadeus, schweißbedeckt, hob beide Hände zum Plafond.

„Nein, nein!" bekräftigte er sich dann. „Hier soll man keine papierenen Scheine geben, sondern: sich selbst! Ich will mit Blafaphas sprechen; mal sehen, was der sagt."

„Valentine de Saint-Prix hat mir aber verboten, es irgend jemand weiterzuerzählen", wandte Arnica schüchtern ein.

„Blafaphas ist nicht ‚irgend jemand'! Außerdem werden wir ihn bitten, alles streng für sich zu behalten."

„Wie könntest du deinen Aufbruch bewerkstelligen, ohne daß alles ruchbar würde?"

„Man mag wissen, daß ich auf Reisen gehe; man wird nicht wissen, wohin ich gehe!“ – Dann, pathetisch und flehentlich: „Arnica, mein Herzblatt: laß mich ziehen!“
Sie schluchzte und hoffte, daß Blafaphas abraten werde. Eben wollte Amadeus ihn holen, da klopfte er schon nach seiner Gewohnheit an die Fensterscheibe.
„Das ist der kurioseste Fall, der mir je vorgekommen ist“, taxierte er den Bericht. „Nee, so was hätte ich doch nie gedacht!“ – Und plötzlich, bevor Fleurissoire seinen Entschluß irgendwie angedeutet: „Lieber Freund, da bleibt uns nur eine Losung: hin!“
„Siehst du“, sagte Amadeus, „das ist sein erster Gedanke.“
„Ich persönlich bin ja leider durch Papas Kränklichkeit hier festgehalten“, war sein zweiter.
„Es ist schließlich auch am besten, daß ich allein fahre“, billigte Amadeus. „Wir beide zusammen, das wäre auffallend.“
„Aber bist du dir denn auch klar, wie du's machen mußt!?“
Amadeus beteuerte durch eine Geste: er werde das Menschenmögliche tun.
Blafaphas:
„An wen willst du dich wenden? Wo in der fremden Stadt wohnen? Was unternehmen?“
„Zunächst sehen, was ist!“
„Und wenn nun an der ganzen Sache nichts dran ist?“
„Gerade diesen Zweifel ertrage ich nicht.“
Blafaphas, laut beifallend:
„Ich auch nicht!“
„Mein Freund, überleg dir's noch“, versuchte Arnica.
„Hab' schon: ich reise heimlich, aber ich reise.“
„Wann?! . . . Deine Sachen sind nicht in Ordnung!“
„Gleich heute abend. Was brauch' ich viel Sachen?!“
„Aber du bist noch nie gereist! Wirst ungeschickt sein.“
„Das wird sich zeigen, mein Blümchen! Ich erzähl' euch dann, was passiert ist“, sagte er mit einem kleinen, den Adamsapfel hüpfenlassenden Glucksen.
„'nen Schnupfen kriegst du sicher!“
„Ich nehm' deinen Schal.“
Er unterbrach sein Hin- und Herwandern und stupste Arnica mit dem Finger unters Kinn, wie einem Pausbaby, das lachen soll. Gaston blieb reserviert. Amadeus wandte sich an ihn:

„Sieh, bitte, im Fahrplan nach, und sag mir einen guten Zug nach Marseille, der dritter Klasse hat. – Doch, doch: ich fahre dritter! Und dann schreib mir auf, wie ich von dort bis zur italienischen Grenze komme; wo ich umsteigen muß und auf welchen Bahnhöfen man ein Glas Limonade trinken kann. Bin ich einmal an der Grenze, so werde ich mit Gottes Hilfe auch bis Rom kommen. Und meine Adresse wird sein: Roma, poste restante.“
Die Beredsamkeit seiner Mission hitzte ihm fiebrig das Hirn. Als Gaston sich entfernt hatte, durchstapfte er noch immer den Raum und murmelte verzückt:
„Also mir ist das beschieden! Gerade mich hat Gott erkoren! . . .“
Bewunderung erfüllte ihn und zärtliche Dankbarkeit: seines inneren Lebenszweckes war er nun doch noch teilhaftig geworden . . .
– (Um Gottes willen, Madame Arnica, hemmen Sie ihn nicht! Es gibt so wenig Kreaturen, die ihres Erdenwallens Sinn finden!)
Immerhin erreichte Arnica, daß er die Nacht noch bei ihr blieb, zumal der nach genauen Fahrplanstudien wiedererscheinende Sozius den 8-Uhr-Frühzug für den praktischsten erklärte.
An jenem Morgen regnete es in Strömen. Weder Arnica noch Gaston durften Amadeus an die Bahn begleiten. Und kein Abschiedsblick folgte dem drolligen, fischäugigen, dick behalstuchten Reisenden, der in der Rechten ein graues Köfferlein trug mit aufgenagelter Visitenkarte, in der Linken einen vorweltlichen Regenschirm, überm Arm ein braungrün-kariertes Plaid – und den der Zug jetzt in östlicher Richtung entführte, nach Marseille.

IV

Um diese Zeit rief ein großer Soziologenkongreß den Grafen Julius de Baraglioul in die italienische Hauptstadt. Er kam wohl nicht gerade als Delegierter (denn im Sozialen besaß er weniger Urteil als Vorurteil), aber es reizte ihn die Aussicht, mit etlichen Autoritäten in Beziehung zu treten. Und da Mailand bequem am Wege lag: Mailand, wohin sich, auf geistlichen Rat, Anthimos Armand-Dubois zurückgezogen hatte, so benutzte er die Gelegenheit, um seinem Schwager einen kleinen Besuch abzustatten.
Am selben Tage, an dem Fleurissoire Pau verließ, läutete Julius vor Anthimos' Tür.

Man führte ihn in eine bejammernswürdige Wohnung von drei Räumen – falls man den düsteren Verschlag, wo Veronica ihre allmittäglichen Gemüsesüpplein bereitete, als „Raum" gelten lassen will. Ein häßlicher Reflektor aus Zink gab, vom Hofe her, das Tageslicht als fahlen Schein weiter. Julius gewann es nicht über sich, seinen Hut auf das verdächtige Wachstuch zu legen, das einen ovalen Tisch bedeckte; und ebensowenig einladend dünkte ihn der Baumwollplüsch des hingeschobenen Sessels. Er blieb also stehen, packte Anthimos' Ärmel und rief:

„Unseliger Freund, hier können Sie nicht bleiben!"

„Woran fehlt mir's denn?" fragte Anthimos.

Da mischte Veronica sich ein:

„Sollte man's für möglich halten, lieber Julius, daß er trotz aller Zurücksetzungen und Vertrauensbrüche, deren Opfer wir geworden sind, nie etwas anderes zu sagen findet!?"

„Wer hat euch veranlaßt, nach Mailand überzusiedeln?"

„Pater Anselmus. – Auf keinen Fall hätten wir unsere römische Wohnung länger halten können."

„Was brauchen wir sie auch?" meinte Anthimos.

„Darum handelt es sich nicht ... Pater Anselmus hat euch eine Entschädigung versprochen. Hat er gewußt, wie schlecht es euch geht?"

„Er tat immer, als wisse er es nicht", antwortete Veronica.

„Dann müßt ihr euch beim Bischof von Tarbes beschweren."

„Das hat Anthimos schon von Rom aus getan."

„Und was hat der Bischof gesagt?"

„Der Bischof ist ein ausgezeichneter Mann: er hat mich wundersam bestärkt in meinem Glauben."

„Und seitdem ihr in Mailand wohnt, habt ihr an niemand mehr appelliert?"

„Einmal wäre es mir beinahe gelungen, mit dem Kardinal Pazzi zu sprechen, der mir früher Huld erwiesen hat und nun auf der Durchreise in Mailand war. Aber er ließ mir durch seinen Kammerdiener sagen ..."

„Zipperleins wegen sei er leider verhindert", ergänzte Veronica.

„Aber das ist ja grauenvoll! Das muß Rampolla gemeldet werden", entrüstete sich Julius.

„Was wäre da zu melden, lieber Freund? ... Na ja, ich bin ein bißchen verarmt; aber was brauchen wir denn viel? Zur Zeit meines Wohlstandes irrte ich in Sünde und Krankheit: jetzt bin ich gesund. Früher war ich beklagenswert: heute nicht mehr. Denn irdisch Gut trennt von Gott."

„Immerhin kommt es Ihnen von Rechts wegen zu, dieses irdische Gut! Mag die Kirche Sie's verachten lehren: Sie darum betrügen darf sie nicht!"

„Das nenne ich vernünftig gesprochen!" sagte Veronica. „Ihre Worte sind mir ein wahres Labsal, Julius! Anthimos' Waschlappigkeit bringt mich noch zum Rasen! Unmöglich, ihn ein bißchen aufzuputschen! Er läßt sich rupfen wie ein Hühnchen und sagt dazu noch danke, wenn nur alles im Namen des Herrn geschieht!"

„Veronica, so darfst du nicht reden; alles, was im Namen des Herrn getan wird, ist wohlgetan!"

„Scheint es Ihnen wirklich so beseligend, den Gimpel zu spielen?" erkundigte sich Julius.

„Gimpel reimt sich auf Simpel, und selig sind die Einfältigen!" lautete die Antwort des Ex-Vivisektors.

Worauf Veronica zu Julius:

„Hören Sie, was er sagt!? Und solchen Abraham-a-Santa-Clara-Geist verzapft er nun alle Tage! Wenn ich keuchend vom Wochenmarkt zurück bin und, ob der Schlepperei todmüde, eben die Mittagssuppe aufsetzen will, kommt der Herr Kapuzinermönch in die Küche geschlurft, zitiert behaglich sein Evangelium und rät mir, mein Augenmerk statt den Rüben und dem Sellerie lieber jenen vorbildlichen Lilien auf dem Felde zuzuwenden . . ."

„Ich helfe dir, so gut ich kann", versetzte Anthimos mit engelhafter Stimme; „und da ich jetzt so brav auf den Beinen bin, so hab' ich dir schon wiederholt angeboten, für dich den Gemüseeinkauf zu besorgen und auch die Stuben auszufegen."

„So was versteht das Mannsvolk nicht! Schreib du man deine erbaulichen Traktätchen weiter, und sieh nur zu, daß du sie etwas besser bezahlt kriegst!" Und, immer heftiger werdend (sie, die einst so friedfertige Veronica!): „Ist es nicht eine Schmach und Schande!? . . . Wenn man bedenkt, was er früher bei der *Dépêche* mit seinen ketzerischen Artikeln verdient hat! . . . Und jetzt: die paar Groschen, die ihm der *Pèlerin* für seine Moralschinken hinzählt und von denen übrigens mehr als die Hälfte gleich in Bettler- und Vagabundenhände weiterwandert!"

„Aber dann ist er ja ein Heiliger! Ein Heiliger, wie er im Buche steht!“ rief Julius betroffen aus.

„Oh, was der einem zu schaffen macht mit seiner Heiligkeit! . . . Da, sehen Sie mal: wissen Sie, was das ist?“ – Und sie brachte aus einer dunklen Ecke ein Ding zum Vorschein, das einem Vogelkäfig glich: „Darin sind zwei Ratten, die der Herr Gelehrte seinerzeit des Augenlichtes beraubt hat.“

„Leider Gottes! . . . Aber warum erwähnst du das jetzt, Veronica? Damals, in meiner Sünden Maienblüte, als ich an den armen Tieren herumwissenschaftelte, hast du sie erbarmungsvoll genährt, und ich machte dir noch einen Vorwurf daraus . . . Ja, lieber Schwager: diese beiden Ratten sind einst von mir geblendet worden aus böser Wißbegier; nun fressen sie bei mir das Gnadenbrot: das ist doch das mindeste, was sie von mir verlangen können!“

„Täte nur die Kirche für den geblendeten Anthimos dasselbe, was Anthimos für seine Ratten tut!“ seufzte Graf Baraglioul.

„Ich geblendet!? So spricht der gottesfürchtige Julius!? Sagen Sie lieber: erleuchtet, strahlender Klarheit gewürdigt!“

„Ich spreche vom Tatsächlichen. Man läßt Sie in der Patsche. Das ist unerträglich. Der Klerus hat Verpflichtungen übernommen, die er halten muß, um seiner eigenen Ehre und unseres Glaubens willen!“ – Dann, zu Veronica gewandt: „Wenn Sie bisher nichts erreicht haben, so explizieren Sie den Fall höheren, ja: höchsten Ortes! Was sagte ich: Rampolla? Dem Papst selbst will ich eine Bittschrift überreichen; dem Papste, dem ja Anthimos' Bekehrung keineswegs unbekannt geblieben ist! Nun muß er auch diesen krassen Rechtsbruch zur Kenntnis nehmen! Ich fahre mit dem Nachtschnellzug und bin morgen in Rom.“

„Aber wollen Sie nicht wenigstens einen Teller Suppe mit uns löffeln?“ fragte Veronica schüchtern.

„Pardon: ich bin etwas unpäßlich (und Julius, der auf seine gepflegten Hände stolz war, schielte nervös auf Anthimos' vernachlässigte Fingernägel); auf meiner Rückreise besuche ich Sie ausführlicher und erzähle Ihnen, lieber Anthimos, dann auch von dem neuen Roman, den ich in Arbeit habe.“

„Ihre *Höhenluft* hab' ich neulich wieder gelesen und mehr Reiz an ihr gefunden als bei der ersten Lektüre.“

„Allzu gütig, mein Lieber! . . . Nein, *Höhenluft* war ein Fehlgriff . . . Wollen wir nächstens in Muße darüber plaudern? Und werden Sie auch ein Ohr haben für die ganz unerwarteten Gedanken, die mich seit einiger Zeit beschäftigen? Ich hätte so viel zu sagen! Doch für heute muß es genug sein."

Und er verließ das Ehepaar mit Worten der Ermutigung.

VIERTES BUCH

Der Tausendfuß

Und nur die qualvoll Suchenden preise ich.
Pascal

I

Amadeus Fleurissoire hatte, als er abreiste, fünfhundert Franken in der Tasche. Die sollten für das Unternehmen genügen, einschließlich der durch Logenlist etwa erzwungenen Nebenausgaben. Schlimmstenfalls hielt Blafaphas eine kleine Reserve bereit.
Da niemand in Pau wissen durfte, wohin die Reise ging, nahm unser Kreuzfahrer ein Billett zunächst bis Marseille. Von dort bis Rom kostete es, dritter Klasse, nur achtunddreißig Franken mit beliebiger Fahrtunterbrechung – eine Möglichkeit, die er auszunutzen gedachte, nicht aus Interesse für Land und Leute, sondern aus Schlafbedürfnis. Schlaflose Nächte waren ihm ein Greuel, und weil es ja auch der Kirche zugute kam, wenn ein gehörig ausgeschlafener Amadeus in Rom eintraf, so konnten zwei Tage Zeitverlust und etwa Übernachtungsspezialaufwand wohl in Kauf genommen werden ... (Unerträglich: die Luft im überfüllten Nachtcoupé! Riß dann einer das Fenster auf, so hätte man seinen Schnupfen weg ...) Er würde also zuerst in Marseille und dann in Genua übernachten, in bürgerlich-anständigen Hotels der Bahnhofsgegend, und am übernächsten Abend in Rom anlangen.
War's nicht eigentlich ganz hübsch, so ein bißchen in die Welt hinaus- und, siebenundvierzig Jahre alt, endlich mal von Weibes- und Freundeshut loszukommen? Bequem in seine Ecke gekuschelt, genoß er den Rhythmus des Fahrens, lächelte mit ziegenhaftem Blecken der Zähne und hoffte auf einen gnädigen Verlauf. Bis Marseille ging alles gut.
Der nächste Tag brachte Pech. Ganz vertieft in den mittelitalieni-

schen Reiseführer, den er sich gekauft, stieg Amadeus in den falschen Zug (Richtung Lyon), merkte es erst auf Station Arles, als die Lokomotive schon wieder anzog, mußte bis Tarascon weiterfahren – und dann, gegen Abend, die ganze Strecke zurück. Immerhin fuhr er jetzt bis Toulon, denn eine zweite Wanzennacht in Marseille wäre gar zu schrecklich gewesen.

Und doch hatte dies Marseiller Hotelbett einen so ehrbaren, vertrauenerweckenden Eindruck gemacht! Friedlich hatte der Mann aus Pau, nach Kleiderfaltung, Ausgabennotierung und Gebet, sich hingestreckt und war, todmüde, sofort eingeschlafen.

Die Wanzen haben ihre Methoden. Sie warten, bis das Licht aus ist. Dann, im Dunkeln, kommen sie angekrochen. Sie kriechen nicht in zufälliger Richtung, sondern zielbewußt auf den Hals, den sie am liebsten „mögen"; manchmal auch aufs Handgelenk; etliche ziehen Fußknöchel vor. Man weiß nicht recht, aus welchem Grunde sie den Schläfer mit jener subkutanen Injektion versehen, deren Giftwirkung beim leisesten Kratzen unerträglich wird ...

Das Jucken, von dem Amadeus erwachte, war so heftig, daß er die Kerze wieder anzündete und vor den Spiegel lief, wo er unter dem Kinn eine mit weißen Pünktchen getüpfelte Rötung zu erkennen glaubte. Oder täuschte ihn die blakende Talgleuchte, der trübe Spiegel, die eigene Schlaftrunkenheit? ... Er legte sich wieder hin, unter andauerndem Kratzen; machte dunkel ... und nach ein paar Minuten abermals hell, da das Brennen immer peinlicher wurde; sprang zum Waschtisch, benetzte sein Schnupftuch und preßte es auf die in ihren Ausläufern nun schon bis zum Schlüsselbein reichende Entzündungsregion. Fleurissoire glaubte, eine Krankheit sei im Anzug, und betete. Neue Dunkelheit. Die Kompressenfrische verging zu rasch, als daß der Leidende hätte wieder einschlafen können. Der Nesselfieberqual gesellte sich widrige Feuchte des Hemdkragens, den jetzt auch heiße Zähren tränkten. Dann jäh, ein Aufschecken: Wanzen! es sind Wanzen! ... Hätte ihm das nicht gleich zum Bewußtsein kommen müssen!? Aber er kannte diese Tiere nur dem Namen nach, und wie hätte er dieses undefinierbare Brennen mit einem bestimmten Stich in Verbindung bringen sollen?! Mit einem Satz war er aus den Federn, und zum drittenmal brannte die Kerze.

Unerfahren und nervös, ekelgepeitscht, doch in absoluter Verkennung der Wanzenseele, begann er den eigenen Körper nach den

Tückebolden abzusuchen. Entdeckte nichts. Und glaubte wieder, nicht gebissen, sondern von Krankheit befallen zu sein. Auch auf den Laken nichts! Plötzlich kam ihm die Idee, unter dem Kopfpfühl nachzusehen. Und da: da gewahrte er drei schwärzliche Plättchen, die sich eiligst in eine Falte verkrochen. Das waren sie!

Er stellte den Leuchter aufs Bett, jagte fünf Stück aus dem freigelegten Schlupfwinkel hervor, schüttelte sie – oh, nur nicht mit dem Nagel zerquetschen! – in seinem Nachttopf, schiffte sie zusammen und sah ihrem Ertrinken mit einer Grausamkeit zu, die ihn etwas munterer werden ließ. Zurück ins Bett; Licht aus.

Sofortiger Wiederbeginn des Juckens. Neue Stiche, im Nacken jetzt. Verzweifelt machte er wieder Licht, stand auf und zog das Hemd aus, über dessen Kragenrand er nun etliche rosa Tüpfelchen schleichen sah, die, gegen den Kattun gemalmt, leichte Blutspuren hinterließen. Konnten diese winzigen Bestien schon Wanzen sein!? Doch erneuter Pfühlhub enthüllte ein riesenhaftes Exemplar: sicherlich die Mama. Ermutigt, angeregt, fast belustigt durchsuchte Amadeus die ganze Lagerstatt von Grund aus. Überall vermeinte er jetzt „welche" zu sehen; erbeutete aber im ganzen nur vier; legte sich wieder hin und hatte eine Stunde Ruhe.

Dann fing das Brennen wieder an. Noch ein letztes Mal ging er auf den Kriegspfad, um schließlich, am Ende seiner Kraft, die Tiere stechen zu lassen, soviel sie wollten. Übrigens verschwand ja der Juckreiz ziemlich rasch, wenn er nur nicht hinfaßte. Als der Morgen graute, zog die feindliche Nachhut, wohlgesättigt, sich zurück. Der Reisende sank in Betäubung. Um acht kam der Kellner und weckte ihn.

In Toulon waren es die Flöhe.

Gewiß hatte er sie aus dem Eisenbahnwagen mitgebracht. Die ganze Nacht wälzte er sich schlaflos, unter fortwährendem Kratzen. Sie liefen ihm die Beine entlang, kitzelten ihn an der Hüfte und machten ihn fieberheiß. Unter den in seine empfindliche Haut eindringenden Stichen erschwollen üppige Blasen, die sich vom Scheuern und Schaben immer heftiger entzündeten. Er machte wiederholt Licht, stand auf, zog das Hemd aus und wieder an ... und blieb mit alledem erfolglos. Zwar wurde gelegentlich so ein schwarzes Biest sichtbar, aber es enthopste dem Zugriff, und selbst wenn mal eins gefangen und anscheinend platt- und totgedrückt war, so pustete es sich in der nächsten Sekunde wieder zu normaler Dicke auf, um frohgemut weiterzuhüpfen und weiterzustechen. Amadeus sehnte sich fast nach den Wanzen zurück. Er geriet in Wut, und die Erregung dieser vergeblichen Jagd brachte ihn vollends um seinen Schlaf.

Noch den ganzen Reisetag juckte es ihn, und neu aufflammende Stellen bewiesen die ungebrochene Anhänglichkeit seiner Freunde. Dazu kam die entsetzliche Hitze. Der Waggon war voll von trinkenden, rauchenden, spuckenden, rülpsenden Arbeitern, deren mittägliche Zervelatwurst so stark nach Knoblauch roch, daß Amadeus übel wurde. Dennoch wechselte er (um nicht hochmütig zu erscheinen) das Coupé erst an der Grenze – und fand eine umfangreiche Amme, die ihrem Kleinen frische Windeln gab. Den trotzdem unternommenen Versuch, ein wenig zu schlafen, hinderte des Romfahrers weißer, flacher, steifrandiger Strohhut. Ließ man den in gewöhnlicher Lage, so hielt der Rand den Kopf von der Coupé-Rückwand fern; hob man ihn etwas hoch, um sich anlehnen zu können, so stülpte einem die Wand den ganzen Deckel vorn über die Nase; schob man ihn aber zurück, so keilte sich der Rand zwischen Nacken und Holz, und der Hut klappte über dem Schädel in die Höhe, wie das Ventil eines Dampfkessels. Schließlich nahm Amadeus ihn ganz ab und schlang sich seinen Schal ums Haupt, ihn des grellen Lichtes wegen so arrangierend, daß auch die Augen von dem herabfallenden Seidentuch geschützt wurden ... Übrigens hatte unser Reisender, durch Erfahrung gewitzigt, einige Vorsorge für die kommende Nacht getroffen; er hatte heute morgen in Toulon eine Schachtel Insektenpulver gekauft, und außerdem war er fest entschlossen, diesmal, ohne Rücksicht auf den Preis, in einem der besten Hotels abzusteigen. Denn falls die Genuanacht abermals mißriete: in welch bejammernswertem Zustande sollte der schlafbedürftigste aller Kreuzritter dann in Rom anlangen?! Oh, der letzte der Freimaurer hätte gewonnenes Spiel gegen ihn!

Vorm Bahnhof zu Genua standen die Omnibusse der hauptsächlichsten Hotels. Amadeus schritt geradewegs auf einen der pompösesten zu, unbeirrt durch das Nasenrümpfen der Lakaien beim Anblick seines bescheidenen Handkoffers – den der Reisende anstatt oben aufs Verdeck unmittelbar neben sich auf die Sitzbank stellen ließ. Der in der Hotelvorhalle waltende Portier sprach Französisch, und Amadeus, hierdurch ermutigt, heischte nicht nur im allgemeinen ein „recht schönes Zimmer“, sondern verstieg sich zu allerlei Spezialerkundigungen und zu dem Entschluß, unterhalb zwölf Franken nichts konvenierend zu finden.

Das Siebzehn-Franken-Zimmer, für das er sich nach Besichtigung etlicher anderer entschied, war groß, sauber, unaufdringlich elegant, und dem frischbezogenen Messingbett hätte man durch Streuung des insektentilgenden Speichelwurzpulvers sicherlich unrecht getan. Eine Art riesigen Schrankes barg den Waschtisch. Die Fenster, sehr breit, gingen auf einen Garten. Amadeus lehnte sich in die Nacht hinaus, verharrte lange im Betrachten dunkel gewölbten Laubwerks, und mählich lockte sänftigender Hauch den Vielgequälten zum Schlafe. Oberhalb des Bettes fiel, nebelgleich, ein Tüllschleier auf drei Seiten gleichmäßig herunter; vorn hielten Kordeln ihn anmutig gerafft wie die Reffbänder eines Segels. Fleurissoire erkannte das Mückennetz – aber er hatte sich solch einer Verschanzung nie bedienen mögen.

Er wusch sich und schlüpfte voller Behagen in blütenweißes Linnen. Ließ einen Fensterflügel halb offen, in einer Schrägstellung, die jeden schnupfen- oder augenentzündungsbewirkenden Luftzug vom Nachtlager fernhalten mußte. Überschlug die gemachten Ausgaben; betete. Licht aus. (Die Beleuchtung war elektrisch, und man stellte sie ab, indem man einen Stromunterbrechungsschalter ausknipste.)

Amadeus wollte gerade einschlafen, da bekundete ihm ein dünnes Summen, daß er das Fenster erst nach Löschen des Lichtes hätte öffnen dürfen; denn Helligkeit zieht Mücken an. Er dankte dem lieben Gott für die Einrichtung dieser Moskito-Miniaturmusik, die den bedrohten Schläfer warnt, und ließ nunmehr das schützende Tüllnetz ganz über sich herniederwallen. Ja, so geht's doch besser, dachte er während des Entschlummerns, als mit den kleinen Räucherkerzen aus getrocknetem Kraut, die Papa Blafaphas in seiner Apotheke unter dem komischen Namen *Fidibus* feilbot! Man zündete sie auf einer Untertasse an, und ihr Verkohlen erzeugt dann einen betäubenden Rauch, der eher dem Menschen den Atem benimmt, als daß er die Mücken außer Gefechtskraft brächte ... *Fidibus!* das klingt wirklich albern! Fidibus ... er schlief schon beinahe ... Plötzlich: ein heftiger Stich am linken

Nasenflügel! Die hinlangende und den aufschwellenden Brand sanft befühlende Rechte ward ihrerseits gestochen, am Gelenk. Dann am Ohr ein tückisches Gezirp ... O Schrecken: er hatte den Feind ins Innere der eigenen Festung gesperrt. Er tastete nach dem Schalter und machte Licht.

In der Tat, da hockte die Bestie seelenruhig ganz oben am Netz! Amadeus, der etwas weitsichtig war, erkannte deutlich das auf vier absurd-dünnen Beinen sitzende und das dritte Beinpaar unverschämt zurückringelnde Filigrangebilde ... Amadeus erhob sich auf der Lagerstatt. Aber wie sollte er das Insekt gegen einen locker zurückweichenden Stoff drücken!? ... Gleichviel! Er schlug so rasch und heftig zu, daß er glaubte, das Netz gehe kaputt. Die Mücke war doch sicherlich getroffen! ... Er spähte nach der Toten, sah nichts und fühlte am Knie einen neuen Stich.

Um wenigstens das Gros seines Körpers der Gefahr zu entziehen, kroch er unter die Decken zurück. Blieb stumpf eine Weile liegen. Dann, halb und halb beruhigt, vom Feinde nichts sehend und hörend, entschloß er sich, das Licht auszuknipsen. Im selben Moment fing das Summen wieder an.

Nun streckte er eine Hand heraus, hielt sie sorglich nah am Gesicht, und sooft er auf Stirn oder Wange etwas zu spüren glaubte, klapste er tüchtig los. Gleich darauf vernahm er des Tieres höhnisch lispelnde Musik.

Dann kam er auf die Idee, sich den seidenen Schal um den Kopf zu winden, was ein freies Atmen, nicht ein Gestochenwerden am Kinn verhinderte.

Worauf die Mücke, vorläufig gesättigt, sich Ruhe gönnte. Wenigstens drang ihr Summen nicht mehr in Amadeus' (der den Schal wieder abgenommen hatte und sich schlafend kratzte) fieberhaften Traum. Am Morgen war das, was man sonst seine Adlernase nennen konnte, zur Säufernase geworden; die Beule am Knie war zu Überrüffelgröße angeschwollen; die am Kinn hob sich vulkanisch – und er empfahl sie der Vorsicht des Genueser Figaro, bei dem er sich schnell noch rasieren ließ, damit die Ewige Stadt einen wohlanständigen Christenmenschen eintreffen sehe.

II

Als Fleurissoire, das Köfferchen in der Rechten, unschlüssig, müde, wirr, in Rom vorm Bahnhof herumstolperte und kaum den Mut aufbrachte, den schnatternden Hotelportiers zu wehren, da hatte er das Glück, einen Facchino zu treffen, der Französisch sprach. Baptistin war ein junger, fast noch unbärtiger Marseiller, der mit scharfem Auge den Landsmann erkannte und sich ihm als Gepäckträger und Führer anbot.

Während der langen Eisenbahnfahrt hatte Fleurissoire eifrig den Baedeker studiert. Dabei war in ahnungsvollem Spürsinn seine fromme Sorge alsbald vom Vatikan ab- und der Engelsburg zugelenkt worden, dem alten Mausoleum des Hadrian, diesem berühmten Kerker, der in geheimen Tiefen einst so manchen illustren Gefangenen beherbergt hatte und den, wie es schien, ein unterirdischer Gang mit dem Vatikan verband.

Er betrachtete den Stadtplan. „In der Gegend müßte ich Logis suchen", entschied er und legte den Finger auf den Tordinona-Kai, der Engelsburg gerade gegenüber. Und wie durch ein Walten der Vorsehung: ebendort gedachte Baptistin ihn einzuquartieren, zwar nicht am Kai selbst, aber im ganz nahe gelegenen „Altmännergäßlein", der dritten Straße von der Humbertbrücke aus. Dort kenne er ein ruhiges Heim mit höflich-internationalen Insassinnen (eine besonders spreche Französisch), und wer sich im dritten Stock aus dem Fenster lehne, der sehe die Engelsburg.

„Wenn Monsieur sich ermattet fühlt, könnten wir einen Wagen nehmen, es ist ziemlich weit ... Ja, die Luft ist angenehm heute abend; es hat geregnet; ein bißchen ausschreiten nach der langen Reise, das tut gut ... Nein, das Köfferchen ist nicht zu schwer, ich kann es bequem tragen ... Oh, Monsieur sieht Rom zum ersten Male! ... Monsieur kommt vielleicht aus Toulouse? ... Nein; aus Pau. Ich hätte es am Akzent erkennen sollen."

Unter solchem Geplauder schritten sie fürbaß. Nahmen die Via Viminale; dann die Via Agostino Depretis; erreichten über die Via Nazionale den Corso, den sie überquerten, und drangen in ein Labyrinth von Gäßchen ohne Namen. Die Leichtigkeit der Bürde gab dem Träger ein Tempo ein, dem der erschöpfte und erhitzte Fleurissoire atemlos nachtrabte. Schon wollte er um Gnade flehen, da rief der andere: „Wir sind da!"

Das „Altmännergäßlein“ war so eng und düster, daß Amadeus sich zaudern fühlte. Baptistin indessen trat wohlgemut in das zweite Haus rechts, aus dem Fleurissoire eben einen *Bersagliere* kommen sah. Die elegante, ihm schon seit der Grenze sympathische Uniform beruhigte den Armeegläubigen, und er wagte sich ein paar Schritte in den Korridor hinein. Liebenswürdig begrüßte ihn dort eine Dame, die wohl die Frau Gastwirtin selber war und die eine schwarze Atlasschürze trug, Armbänder, blaues Halsband sowie wuchtend über enormem Schildpattkamm einen Turmbau pechschwarzen Haares.

„Dein Köfferchen ist schon hinaufgebracht in den dritten Stock“ sagte sie zu Amadeus, der das Duzen für eine römische Spracheigentümlichkeit nahm.

„*Grazia!*“ bedankte er sich; mit diesem einzigen Italiener-Wort, das er kannte, aus Höflichkeit eine neuempfundene Femininendung erkünstelnd, da es ja eine Dame war, mit der er sprach . . .

Er begann die Stufen hinaufzuklimmen, schachmatt, wie er war. Auf jedem der zahlreichen Treppenabsätze schöpfte er Atem . . . und kaum noch Mut. Die Treppe war schmutzig und winkelig und schien die einzelnen Etagen erst nach allerlei mäandrischen Umwegen erreichen zu wollen. Auf der ersten Plattform bemerkte der Gast einen Kanarienvogel im Käfig; auf der zweiten eine räudige, fischhautschluckende Katze; auf der dritten ein Klosettinneres mit irdenem Bürstenbehälter neben dem Sitz. (Hier verweilte Amadeus nicht.)

In der ersten Etage blakte Petroleumdunst vorm Glastüreneingang zum (so kündete eine verblichene Aufschrift) *Salon*, aus dessen Finsternis ein großer goldgerahmter Spiegel hervorzudämmern schien.

Auf dem siebenten Plateau tauchte wieder ein Soldat auf: diesmal einer von der Artillerie. Der kam von oben heruntergepoltert, kollidierte mit Amadeus und rückte ihn prompt ins Gleichgewicht unter lachender Entschuldigung. Denn der übermüdete, somnambul aufwärts keuchende Ankömmling machte den Eindruck eines Betrunkenen, und wenn die erste Uniform ihn beruhigt hatte, so beunruhigte ihn jetzt die zweite.

Diese Herren Vaterlandsverteidiger werden sich nicht gerade mäuschenstill verhalten! dachte er. Na, glücklicherweise liegt mein Zimmer im dritten Stock, so daß ich sie unter mir habe!

Er war noch nicht über die zweite Etage hinaus, als, losen Haares, offenen Mieders, eine Frau sich vom Flurdunkel löste und ihn anrief.

„Sie verwechselt mich mit jemand anders", murmelte er vor sich hin, wandte rücksichtsvoll den Blick ab und klomm eiligst weiter.

Im dritten Stock, wo er als Asthmatiker eintraf, fand er Baptistin wieder. Dieser unterhielt sich auf italienisch mit einer Frau unbestimmten Alters, die ihn, wenn sie auch nicht ganz so fett war, an Blafaphasens Küchenfee erinnerte.

„Ihr Köfferchen befindet sich auf Nr. 16: die dritte Tür. Stoßen Sie nur im Vorbeigehen den Eimer nicht um, der da im Gang steht!"

„Ich hab' ihn hinausgestellt, weil er leckt", erläuterte die Dame auf französisch.

Die Tür zu Nr. 16 war offen. Vom Tische fiel gelbes Kerzenlicht auf den Korridor und erglänzte in der Lache, die sich gerade vor Nr. 15 um einen metallenen Toiletteneimer gebildet hatte. Fleurissoire stelzte über die einen scharfen Geruch entsendende Pfütze hinweg. Das Köfferchen war gleich vorn im Zimmer einem wackligen Stuhl anvertraut worden. Die Stickluft, die in Nr. 16 herrschte, verursachte dem Eintretenden ein Schwindelgefühl; er warf Hut, Schal, Schirm aufs Bett und ließ sich selbst in einen Lehnstuhl fallen. Schweiß troff ihm von der Stirn; er fürchtete, ohnmächtig zu werden.

„Das ist Madame Carola, die Französisch spricht", tat Baptistin zu wissen.

Die beiden waren ihm ins Zimmer gefolgt.

„Kann man nicht das Fenster etwas aufmachen?" stöhnte, jeder Bewegung unfähig, Fleurissoire.

„Oh, wie er schwitzt!" sagte Madame Carola und trocknete des Gastes fahl-rinnendes Antlitz mit einem parfümierten Tüchlein, das sie aus ihrem Mieder zog. „Wir wollen ihn frische Luft schöpfen lassen!"

Und halb schiebend, halb hebend bugsierten sie den Sessel mit der träge schlenkernden Last bis ans Fenster, wo nun Amadeus anstatt der Korridormuffigkeit die gemixten Miasmen der Straße atmen konnte. Immerhin entriß der Luftzug ihn seiner Stumpfheit. Er zog einen zerknüllten, für Baptistin zurechtgesteckten Fünflireschein aus der Westentasche:

„Ich danke Ihnen vielmals ... Und nun möchte ich gern allein bleiben."
Der Gepäckträger ging.
„Du hättest ihm nicht so viel geben sollen."
Amadeus akzeptierte erneut das Duzen als römischen Usus. Sein sehnlicher Wunsch war nur: zu schlafen. Doch Carola traf keinerlei Anstalt, sich zu entfernen. Da bequemte sich der höfliche Mann zur Konversation.
„Sie sprechen Französisch wie eine Französin."
„Na ja: ich bin Pariserin. Und Sie?"
„Aus Südfrankreich."
„Dachte mir's. Taxierte gleich: dieser Herr muß aus der Provinz sein. Ihre erste italienische Reise?"
„Die erste."
„Geschäftlich?"
„Ja."
„Rom ist schön: mancherlei zu sehen!"
„Ja ... Aber bin etwas müde heut abend", stammelte er, und wie zur Entschuldigung: „Bin seit drei Tagen unterwegs."
„Viel Zeit für die Strecke!"
„Und hab' drei Nächte nicht geschlafen."
Worauf ihn Madame Carola, mit der überraschenden italienischen Vertraulichkeit, die zur Verwirrung keine Zeit ließ, ins Kinn zwickte.
„Kleiner Schäker!"
Amadeus errötete: welch schimpflicher Verdacht! Zu dessen Widerlegung er nun die Leiden seiner insektenreichen Odyssee vortrug: Wanzen, Flöhe, Mücken.
„Bei uns bist du vor solchen Greueln sicher. Kuck, wie reinlich!"
„Ja, ich freu' mich aufs Schlafen."
Doch sie ging immer noch nicht. Mühsam reckte er sich aus dem Sessel hoch, führte die Hand an den obersten Westenknopf und stotterte:
„Ich ... ich glaube, ich geh' zu Bett."
Madame Carola begriff des Fremdlings Verlegenheit und sagte voller Takt:
„Du möchtest einen Augenblick allein gelassen werden, nicht wahr?"
Kaum war sie aus dem Zimmer, so drehte Fleurissoire den Tür-

schlüssel um, nahm sein Nachthemd aus dem Köfferchen und schlüpfte in die Laken. Aber das Schloß mußte wohl nicht recht in Ordnung sein, denn wie er die Kerze ausblies, schob sich die Tür leise wieder auf, und in dem Lichtspalt erschien eine lächelnde Carola, die sich näherte und immer näher kam . . .

Als er eine Stunde später ins Bewußtsein zurückkehrte, lag Carola schlafend in seinen Armen, ganz nackt. Er zog seinen linken Arm, der eingeschlafen war, an sich und rückte ein wenig ab. Sie schlief fest. Von der Straße her drang fahler Schein ins Gemach, und man hörte nichts als den gleichmäßigen Atem der Frau. Amadeus fühlte eine ungewohnte Erschlaffung des Leibes und der Seele, er entwand seine mageren Beine dem Lakengewirr, und auf dem Bettrande sitzend, weinte er bitterlich.

Wie vorhin Schweiß, so wuschen jetzt Tränen sein Antlitz und mischten sich mit dem Staube der Eisenbahn. Lautlos, pausenlos quoll dies Zährengerinnsel aus dem verborgenen Quell seines Inneren . . . Er dachte an Arnica, an Blafaphas: oh, wenn die ihn jetzt sähen! Ach, seines Platzes bei ihnen war er nun nicht mehr wert! . . . Dann gedachte er seiner erhabenen, so schnöde entweihten Mission und seufzte halblaut:

„Vorbei! Vorbei! Bin unwürdig geworden! . . . Alles vorbei!"

Dies sonderbare Lamentieren weckte die Schläferin. Erstaunt sah sie den zähneklappernden, sich das Brüstlein zerhämmernden „Geschäftsreisenden" vorm Bett herumrutschen und vernahm seinen Notschrei: „Rette sich, wer kann! Es wanken die Grundfesten der Kirche . . ."

Schließlich griff sie ein:

„Aber was hast du denn, mein armes Papachen? Wirst mir doch nicht gar verrückt werden!?"

Er wandte sich zu ihr:

„Ich flehe Sie an, Madame Carola: Lassen Sie mich allein . . . Ich muß unbedingt allein sein . . . Wir sehen uns morgen früh wieder."

Doch weil er im Grunde nur auf sich selber böse war, küßte er sie zart auf die Schulter:

„Oh, was wir getan haben! Sie ahnen nicht, wie schwer es wiegt! Nein, nein: Sie können es nicht ermessen! Und nie dürfen Sie es erfahren!"

III

Das unter dem pomphaften Namen *Kreuzzug zur Befreiung des Papstes* inszenierte Schwindelunternehmen erstreckte seine teuflischen Fangarme über mehr als ein französisches Departement; Protos, der falsche Kanonikus von Virmontal, war nicht sein einziger Operateur, ebensowenig wie die Gräfin Valentine de Saint-Prix sein einziges Opfer war. Aber nicht alle Opfer krochen, trotz der Tüchtigkeit der Komplicen, so glatt auf den Leim wie die Gräfin. Protos (Lafcadios einstiger Kamerad) mußte scharf achtgeben, daß der echte Klerus den Pseudo-Amtsbrüdern nicht auf die Schliche kam, häufig war die Rückendeckung eines Streiches nicht minder schwierig wie die Aktion selbst, und es bedurfte eines nie versagenden Ineinandergreifens von Führerscharfsinn und Bandendisziplin, um den *Tausendfuß* (so nannte sich die wunderbar organisierte Verschwörung) auf der Höhe der eigenen Hochstapelei zu halten.

Noch selbigen Abends durch Baptistin vom Eintreffen des (aus Pau kommenden! ...) Fremden verständigt, betrat Protos um sieben Uhr früh die Kammer der schlafenden Madame Carola.

Die Auskunft, die sie gab über den Lauf der Nacht, über des Pilgrims Ängste, Schwüre, Tränen, war konfus, ließ aber keinen Zweifel zu: der Coup von Pau trug Frucht, wenn auch kaum erwünschter Sorte, und man mußte ein wachsames Auge behalten auf diesen putzigen Kreuzritter, dessen Naivität vieles verderben konnte ...

„Laß mich mal vorbei", sagte er plötzlich zu Carola. Diese Forderung konnte, da Carola ruhig im Bett liegen geblieben war, absurd erscheinen; doch Absurdes hemmte Protos nicht. Ein Knie aufs Bett setzend, mit dem anderen die Liegende überkletternd, voltigierte er so geschickt, daß er sich, nach leichtem Abschieben der Bettstelle, zwischen letztere und die Mauer einzuklemmen vermochte. Carola schien an solche Gymnastik gewöhnt zu sein, denn sie fragte schlicht:

„Was willst du tun?"

„Mich zum Curé machen", lautete die ebenso schlichte Antwort.

„Kommst wieder hier 'raus?"

Protos zögerte eine Sekunde; dann:

„Hast recht: ist natürlicher so."

Nach diesen Worten bückte er sich und ließ eine Geheimtür aufspringen, die so niedrig war, daß das Bett sie völlig verdeckte. Wie er eben hindurchschlüpfen wollte, tippte Carola ihm auf die Schulter und sagte ernsthaft:
„Hör: *dem* sollst nichts tun!“
„Aber ich sag' dir ja gerade: ich mache mich zum Curé!“
Kaum war er verschwunden, so stand Carola auf und begann sich anzukleiden.
Ich bin mir über Carola Venitequas Charakter nicht ganz klar. Die Regung, der sie in ihren letzten Worten nachgegeben, läßt mich vermuten, ihr Herz sei noch nicht allzusehr verdorben. Bisweilen entsprießen ja gerade dem Laster Gefühlsfeinheiten wie Blaublümelein dem Dunghaufen. Carola brauchte eine Autorität, der sie sich unterwerfen konnte, und als sie sich von Lafcadio verlassen sah, hatte sie sich auf die Suche begeben nach ihrem ersten Geliebten, Protos – dessen unbedenkliche Herrschsucht nun von neuem triumphierte über ihre Erniedrigung.
Wir haben gesehen, in welch schimpflichen Tiefen dieser Bandit sie vegetieren ließ. Und Carola schien der Verdammung kaum zu widerstreben. Oder war, ihr selber unbewußt, doch eine Art Revolte im Aufkeimen? Eine Revolte, die nur der Liebe bedurfte, um sich zu entfalten? Sollte Carola sich verliebt haben in ihren „Pilgrim“ Amadeus? Es wäre gewagt, das zu behaupten. Immerhin erzitterte unter solcher Reinheit ihre Verderbnis, und die mitgeteilte Herzensregung war echt. –
Protos trat wieder ein. Er hatte sich nicht verkleidet. Trug einen Pack Sachen in der Hand, den er auf einen Stuhl legte.
„Nun?“ fragte sie.
„Hab's mir anders ausgedacht. Will erst zur Post, seine Briefschaften ansehen, und zieh' mich später um. Gib mir deinen Spiegel.“
Er näherte sich dem Fenster, und über sein Spiegelbild geneigt, klebte er sich einen kleinen Schnurrbart an, kastanienbraun wie seine Haare.
„Klingle nach Baptistin!“
Carola, nun fertig angezogen, zog an einer Strippe neben der Tür.
„Hab'dir schon einmal gesagt, daß du diese auffälligen Manschettenknöpfe nicht tragen sollst!“
„Du weißt doch, wer sie mir geschenkt hat.“

„Eben drum!“
„Bist etwa eifersüchtig!?“
„Quatsch!“
In diesem Augenblick klopfte Baptistin und trat ein.
„Da: zieh dich mal ’n bißchen anständig an!“ befahl ihm Protos und wies auf den Stuhl, wo die von jenseits der Wand mitgebrachten Rock, Kragen und Schlips lagen. „Und begleite deinen sanften Schutzbefohlenen durch die Stadt. Gegen Abend nehm’ ich ihn dann unter meine Fittiche. Laß ihn bis dahin nicht aus den Augen!“

Beichten tat Amadeus nicht in der (übergewaltigen) Peterskirche, sondern in dem ihn heimatlich berührenden Gotteshause San-Luigi-dei-Francesi. Baptistin führte ihn hin; und geleitete ihn dann zur Post. Auch dort besaß der *Tausendfuß* Spießgesellen. Den Namen „Fleurissoire“ hatte die auf Amadeus’ Köfferlein befestigte Visitenkarte zuerst dem Gepäckträger Baptistin und – durch diesen – dem Meister Protos kundgetan, der nun vom willfährigen Poste-restante-Beamten einen Arnica-Brief ausgehändigt bekam und ohne weiteres las.
„Wie komisch!“ rief Fleurissoire, eine Stunde später ebenfalls nach der Post fragend: „Sieht dies Kuvert nicht aus, als sei es schon aufgemacht gewesen?“
„Das kommt hier oft vor“, erklärte Baptistin phlegmatisch.
Glücklicherweise erging sich Arnica nur in vorsichtigen Anspielungen. Ihr Brief empfahl – auf den Rat des Abbé Mure – dem Gatten, „bevor er irgend etwas anderes unternehme“, nach Neapel zu reisen und dort den Kardinal San-Felice S. B. aufzusuchen. Man hätte sich keine allgemeinere und infolgedessen weniger kompromittierende Ausdrucksweise wünschen können.

IV

Vorm Mausoleum des Hadrian (der Engelsburg) wurde Fleurissoire von tiefer Mutlosigkeit befallen. Das ungeheure Bauwerk erhob sich im Innern eines Hofes, den nur mit besonderen Erlaubniskarten versehene – und überdies von einem Wächter begleitete – Reisende betreten durften …

Dies strenge Reglement bestärkte Amadeus in seinem Verdacht und brachte ihm gleichzeitig die furchtbaren Schwierigkeiten seines Unternehmens zum Bewußtsein. Und so schlich er denn (Baptistin endlich ledig geworden) den um diese Abendstunde fast menschenleeren Kai entlang, stets in Front der äußeren Burgmauer verbleibend, die Eingangszugbrücke streifend, und dann wieder (um jenseits von Wall und Schranke vielleicht doch irgendein verbarrikadiertes Geheimnis zu erspähen) bis ans Flußufer zurücktretend . . .

In seiner Verdüsterung hatte er eines Priesters nicht geachtet ('s gibt in Rom ja so viele!), der, auf einer nahen Bank sitzend, scheinbar ganz in sein Brevier vertieft, ihn seit etlichen Minuten beobachtete. Reizvoll kontrastierte dieses Klerikers langwallendes Silberhaar mit seiner noch jugendlich-frischen, auf ein reines Leben deutenden Gesichtsfarbe. Schon an der Miene hätte man den Geistlichen erkannt und an einer gewissen schwer definierbaren Spezialdezenz: den französischen Geistlichen. Als Fleurissoire die Bank zum drittenmal passierte, erhob sich der würdige Greis, trat hastigen Schrittes auf ihn zu und sagte mit tränenerstickter Stimme:

„Wie? Sollte ich wirklich nicht allein sein? Wie? Auch dieser Fremdling sucht ihn!?"

Und er verhüllte, krampfhaft schluchzend, sein Antlitz. Dann, sich selbst zur Besinnung rufend:

„Unkluger! Dämpfe dein Seufzen! Tu den verräterischen Zähren Einhalt . . .!"

Er nahm Amadeus' Arm:

„Lieber Herr, wir können hier nicht verweilen, man beobachtet uns! Schon hat meine Erregtheit Mißtrauen geweckt."

Amadeus, maßlos baff, hielt sich an des Weiterschreitenden Seite.

„Aber wie", stammelte er, „wie haben Sie den Zweck meines Hierseins ahnen können?"

„Gebe der Himmel, daß ich der einzige sei, der ihn geahnt hat! Konnte denn Ihre finster brütende Unruhe einem Altgetreuen verborgen bleiben, der diese verhängnisvolle Zitadelle seit zwanzig Tagen und Nächten umschleicht? Oh, mein Herr, Ihr erster Anblick hat mich blitzartig unsere gemeinsame Sorge, unsere . . . Qualverwandtschaft erkennen lassen . . . Doch still: man kommt! Um aller Heiligen willen: mimen Sie absolute Schnuppigkeit!"

Ein Gemüsehändler schob, ihnen entgegenkommend, seinen Karren den Tiberdamm entlang. Sogleich, wie in Fortsetzung eines begonnenen Themas, mit Plauderstimme:
„Und deshalb kann man die von manchen Rauchern so hochgeschätzten Virginia-Zigarren nur an Kerzen anzünden nach Entfernung jenes inneren, einen Durchzugskanal freihaltenden Strohhälmchens. Eine Virginia, die nicht richtig ‚zieht': na, die wirft man am besten gleich weg! Ich habe Raucher gekannt, verehrter Herr, die nicht weniger als sechs Stück anzündeten, bevor sie eine einzige fanden, die ihnen zusagte . . ."
Und sowie der Grünkrämer außer Hörweite war:
„Haben Sie gesehen, wie er uns anstarrte? Wir müssen ihn auf Irrwege lenken, koste es, was es wolle!"
„Was?" rief Fleurissoire in tiefster Verblüffung, „ist es denn möglich, daß auch dieser simple Tomatenverkäufer zu den Konspirateuren gehört, vor denen wir von nun an auf der Hut sein müssen!?"
„Einen Eid kann ich selbstverständlich nicht darauf leisten, aber ich vermute es mit größter Bestimmtheit. Die Umgebung dieser Feste ist besonders scharf kontrolliert; Agenten einer Spezialpolizei schlendern und schnüffeln hier dauernd herum. Um jedes Aufsehen zu vermeiden, wählen sie die mannigfachsten Verkleidungen . . . Ach, diese Leute sind diabolisch geschickt! Und wir dagegen so leichtgläubig, so vertrauensselig von Natur! Habe ich nicht selbst beinahe alles verdorben, indem ich einem scheinbar simplen Gepäckträger, der mir am Ankunftsabend mein Köfferlein vom Bahnhof zur Herberge trug, nicht genügend mißtraute!? Er sprach Französisch, meine Muttersprache, deren Klang auf fremder Erde mich tiefinnerlich bewegte – oh, Sie werden mir das nachfühlen können, mein Herr! . . . Nun: dieser Gepäckträger . . ."
„Gehörte dazu?"
„Gehörte dazu. Davon konnte ich mich leider wenig später überzeugen. Zum Glück hatte ich erst wenige Sätze gesprochen."
„Sie machen mir Angst", sagte Fleurissoire. „Denn auch ich bin gleich nach meiner Ankunft, das heißt gestern abend, einem französisch sprechenden Gepäckträger in die Hände gefallen und hab' ihm mein Köfferchen zu tragen gegeben."
„Gott im Himmel", entsetzte sich der Curé. „Hieß er vielleicht Baptistin?"

„Baptistin! Es war derselbe!“ stammelte Amadeus knieschlotternd.
„Unseliger! Was haben Sie ihm gesagt!?“ – Der Curé preßte ihm den Arm.
„Soviel ich mich entsinne: nichts Besonderes.“
„Um Himmels willen: denken Sie genauer nach! Suchen Sie in Ihrem Gedächtnis . . .!“
„Nein, wirklich“, lallte Amadeus erschrocken; „ich glaube, daß ich ihm nichts verraten habe.“
„Aber vielleicht gewisse Andeutungen gemacht!?“
„Nein, nein, ganz bestimmt nicht! . . . Doch wie gut, daß Sie jetzt da sind, mich zu warnen!“
„In welches Hotel hat er Sie geführt?“
„Ich habe keine Hotel –, sondern ein Privatzimmer genommen.“
„Na, *darauf soll's nicht ankommen!* Wo befindet sich dieses Privatzimmer?“
„In einer Gasse, die Ihnen kaum geläufig sein wird“, stotterte in peinlicher Verlegenheit Fleurissoire. „Ich mag aber nicht dableiben.“
„Vorsicht! Ein überstürzter Auszug könnte argwöhnen lassen, daß Sie argwöhnen . . .“
„Ja, Sie haben recht, und so muß ich mich wohl noch etwas gedulden.“
„Aber wie dankbar bin ich dem Himmel, daß er Sie gerade jetzt in Rom eintreffen ließ! Vierundzwanzig Stunden später, und ich hätte Sie nicht mehr zu Gesicht bekommen! Denn morgen reise ich nach Neapel, zum Besuch einer hochbedeutsamen Eminenz, die – im Vertrauen gesagt – sich der Affäre leidenschaftlich angenommen hat.“
„Sollte das nicht der Kardinal San-Felice sein?“ fragte Amadeus zitternd vor Aufregung.
Zwei verblüffte Schritte trat der Geistliche zurück: „Woher wissen Sie das?!“ – Dann, an des Partners Ohr: „Doch was erstaune ich? In ganz Neapel ist er ja der einzige, dem das Geheimnis kund wurde!“
„Sie . . . kennen ihn persönlich?“
„Und ob ich ihn kenne! Ach, mein guter Freund, ihm verdanke ich's ja, daß . . . Gleichviel! . . . Sie dachten ebenfalls daran, ihn aufzusuchen?“

„Die Sache scheint es zu erfordern!“
„Zweifellos ist er der beste Mann ... (Er trocknete sich das Auge.) – Sie wissen natürlich, wo Sie ihn zu suchen haben?“
„Jedes Kind wird mir den Weg weisen können.“
„Gewiß! ... Aber scheint es Ihnen so ratsam, die ganze Hafenstadt von Ihrem Besuch in Kenntnis zu setzen?! Übrigens muß doch, wer Sie von des Kardinals Mitwisserschaft unterrichtet und Ihnen vielleicht gar eine Botschaft an ihn mitgegeben hat, Sie gleichzeitig informiert haben, wie Sie am besten zu ihm gelangen können!?“
„Leider nein!“ antwortete schüchtern der von seinem Weibe mit keiner derartigen Instruktion bedachte Amadeus.
„Was! Sie wollten ihm also ganz einfach auf die Bude – pardon: in den erzbischöflichen Palazzo rennen und ihm ohne Umschweife Ihr Herz ausschütten?“ Der Abbé lachte.
„Ich gestehe, daß dies meine Ab ...“
„Aber Mensch (strengen Tones), bedenken Sie denn gar nicht, daß Sie damit den Kardinal seinerseits den Mördergruben der Freiteufel hätten ausliefern können!?“
Er zeigte sich so entrüstet, daß Fleurissoire in tödlichem Schrecken kein Wort zu erwidern vermochte.
„Solch unbesonnenen Naturen das schaurige Geheimnis anzuvertrauen!“ murmelte Protos. Zog ein Stückchen Rosenkranz aus der Tasche, steckte es nervös wieder ein, bekreuzigte sich rapid. Wandte sich rauh an den Gefährten:
„Monsieur, auf wessen Initiative befassen Sie sich mit dieser Sache? Wessen Aktionsplänen folgen Sie?“
„Verzeihen Sie mir, Herr Abbé“, sagte Amadeus beschämt, „niemand hat mir irgendwelche Weisungen gegeben; ich bin nur eine arme, geängstigte Seele, die in einsamer Verzweiflung ihren Weg sucht.“
Diese demütigen Worte schienen den Curé zu entwaffnen; er streckte Amadeus die Hand hin:
„Ich bin eben unsanft mit Ihnen verfahren – aber das uns ringsum bedrohende Verhängnis zwang mich dazu!“ – Dann, nach einer Sekunde des Zögerns: „Hören Sie! Wollen Sie morgen mein Reisebegleiter sein? Gemeinsam gehen wir dann zu meinem Freund ... (mit Augenaufschlag, eindringlich:) ... ja, ich wage es, ihn so zu nennen! ... Setzen wir uns doch eine Minute auf

diese Bank. Ich möchte ihm mit ein paar Worten, die wir beide unterschreiben, unseren Besuch ankündigen. Wenn wir das Briefchen gleich zur Post bringen, hat er's morgen früh und kann uns gegen Mittag empfangen; und wir speisen dann vielleicht alle zusammen."

Sie ließen sich auf die Bank nieder. Protos zog ein Notizbuch aus der Tasche und schrieb (Amadeus las es staunend) auf eine reine Seite:

Meine brave Alte ...

Als er den sturen Blick des anderen gewahrte, sagte er lächelnd: „Sie, mein Lieber, hätten den Kardinal wohl ganz naiv mit seinem offiziellen Namen angeredet, wenn Sie in die Lage gekommen wären, ihm zu schreiben?" Und fügte die freundschaftliche Aufklärung hinzu: Einmal wöchentlich verlasse der Kardinal San-Felice, als simpler Abbé verkleidet, heimlich seinen Palast und begebe sich in eine bescheidene Vorstadtvilla, wo er – unter dem Namen eines Kaplans Bardolotti – ein paar Vertraute sowie die geheimen Briefschaften empfange, die von Eingeweihten an diese Deckadresse gerichtet würden. Doch selbst in solcher Vermummung fühle er sich noch nicht geborgen, und angesichts der dauernden Verletzung des Postgeheimnisses seien alle Korrespondenten des „Kaplans" dringend aufgefordert worden, sich in ihren Berichten jeder verräterischen Anspielung und zumal jedes irgendwie nach Respekt schmeckenden Tones zu enthalten.

So ehrenvoll ins Vertrauen gezogen, lächelte Amadeus jetzt ebenfalls.

„*Meine brave Alte* ... nun, was wollen wir ihr schreiben, der lieben, wackeren Alten?" scherzte, mit dem Bleistift spielend, der Abbé. „Ah, ich hab's: *Ich bringe Dir morgen einen lustigen Bruder.* (Doch, doch, das muß so bleiben, das ist ganz der vorschriftsmäßige Stil!) *Halt ein paar Flaschen Falerner bereit, die wir mit Dir auspicheln wollen. Es wird amüsant werden.*
– Da: unterschreiben Sie zuerst!"

„Ich täte vielleicht gut, nicht meinen wahren Namen hinzusetzen?"

„Bei Ihnen kommt's nicht so genau darauf an", erklärte Protos und unterzeichnete sich, rechts von Amadeus Fleurissoires Namen, mit dem unvermuteten Worte: *Cave.*

„Oh!"

„Warum: ‚oh'? ... Wundert es Sie, daß ich mit dem Namen *Cave* signiere? Sie denken dabei natürlich gleich an die tragischen *Cavernen* des Vatikans, nicht wahr? Aber vernehmen Sie, mein guter Herr Fleurissoire: *cave* ist ein lateinisches Wort und bedeutet soviel wie Vorsicht!"

Diese Belehrung wurde mit so mephistophelischer Überlegenheit vorgebracht, daß dem armen Amadeus ein kalter Schauer den Rücken hinabrieselte. Doch das währte nur einen Augenblick. Schon hatte der Abbé Cave sein leutseliges Wesen wieder angenommen, und indem er Amadeus das an die Geheimvilla des Pseudokaplans adressierte Kuvert überreichte, sagte er:

„Da, nehmen Sie den Brief und bringen Sie ihn selbst zur Post! So ist es klüger; denn alle von Klerikern aufgegebenen Briefe werden geöffnet ... Und jetzt müssen wir uns vorläufig Adieu sagen! Man darf uns heute abend nicht länger beisammen sehen ... Wir treffen uns morgen früh in einem Wagen dritter Klasse des Zuges, der um 7 Uhr 30 nach Neapel abgeht! Natürlich werde ich nicht in meiner geistlichen Tracht sein (das wird Ihnen einleuchten), sondern Sie finden mich in der Gewandung eines biederen kalabresischen Bauern ... Auf Wiedersehen also morgen auf dem Bahnsteig!"

Er entfernte sich und winkte, fast unmerklich, noch einmal zurück.

„Gesegnet sei der Tag, der mich diesem wundervollen Gottesmanne begegnen ließ", murmelte, die Richtung nach Hause einschlagend, Fleurissoire. „Was hätte ohne seinen heiligen Beistand nur aus mir werden sollen!?"

Und Protos, fürbaß schreitend, murmelte: „Dem soll eine gehörige Portion ‚Kardinal' aufgetischt werden ... Nähme man *den* nicht ans Gängelband, so wäre das gottselige Rindvieh imstande und torkelte in aller Einfalt auf den *richtigen* Kardinal los!"

V

Trotz des zärtlich-mitleidigen Interesses, das Carola dem Herrn Amadeus und seiner Liebesunkunde entgegenbrachte, ließ sie den Ermatteten diese Nacht schlafen – soweit das gräßliche Jucken all der Floh- und Mückenstiche das nicht verhinderte.

„Du hättest dich nicht so kratzen sollen!“ sagte sie am Morgen zu ihm. „Dadurch wird's nur schlimmer. Oh, die da ist aber entzündet!“ – und tupfte ihm auf die Kinnquaddel. Dann, während er sich reisefertig machte: „Hier! Behalt das zum Andenken an mich!“, und sie knöpfte in des Pilgrims „Röllchen“ jenes lächerliche Paar Katzengesicht-Manschettenknöpfe, die den Zorn von Meister Protos erregt hatten. Beim Abschied versprach Fleurissoire, noch heute abend oder spätestens morgen früh wieder da zu sein. –

„Schwör mir, ihm kein Leid zu tun!“ sagte sie einen Augenblick später zu Protos, der eben, als „biederer Kalabrese“ verkleidet, der Geheimtür entkroch. Und da es schon höchste Eisenbahn geworden war (Protos hatte ja, bevor er auftauchen konnte, auf Fleurissoires Weggehen warten müssen), so nahm er eine Droschke, die denn auch noch rechtzeitig am Bahnhof eintraf.

In seiner neuen Kostümierung (wallender Mantel, braune Hosen, Riemenschuhe über himmelblauen Strümpfen, zerknabbertes Pfeifchen, orangefarbener Eierkuchenhut) sah der gestrige Ekklesiastikus wie ein veritabler Abruzzenräuber aus, und unser ängstlich vorm Zuge auf und ab trippelnder Fleurissoire zögerte, das Phantom zu erkennen, das nun, einen Finger am Mund, ohne Begrüßungsblick an ihm vorbeigewandelt kam und in einem der vordersten Coupés verschwand. Eine Sekunde später erschien es wieder am Wagenfenster und machte Amadeus ein verstohlenes Zeichen, näher zu kommen. Als dieser schnell einsteigen wollte:

„Sehen Sie, bitte, erst nach, ob nebenan Leute sind!“ flüsterte Protos.

Es war niemand da; und ihr Coupé lag am Ende des Wagens.

„Ich bin Ihnen auf der Straße gefolgt“, behauptete der so radikal verwandelte Simili-Abbé, „hab' Sie aber natürlich nicht angesprochen, damit unser Verbundensein nicht erspäht werde.“

„Und ich hab' keine Nasenspitze von Ihnen bemerkt!“ wunderte sich Amadeus. „Dabei bin ich alle Augenblicke stehengeblieben und hab' mich nach Verfolgern umgesehen, denn seit unserem gestrigen Gespräch wimmelt mir die ganze Welt von Sbirren und Spionen!“

„Das merkt man Ihnen leider nur allzusehr an! Oder halten Sie diese fortwährend praktizierte Rundschau etwa für unauffällig?“

„Wie?! Mein Benehmen hätte ...“

„... Ihren Argwohn verraten: ja! Und das ist die beste Manier, den Argwohn der Beargwöhnten zu wecken!"

„Und bei alledem hab' ich nicht einmal entdeckt, daß Sie mir folgten!... Sollte sich diese spezielle Blindheit vielleicht daraus erklären, daß ich seit gestern das gesamte Straßenpublikum im Verdacht habe, mich im Verdacht zu haben?! Jeder Passant, der mich ansieht, erregt mein Mißtrauen; und wenn er mich *nicht* ansieht, so halte ich sein Beiseiteschielen für tückisch-absichtlich und darum nur noch für unheilverkündender... Bisher war mir, merkwürdigerweise, nie zum Bewußtsein gekommen, wie selten doch das Faktum, daß jemand sich auf der Straße befindet, mit harmlosen Gründen belegt werden kann; nicht ein Drittel aller Trottoirbenutzer vermöchte eben diese Inanspruchnahme des öffentlichen Weges einwandfrei zu rechtfertigen!... O Herr Abbé, Sie haben mir die Augen geöffnet! Zwar ist das Mißtrauen für eine gläubige Natur, wie ich es bin, keine leichte Sache; aber nun beginne ich mich darin zu üben..."

„Und nach kurzer Zeit wird es Ihnen – wie mir – zur Gewohnheit geworden sein! Die Hauptsache ist nur, daß man dabei stets eine vergnügte Miene zur Schau trägt... Und noch eine Verhaltensmaßregel: wenn Sie glauben, daß Ihnen jemand folge, so müssen Sie, anstatt sich umzuwenden, einfach Ihren Stock oder Schirm oder Schal fallen lassen und beim Bücken, in durchaus natürlicher Haltung, mit dem Kopf zwischen den eigenen Beinen nach hinten durchsehen! Diesen Trick lege ich ihnen besonders ans Herz... Aber nun sagen Sie: wie finden Sie mich in diesem Kostüm? Kommt nicht etwa der Geistliche stellenweise zum Vorschein unter der notgedrungenen Maskerade?"

„Darüber seien Sie unbesorgt", antwortete Fleurissoire treuherzig, „kein Mensch außer mir würde vermuten, wer Sie sind!" – Dann, ihn geneigten Kopfes drollig-wohlwollend beäugend: „Das heißt, wenn man ganz genau hinsieht, so könnte man doch vielleicht einen gewissen klerikalen Nimbus durch die Vermummung hindurchschimmern sehen und durch die joviale Haltung etwas von der Angst, die uns beide verzehrt... Aber wie groß muß die Gewalt sein, die Sie über sich selbst ausüben, damit nur ein Minimum Ihres wahren Wesens durchbreche!... Ich habe in dieser Beziehung noch viel an mir zu arbeiten, das merke ich immer mehr! Aber Ihre Ratschläge, Herr Abbé..."

„Was für komische Manschettenknöpfe Sie da haben!“ unterbrach ihn Protos, mit innerem Schmunzeln an seinem Reisegefährten Carolas achatene Katzengesichter erkennend.
„Das ist ein Geschenk“, sagte Amadeus und errötete.
Es war glühend heiß. Protos sah zum Fenster hinaus:
„Der Monte Cassino“, sagte er. „Sehen Sie da oben das berühmte Kloster?“
„Ja, ich sehe es“, antwortete Fleurissoire zerstreut.
„Für Landschaftsbilder scheinen Sie sich nicht besonders zu interessieren.“
„Doch, doch“, beteuerte Fleurissoire, „ich interessiere mich dafür! Aber muß nicht alles zurücktreten vor der Todesangst meines Herzens? Auch in Rom fehlte mir die seelische Gelassenheit zur Betrachtung all der Wunderbauten.“
„Akkurat so ging es mir!“ sagte Protos. „Nur zwischen Vatikan und Engelsburg bin ich die ganze Zeit hin und her gependelt . . .“
„Ach ja! . . . Aber Ihnen war Rom ja nicht mehr neu . . .“
So plauderten unsere Reisenden.
In Caserta war Aufenthalt. Sie stiegen aus und nahmen einen kleinen Imbiß, wobei sie taten, als seien sie einander ganz fremd.
„Auch in Neapel“, sagte Protos, als der Zug sich wieder in Bewegung gesetzt hatte, „werden wir uns an einem gewissen Punkte trennen. Von dort aus werde ich vorangehen. Sie werden mir von weitem folgen und die Villa des Kaplans erst eine Viertelstunde nach mir betreten, damit ich ihn inzwischen (zumal wenn er nicht allein ist) über Ihre Person und Art unterrichten kann.“
„In dieser Viertelstunde lasse ich mich rasieren! Heut früh bin ich nicht dazu gekommen.“
Die neapolitanische Straßenbahn brachte sie bis zur Piazza Dante.
„Hier trennen wir uns“, sagte Protos. „Zwar ist der Weg noch ziemlich lang, aber die Sache heischt es. Gehen Sie fünfzig Schritt hinter mir her, ohne sich jedoch dauernd den Hals nach mir auszurecken, und dito, ohne sich umzusehen! Beides wäre gleich verdächtig. Seien Sie munter!“
Er ging voraus. Halb gesenkten Blickes folgte Amadeus. Die Straße war eng und ging steil aufwärts. Die Sonne spendete dörrende Glut. Man geriet in Schweiß. Man wurde von einer wimmelnden, lärmenden, kreischenden, fuchtelnden Menge gestoßen,

gepufft, geknautscht. Vor einem mechanischen Klavier tanzten zerlumpte Kinder. Das Los für einen Groschen, organisierte sich eine schnell fertige Lotterie um einen fetten, gerupften Truthahn, den mit strammem Bizeps ein Ringkämpfer hochhielt. Der Unauffälligkeit halber kaufte Protos im Vorbeigehen ein Billett und verschwand in der Menge. Schon glaubte Amadeus, eingekeilt und rings geklemmt, ihn verloren zu haben – da, jenseits des Gedränges tauchte er wieder auf, den Hang betulich weiterklimmend; unterm Arm trug er den gewonnenen Truthahn.
Die Häuser wurden niedriger; auch seltener. Das Volk hatte sich verlaufen. Protos ging jetzt schleppenden Schrittes; machte Pause vor einem Barbierladen, auf den er Amadeus schulterruckend hinwies; blieb zwanzig Schritte weiter vor einem niedrigen Pförtchen abermals stehen; zog an der Klingel. –
Das Äußere des Barbierladens war nicht besonders vertrauenerweckend. Doch hatten den Abbé sicherlich unabweisbare Gründe zu eben dieser Wahl bestimmt. Auch wäre in erreichbarer Nähe wohl kaum ein besserer zu finden gewesen. Wegen der großen Hitze stand die Tür offen. Ein Straminvorhang wehrte den Fliegen und ließ die Luft durch. Beim Eintreten hob man ihn. Amadeus trat ein.
Zweifellos ein vorsichtiger, erfahrener Mann, dieser Barbier, der nach vollbrachter Kinnseifung mit spitzer Serviette (an der vom ängstlichen Klienten bezeichneten Stelle) den Schaum wieder entfernte und solchermaßen die feuerrote Beule bloßlegte ... O lieblich heranschleichende Betäubung! O warme Schlaftrunkenheit dieser stillen kleinen Rasierbude! Amadeus, den Kopf zurück, halb liegend in seinem Ledersessel, genoß den Rausch der Ermattung. Ach, wenn er doch für kurze Minuten alles vergessen dürfte: den Papst, Carola und die Moskitos! Oder wenn er jetzt in Pau wäre, bei seiner angetrauten Arnica; oder irgendwo sonst in traumhafter Geborgenheit ... Er schloß die Augen; und sah, sie wiederaufschlagend, traumsüß ein lockiges Weib dem Golf von Neapel entsteigen und aus Meerestiefen eine wunderbar elegante Flasche Haarwasser hervorzaubern ... Unterhalb dieses verführerischen Reklamebildes enthielt eine sich an der Wand hinziehende Marmorplatte weitere Fläschchen sowie eine Alaunstange, eine Puderquaste, einen Kamm, eine Kruke Pomade, eine Lanzette, eine Zange zum Zahnausreißen, ein Gefäß mit Blutegeln,

ein zweites mit einem Bandwurm und ein drittes mit gallertartigem Inhalt und der Aufschrift: „Antisepticum" ...
Jetzt gelangte der Barbier zu seines Werkes Krönung: erneutem Einschäumen des schon entstoppelten Gesichtes und Nachrasieren mittels eines zweiten, an hohler, feuchter Hand abgezogenen Messers. Amadeus dachte nicht mehr daran, daß hochbedeutsame Kleriker ihn erwarteten; er hätte diesen seifigen, fettigen, öligen, duftenden Zufluchtsort nie wieder verlassen mögen; er schlief ein ... Da betrat dröhnenden Grußes ein Sizilianer den Laden und brach die Stille. Der Barbier, alsbald in ein Gespräch verwikkelt, rasierte nur noch mit zerstreuter Hand, und ritsch! war's geschehen, daß ein flotter Klingenstrich den Pickel weghobelte. Amadeus, aufschreiend, wollte schnell die Blutung befühlen; doch: „Niente, niente!" hielt der Schaumschläger ihm das Gelenk fest, tauchte ein gilbendes Wattebäuschchen ins Antisepticum und tat's aufs Wehwehchen.
Wohin stürmte Fleurissoire mit fliegenden Rockschößen? Hügelabwärts; stadtwärts; in die erste beste Apotheke! Zeigte grünlich-grämlich-vergreistem Pillendreher das zerschnittene Kinn. Der Giftmischer grinste, kramte ein Stückchen Englischpflaster hervor, beleckte es breitzüngig und ...
Furiengepeitscht entsprang Amadeus der Spelunke. Spie vor Ekel. Riß sich den Klebefetzen von der Pickelstelle. Ließ selbige bluten, soviel sie konnte. Säuberte sie mit eingespeicheltem Sacktuch (eigene Spucke diesmal . . .). Sah auf die Uhr. Geriet in Panik. Rannte die Straße wieder 'rauf. Kam atemlos vorm Kardinalspförtchen an, schwitzend, keuchend, mit blutender Kinnlade, hochrotem Antlitz und fünfzehn Minuten Verspätung.

VI

Den Finger am Mund, empfing ihn Protos:
„Wir sind nicht allein!" flüsterte er hastig. „Solange die Dienstboten da sind: Achtung! Sie verstehen alle Französisch. Keine Silbe also, keine Geste, die uns verraten könnte! Vor allem kein ‚Kardinals'-Gerede! Uns bewirtet Ciro Bardolotti, der Kaplan! Und ich heiße ganz einfach ‚Cave' – verstanden?"
Dann, veränderten Tones, laut, mit krachendem Schulterschlag:

„Na, endlich eingelaufen, altes Haus!? Bei den Göttern des Olympos: du läßt dir aber Zeit zum Rasieren! Wollten uns gerade ohne dich zu Tisch setzen, mein prominenter Amadeus! Am Spieß, am Bratenwender, bräunt sich der Truthahn schon wie die theatralisch untergehende Sonne!"
Ganz leise:
„Ach, lieber Herr Fleurissoire, wie furchtbar schwer fällt es mir doch, so Komödie spielen zu müssen! Fast bricht der Gram mir das Herz ..."
Und wieder derb, schallend, possenreißerisch:
„Doch, was seh' ich!? Der Seifenbold hat dich geschnitten? Du blutest? Schnell, Dorino, lauf in die Scheune und hol ein Spinngewebe: das ist gut für Wunden jeglichen Kalibers ..."
Unter solcherlei Neckereien schob er Fleurissoire durchs Vestibül auf eine Art Gartenterrasse, deren Rebengewinde den bereits gedeckten Tisch lieblich beschattete.
„Mein bester Bardolotti, hier bringe ich dir Herrn de la Fleurissoire, den angekündigten lustigen Bruder!"
„Seien Sie mir willkommen!" sagte Bardolotti mit großer Geste, doch ohne sich vom Sessel zu erheben. Dann, auf seine in einem Wasserbottich steckenden nackten Füße deutend:
„Ein Fußbad regt den Appetit an und zieht das Blut aus'm Kopfe."
Der Krypto-Kardinal war ein wohlbeleibtes, drolliges Männchen von unbestimmbarem Alter. Nichts an ihm verriet den hohen geistlichen Würdenträger, und nur die Informiertheit eines Amadeus vermochte in seines Wesens Tiefen eine leicht kardinaleske Salbung zu erspüren ... Mit einer Art spitzen Tütenhutes (aus Zeitungspapier) fächelte er sich Luft zu, in bequemer, ungezwungener Haltung.
„Oh, Ihre Güte beschämt mich! ... Oh, was für ein reizender Garten ...", stammelte Fleurissoire in der doppelten Verlegenheit des Sprechen-Müssens und Doch-nichts-sagen-Dürfens.
„Nun aber genug geplanscht!" rief der Kardinal. „Und schleunigst weg mit dem Küchenzuber! Assunta!"
Eine junge Magd von artiger Drallheit kam gelaufen, nahm den Kübel und leerte ihn, ein paar Stufen unterhalb der Terrasse, auf ein sich an der Mauer hinziehendes Geranienbeet. Ihre hervorquellenden Brüste erzitterten unterm Mieder. Im Vorübertändeln

räkelte sie sich gegen Protos, Amadeus verwirrend durch üppiges Leuchten der Arme. Dorino stellte langhalsige, dickbäuchige Flaschen auf den Tisch. Spielerisch glomm die Sonne durchs Weinlaub und vergoldete huschend die wohlgefüllten Teller des Mahles.
„Hier keine Förmlichkeiten!" proklamierte Bardolotti, sich den Zeitungshut aufs Haupt stülpend; „Sie, mein guter Herr, verstehen mich gewiß auch ohne solches Papperlapapp!"
Der Abbé Cave wiederholte mit bedeutungsvollem Skandieren:
„Hier kei-ne Förm-lich-kei-ten!"
Fleurissoire zwinkerte verständnisinnig ... Als ob es bei ihm, dem Eingeweihten, solchen Spezialverbotes noch bedurft hätte! Oh, die leiseste, die diskreteste Andeutung würde seines eifrigen Erfassens sicher sein! ... Doch vergebens harrte er im sich entwickelnden Tischgespräch irgendeines Satzes, der gleichzeitig als nichtssagend und alles bedeutend hätte aufgefaßt werden können ...
„Sitzen Sie doch nicht so stumm da!" flüsterte Protos ihm zu. „Machen Sie Witze: alle, die hier anwesend sind, verstehen ausgezeichnet Französisch."
„Ja, tun Sie ganz so, als wenn Sie zu Hause wären!" bekräftigte Ciro. „... Mein lieber Cave, willst du, bitte, diese Wassermelone ausweiden und sie in hübsche türkische Halbmonde zerlegen? ... Monsieur de la Fleurissoire, gehören Sie auch zu denen, die die anspruchsvollen Melonen des Nordens, die Zucker-, Netz- und Warzenmelonen unseren safttriefenden italienischen Cucurbitaceen vorziehen?"
„Gewiß wird diese Frucht hier von keiner anderen Sorte erreicht! ... Trotzdem bitte ich, verzichten zu dürfen: mir ist nicht ganz wohl!" sagte Amadeus, vor dessen Augen, würgenden Ekel erregend, das Bild der englischpflasterleckenden Apothekerzunge wieder aufstieg.
„Dann nehmen Sie doch wenigstens ein paar Feigen! Dorino hat sie vor einer Viertelstunde gepflückt."
„Pardon: ich kann mit dem besten Willen nichts essen."
„Sie benehmen sich abgründig falsch! So machen Sie doch Witze!" zischelte ihm Protos ins Ohr. – Dann, laut: „Vielleicht wird Euer Nicht-ganz-Wohlgeboren sich nach einem Schluck Weines wohler fühlen und sogar Appetit auf Truthahn gewinnen? Assunta, gieß unserem liebenswürdigen Gast von diesem horazischen Falerner ein!"

Amadeus mußte mehr, als er gewohnt war, trinken und pokulieren. Bald schien es ihm, als lindere sich in milder Wirrnis alle beklemmende Sorge. Er wagte ein Scherzwort in die Unterhaltung zu streuen. Protos animierte ihn sogar zum Singen: seine Stimme war piepsig, doch man fand sie bezaubernd, und Assunta wollte ihm absolut einen Kuß geben. Auf dem Grunde seiner Seele aber blieb düstere Qual wach, und er lachte nur, um nicht weinen zu müssen. Wie bewunderte er die Selbstbeherrschung, die Verstellungskraft von Cave und Bardolotti, deren letzterer mit Dorino fragwürdige Possen trieb, während der Abbé sich an der in seinen Armen strampelnden Assunta schier das Maulwerk wundpreßte! Den Tod im Herzen, neigte sich Amadeus zu Cave hin und murmelte: „Oh, welche Marter Sie sich auferlegen!" Cave antwortete nicht; aber er drückte hinter Assuntas Rücken des Kreuzfahrers Linke und hob den starren Blick gen Himmel.

Dann, plötzlich hoch aufgerichtet, klatschte Cave in die Hände: „Und jetzt wünschen wir allein zu sein! . . . Nein: abdecken könnt ihr später! Fort mit euch Ungeziefer! Hoppla, hopp!"

Nachdem er sich vergewissert, daß die beiden Domestiken nicht horchten, kam er mit kummervoll-langgezogener Miene zurück, und gleichzeitig verschwand, unter einer wegwischenden Geste, vom Antlitz des Kardinals jede Spur der profanen, der erzwungenen Heiterkeit.

„Sie sehen, mein kreuzbraver Herr de la Fleurissoire, zu welchen Quersprüngen wir unsere Zuflucht nehmen müssen! O dieses Possenspiel, dieses schmähliche Possenspiel!"

„Das uns", ergänzte Protos, „schließlich selbst den ehrbarsten Genuß, die reinste Freude verleiden und vergällen wird!"

„Gott möge Ihnen Ihre Aufopferung lohnen, Sie armer, lieber Abbé Cave!" sagte, zu Protos gewandt, der Kardinal. „Er vergelte es Ihnen im Jenseits, daß Sie mir so treulich beistehen, den Kelch zu leeren!" – und wie zur Veranschaulichung dieses Symbols stürzte er, verzerrt von krassem, schmerzlichem Widerwillen, sein halbvolles Glas in einem Zuge hinunter.

„Was für ein Martyrium enthüllt sich mir!" rief Fleurissoire in grauser Kümmernis. „Noch in dieser Zurückgezogenheit und Verkleidung muß Eure Eminenz besorgt sein, daß . . .?"

„Mein lieber Sohn, sagen Sie einfach ‚Monsieur' zu mir."

„Pardon: unter uns . . .?"

„Ich zittere, selbst wenn ich ganz allein bin!"
„Können Sie sich Ihre Dienerschaft nicht wählen, wie es Ihnen beliebt?"
„Andere wählen sie für mich! Und diese beiden Galgenvögel, die Sie gesehen haben . . ."
„Oh, wenn er wüßte", unterbrach Protos, „wem das Pack ungesäumt unsere geringfügigsten Äußerungen hinterbringen wird!"
„Wäre es denkbar, daß selbst im erzbischöflichen Palast . . ."
Protos: „Scht! Keine so pathetischen Worte! Sie bringen uns noch an den Strick! . . . Vergessen Sie nicht, daß der Mann, mit dem Sie hier sprechen, Ciro Bardolotti heißt und seines Zeichens Kaplan ist!"
„Ich bin meinen Domestiken ausgeliefert auf Gnade und Ungnade", seufzte Ciro.
Und wieder Protos, über den Tisch, mit Dreiviertelseitenwendung zum Kardinal:
„Wenn unser Freund nun gar erst erführe, daß man Sie keine Tages- und Nachtstunde mit sich selber allein läßt!"
„Ja, welche Verwandlung ich auch mit mir vornehme", bestätigte der sorgenreiche Pseudo-San-Felice, „nie bin ich sicher, ob mir nicht irgendeine Geheimpolizei im Nacken sitzt."
„So weiß man selbst in dieser Vorstadtvilla, wer Sie sind?"
„Sie haben es noch nicht richtig erfaßt!" sagte Protos. „Daß Kardinal und Kaplan identisch sind, das wissen Sie, mein lieber Fleurissoire, als einer der ganz wenigen Eingeweihten! Aber werden Sie auch folgendes begreifen: die Feinde von San-Felice und von Bardolotti sind nicht dieselben! Während der Kardinal in seinem Palazzo sich gegen die Freimaurer wehren muß, sieht der Kaplan in diesem Landhäuschen sich umlauert und umschlichen von . . ."
„Von den Jesuiten!" fiel Bardolotti in dumpfer Verzweiflung ein.
„Das hatte ich ihm noch nicht gesagt", erklärte Protos.
„Ach, wenn wir die Jesuiten auch noch gegen uns haben!" jammerte Fleurissoire. „Wer hätte das wohl vermuten können! Die Jesuiten! Aber sind Sie dessen auch sicher?"
Bardolotti: „Bei näherem Nachdenken wird es Ihnen ganz natürlich erscheinen! Vergegenwärtigen Sie sich bitte, daß die neue, so sehr auf Anpassung und Konzilianz gestellte Politik des Heiligen Stuhles den Jüngern Loyolas höchlichst gefallen muß und daß

zumal die letzten Enzykliken Wasser auf ihre Mühlen geliefert haben! ... Möglich ist ja, daß den Herrschaften trotz ihrer Schlauheit die Faksimilequalität des jetzigen Papstes, des Erlassers dieser Rundschreiben, unbekannt geblieben ist; aber sie wären zweifellos tiefbetrübt, wenn er einem anderen weichen müßte."
„Sofern ich Sie recht verstehe", sagte Amadeus beklommen, „ziehen also die Jesuiten in dieser Affäre mit den Freimaurern am selben Strang?"
„Woraus schließen Sie das?" erkundigte sich Protos.
„Aber Monsieur Bardolotti expliziert mir doch eben ..."
„Legen Sie ihm, bitte, keine Ungereimtheiten in den Mund!"
„Pardon: ich verstehe so wenig von Politik ..."
„Eben deshalb sollten Sie in das, was man Ihnen sagt, nicht mehr hineingeheimnissen, als es bedeutet! ... Begreifen Sie doch! Zwei große Parteien stehen einander gegenüber: die Loge und die Gesellschaft Jesu; und da wir, ohne das uns überantwortete Geheimnis preiszugeben, weder die eine noch die andere um Hilfe angehen können, so haben wir sie alle beide gegen uns."
„So ist es! ... Und was denken Sie nun davon?" wünschte der Kardinal zu wissen.
Fleurissoire dachte gar nicht mehr. Es ging ihm alles wie ein Mühlrad im Kopf herum.
„Sämtliche Parteien gegen sich zu haben!" seufzte Protos. „Aber so fügt es sich ja immer, wenn man im Besitze der Wahrheit ist!"
„Ach, wie war ich glücklich, solange ich noch unwissend war!" erinnerte sich Amadeus. „Weh mir! Niemals werde ich dieses seligen Zustandes wieder teilhaftig werden!"
„Wir haben Ihnen noch nicht alles gesagt", murmelte Protos und berührte ihn leise an der Schulter. „Vernehmen Sie nun das Grauenvollste! ..." Dann flüsternd, vorgebeugt: „Trotz aller Vorsichtsmaßregeln ist das Geheimnis durchgesickert, und unter der Flagge des Kreuzzugs schwindeln etliche Spitzbuben frommgesinnten Provinzfamilien das Geld ab, das uns zugedacht ist!"
„Aber das ist haarsträubend!"
„Und", fügte Bardolotti hinzu, „solche Hochstapelei, unseren eigenen Dunstkreis antastend und verdächtigend, zwingt uns zu doppelter, zu dreifacher Geistesgegenwart."
„Da, sehen Sie mal", sagte Protos und reichte Amadeus die vorletzte Nummer der in Paris erscheinenden Zeitung *Le Croix:*

„Dieser redaktionelle Hinweis ist deutlich genug."

Fleurissoire, Schlimmes ahnend, nahm das Blatt und las:

Dringend gewarnt seien alle Gläubigen vor den Machenschaften falscher Kleriker und besonders eines Pseudo-Kanonikus, der sich als geheimer Sendbote einführt und arglose Seelen um große Summen zu prellen weiß, angeblich für einen KREUZZUG ZUR BEFREIUNG DES PAPSTES. *Schon dieser Titel des Unternehmens kennzeichnet seine Sinnlosigkeit.*

Dem Lesenden war's, als wanke und weiche ihm der Boden unter den Füßen.

„Lieber Gott, wem soll man da noch Vertrauen schenken!... Und wenn ich Ihnen nun sage, meine Herren, daß vielleicht eben dieser Schuft – ich meine den falschen Kanonikus – die Ursache ist meiner heutigen Anwesenheit in Ihrer Mitte . . .!"

Der Abbé sah den Kardinal tiefsinnig an. Dann mit der Faust auf den Tisch schlagend:

„Dacht' ich's mir doch!" schrie er.

„Es hat ganz den Anschein", fuhr Amadeus fort, „als sei die Person, durch die ich in die Sache eingeweiht bin, ihrerseits ein Opfer jenes Banditen gewesen."

„Das würde mich nicht wundern", sagte Protos.

„Nun erkennen Sie wohl", schlußfolgerte Bardolotti, „wie schwierig unsere Position ist zwischen diesen Halunken, die unsere Rolle mimen, und einer sie verfolgenden und nur gar zu leicht uns für sie nehmenden Polizei!"

„Man hat also keinen einzigen festen Punkt mehr auf der Welt!" stöhnte Fleurissoire; „ich sehe überall nur Irrlichter und Teufelsfratzen!"

„Ebenso viele Rechtfertigungen des hohen Maßes an Vorsicht, das wir walten lassen!" meinte Bardolotti.

„. . . und unserer notgedrungenen Bereitschaft, gelegentlich sogar das Kleid der Sünde anzulegen und etwelches Wohlgefallen an strafbarsten Freuden zu erheucheln!" sekundierte Protos.

„Ach!" entfuhr es da dem Arnica-Gemahl und Carola-Freund, „Sie lassen es doch wenigstens bei gespielter Liederlichkeit bewenden, meine Herren! Nur, um eine übergroße Tugendhaftigkeit zu verbergen, simulieren Sie den Sündenfall. Ich hingegen . . ."

Und in einem Mixtum Weindunstes und Qualmgewölkes, trunkenen Rülpsens und schluchzenden Schluckaufs gab Amadeus, an

Protos gelehnt, alles hastig Genossene von sich. Dann rapportierte er wirr den Abend mit Carola und die Katastrophe seiner Keuschheit. Nicht ohne Mühe wahrten die Zuhörer den gebührenden Ernst.

„Haben Sie denn auch gebeichtet, mein Sohn?" fragte teilnahmsvoll der Kardinal.

„O ja, gleich am Morgen!"

„Und der Priester hat Ihnen Absolution erteilt?"

„Viel zu leicht! Darüber bin ich ja in so großer Sorge ... Aber hätte ich ihm denn anvertrauen dürfen, daß er es nicht mit einem gewöhnlichen Pilger zu tun habe? ... Hätte ich ihm den Grund offenbaren dürfen, der mich in dieses Land geführt hat? ... Nein, nein, das Geschehene ist nie wiedergutzumachen! Diese auserlesene Mission erfordert einen Diener sonder Makel. Ich war durchaus der richtige Mann. Aber mein krasser Frevel hat alles verdorben!" – Und krampfgeschüttelt sich den Brustkasten zerhämmernd: „Bin nicht mehr würdig! Bin unwürdig geworden!" – Dann, in wimmernder Litanei: „Oh, ihr Hörer meines Jammers, ihr Wisser meiner Verworfenheit: richtet mich, strafet mich, verdammet mich! ... Nennt mir ungemeinen Verschuldens ungemeine Buße! Bestimmt dem Verbrechen die läuternde Sühne!" ...

Protos und Bardolotti sahen sich an. Letzterer erhob sich und gab Amadeus eine Serie kleiner Ermutigungsklapse auf die Schulter: „Na, na, mein allerbester Filius! *So* darf man sich doch nicht – gehenlassen! ... Wie schlimm Sie auch gesündigt haben mögen: die Kirche bedarf Ihrer darum nicht weniger! (Zum Teufel, Sie haben sich ja ganz schmutzig gemacht! Da: nehmen Sie die Serviette, wischen Sie sich ab!) Immerhin begreife ich Ihre Beängstigung, und da Sie sich an uns wenden, offenbaren wir Ihnen gern die Mittel zur Rettung Ihrer Seele. (Gott, wie sind Sie tolpatschig! Kommen Sie her, ich helfe Ihnen!)"

„Oh, bemühen Sie sich doch, bitte, nicht! ... Danke! Danke tausendmal!" stammelte Fleurissoire. Und Bardolotti, ihn säubernd, fuhr fort:

„Wie gesagt: ich verstehe Ihre Gewissensnöte und möchte Ihnen somit, zur Erprobung Ihres Eifers, zunächst einen harmlosen kleinen Gang auferlegen."

„Den ich mit brennendem Herzen ausführen werde."

„Sagen Sie, lieber Abbé, haben Sie den bewußten Scheck bei sich?"

Protos zog ein Papier aus der Innentasche seines Bauernkittels.

„Von allen Seiten belauert, wie wir sind", fuhr der Kardinal fort, „gelangen wir manchmal nur schwer in den realen Besitz der uns von Eingeweihten ehrfurchtsvoll überwiesenen Opfergaben. Wen Freimaurer und Jesuiten, Polizisten und Schwindelvirtuosen gleichzeitig auf dem Kieker haben, der trägt wohl oder übel Bedenken, sich zur Einlösung von Schecks oder Anweisungen an Bank- und Postschaltern zu präsentieren. Ach, jene abgefeimten Schufte, von denen der Abbé vorhin sprach, haben das ganze Kollektenwesen in so argen Mißkredit gebracht! ... (Protos trommelte indessen mit nervösen Fingern auf die Tischplatte.) Nun hören Sie zu, mein Sohn: hier ist ein bescheidener kleiner Scheck über sechstausend Franken, den ich Sie an unserer Statt einlösen zu wollen bitte. Er ist von der Herzogin von Ponte-Cavallo auf die Römische Handelsbank ausgestellt. Vorsichtshalber hat man den Namen des Erzbischofs (für den er bestimmt ist) weggelassen, so daß jeder beliebige Überbringer ihn abheben kann. Schreiben Sie unbedenklich Ihren richtigen Namen darauf, das wird keinerlei Verdacht erwecken. Aber lassen Sie sich ihn nicht etwa stehlen, und ... Was haben Sie, mein lieber Abbé Cave? Irritiert Sie irgend etwas?"

„Reden Sie nur weiter."

„... und verlieren Sie auch nicht das Geld, das man Ihnen auszahlen wird und das Sie mir schon morgen überbringen müssen! Passen Sie genau auf: Sie fahren heute mit dem Nachtexpreß nach Rom, nehmen dort morgen den 6-Uhr-Abend-Schnellzug und treffen um 10 Uhr wieder in Neapel ein, wo ich Sie auf dem Bahnsteig erwarten werde. – Nach Vollbringung dieser Aufgabe soll Ihnen Wichtigeres zugewiesen werden ... Nein, mein Sohn, küssen Sie mir nicht die Hand: sie ist ohne Ring!"

Er berührte die Stirn des halbknienden Büßers, den jetzt Protos sanft wieder auf die Beine brachte:

„Na, trinken Sie noch einen Schluck, bevor Sie aufbrechen! Leider kann ich nicht mit Ihnen nach Rom zurückfahren: wir dürfen von keinem argwöhnischen Auge mehr zusammen gesehen werden! Auch hab' ich hier noch Geschäfte ... Adieu, mein lieber Fleurissoire, lassen Sie sich von mir in die Arme schließen! Gott beschütze Sie! Er, der uns miteinander bekannt gemacht hat – er helfe weiter!"

Er begleitete Amadeus bis zur Tür.
„Ach, mein Freund“, flüsterte er ihm auf der Schwelle noch zu, „was denken Sie vom Kardinal? Ist es nicht schrecklich, einen so edlen Geist dem zerrüttenden Werke der Verfolgung ausgesetzt zu sehen?“ –
Dann, zum Komplicen zurückkehrend:
„Idiot! . . . Piekfeine Sache haste uns da eingebrockt! Läßt deinen Scheck von einem Trottel einkassieren, der nich' mal 'n Paß hat und den ich nun unter Kontrolle halten muß wie eine Vestalin das heilige Feuer!“
Aber Bardolotti, schläfrig hinduselnd, ließ seinen Kopf auf den Tisch sinken und murmelte:
„Ach was! Gottesfürchtigen Tattergreisen muß man was zu tun geben!“ In einem Nebenzimmer der Villa entledigte sich Protos seiner Perücke und seiner phantastischen kalabresischen Gewandung. Kam alsbald, dreißig Jahre jünger geworden, wieder zum Vorschein: ein Bankangestellter oder Kaufmannsgehilfe subalternen Aussehens. Ihm blieb wenig Zeit, den Expreßzug zu erreichen, der auch Amadeus mitnehmen sollte, und er verließ das Haus, ohne von dem schnarchenden Bardolotti Abschied genommen zu haben.

VII

Es war schon spät in der Nacht, als Fleurissoire Rom und das „Altmännergäßlein“ wieder erreichte. Er fühlte sich todmüde und erlangte von Carola, daß sie ihn schlafen ließ.
Morgens fuhr des Erwachenden Hand gleich ans Kinn: die Quaddel schien bizarr. Ihr Spiegelbild erwies gelblichen Schorf über der Abhobelung. Das Ganze sah bedenklich aus. In diesem Augenblick schlurrte Carola über den Flur. Hiob Amadeus rief sie, heischte ihre Ansicht. Prompt diagnostizierte die Kennerin:
„Ist nicht, was du denkst.“
Nun dachte Amadeus eigentlich gar nicht so sehr das: erst Carolas Negation wirkte beunruhigend. Denn besagte nicht jegliche Verneinung, daß die Bejahung ebenso denkbar gewesen wäre!? Und war die Dame ihrer Sache auch sicher? Er, Amadeus, fände es vielmehr ganz natürlich, daß es das wäre! Er hatte gesündigt

und damit das verdient: es mußte das sein! Eine Gänsehaut überlief ihn.
„Wie ist das gekommen?“ fragte Carola.
Ach, was verschlug der Zufallsgrund: Figaros Hobelhand oder Zungenspeichel des Pharmazeuten! Und den tieferen Grund, die wirkliche Ursache dieser Züchtigung konnte er ihr doch sittigerweise nicht mitteilen! Auch würde sie solchen Rigorismus kaum anerkennen, ihn wohl gar als moralinsauer belächeln ... Da sie die Frage wiederholte:
„Es ist beim Rasieren gekommen“, antwortete er.
„Du solltest etwas drauftun.“
Dieser Ratschlag benahm ihm den letzten Zweifel: ihre ableugnende Diagnose war nur um der Einlullung willen gegeben worden! Schon sah sich Amadeus am ganzen Leib verpustelt und vereitert: ein Greuel für Arnica ... Seine Augen füllten sich mit Tränen.
„Du glaubst also, daß ...“
„Aber nein doch, mein Kaninchen! Quälst dich ganz ohne Sinn und Verstand! Siehst ja aus wie acht Tage Regenwetter! ... Falls es übrigens das wäre, so könnte man noch gar nichts Bestimmtes wissen!“
„Doch, doch! ... Aber es geschieht mir ganz recht! Ich hab's nicht anders verdient!“ winselte er.
Sie fühlte sich gerührt:
„Und außerdem fängt es nie so an! Soll ich unsere Pensionsmutter rufen, daß sie dir's bestätigt? ... Nein? ... Na, gut. Aber du solltest jetzt ein bißchen spazierengehen, um dir die Grillen aus dem Kopf zu schlagen! Und trink doch unterwegs ein Gläschen Marsala!“
Sie schwieg einen Augenblick. Dann, mit plötzlichem Entschluß:
„Hör zu: ich hab' dir etwas Ernstes zu sagen. Hast du nicht vorgestern die Bekanntschaft von so einem weißhaarigen Priester gemacht?“
Woher wußte sie das?! Bestürzt fragte Amadeus:
„Warum?“
„Nun ...“ (sie zögerte noch; sah ihn an; sah ihn so blaß, daß es sie fortriß), „nun, vor dem nimm dich in acht! Glaub mir, mein armer Piepmatz: der will dich rupfen! Eigentlich dürfte ich dir das nicht sagen, aber ... nimm dich in acht vor ihm!“

Diese Warnung gab Amadeus den Rest. Schwankend griff er nach Hut, Schal und Regenschirm, wirrsälig stolperte er zur Tür hinaus. Er war schon auf der Treppe, da kam sie ihm nachgerannt: „Wenn du ihn wiedersiehst, sag ihm aber um Himmels willen nicht, daß ich mit dir gesprochen habe! Das wäre ebensogut, als ob du mein Todesurteil unterschriebest!"

Wirklich, das Dasein wurde allzu kompliziert für Amadeus. Er hatte eiskalte Füße, brennende Schläfen und ein wirres Hirn. Woran sich noch halten, wenn selbst der Abbé ein Betrüger war? ... Vielleicht also auch der Kardinal? ... Aber der Scheck, trotz alledem! Er nahm das Papier aus der Tasche, befühlte es, konstatierte seine Echtheit. Nein, nein, es war nicht möglich! Carola mußte sich irren! Was konnte sie denn auch wissen, von den geheimen Gründen, die den armen Abbé Cave zur Doppelzüngigkeit zwangen? War sie nicht vielmehr ein unbewußtes Werkzeug irgendeiner niedrigen Rache von seiten Baptistins, vor dem gerade der ehrliche Abbé ihn gewarnt hatte? ... Doch wie dem auch sei: er wollte die Augen noch mehr offen halten als bisher; er wollte sich in Zukunft vor Cave hüten, wie er sich schon vor Baptistin hütete; und am Ende sogar vor Carola ...!?

„Hier sehe ich nun", meditierte er, „ineinander verknäuelt Folge und Beweis jener alles übrige nach sich ziehenden Grundverderbnis: des Wankens des Heiligen Stuhles! Wem sollte die Menschheit denn auch vertrauen, wenn nicht dem Papste!? Sobald dieser Eckpfeiler der Kirche brüchig wurde, schwand auf Erden jede Unterscheidung zwischen Wahrheit und Lüge!"

Amadeus trippelte eilig des Wegs. Sein Ziel war die Hauptpost. Dort hoffte er Nachrichten aus der Heimat zu finden: ehrbare Nachrichten, an denen seine zerrüttete Zuversicht endlich genese. Das nebelige Morgenlicht, in dem alle Dinge gespenstisch verdunsteten, verschlimmerte noch seinen Taumel; er ging wie im Traume, zweifelnd an der Haltbarkeit der Straßen und der Häuser, an der Realität der Passanten, ja, an seinem eigenen Vorhandensein in der Tatsächlichkeit der Ewigen Stadt ... Er kniff sich in die Seite, um vom Alpdruck endlich zu erwachen, wohlgeborgen in seinem Bette zu Pau, über welches Arnica, die Frühaufsteherin, sich beugte: „Hast auch gut geschlafen, mein Freund?"

Auf der Post händigte der ihn gleich wiedererkennende Beamte ihm ohne weiteres einen neuen Arnica-Brief aus.

Soeben – hieß es auf diesem engbeschriebenen Blatt – *erfahre ich von Valentine de Saint-Prix, daß auch Julius in Rom ist als Teilnehmer an einem Kongreß. Welche Freude, zu denken, daß Ihr Euch treffen werdet! Leider ist Valentine seiner Adresse nicht sicher; doch glaubt sie: Grand-Hotel. Genau weiß sie nur, daß er am Donnerstag vormittag im Vatikan empfangen werden soll; er hat vorher mit dem Kardinal Pazzi korrespondiert, um diese Audienz zu erlangen. Er kommt von Mailand, wo er Anthimos besucht hat, der sehr in Not ist, weil er das ihm seitens der Kirche damals Versprochene nicht erhält. Und nun will Julius vom Heiligen Vater Gerechtigkeit heischen; denn natürlich weiß er noch nichts. Er wird Dir von seinem Besuch erzählen, und dann kannst Du ihn aufklären. –*
Hoffentlich nimmst Du Dich vor Erkältungen in acht und mutest Dir keine übermäßigen Strapazen zu. Gaston besucht mich jeden Tag. Du fehlst uns sehr. Wie glücklich werde ich sein, wenn Du uns Deine Rückkehr ankündigst . . . usw.
Und quer über die vierte Briefseite gekritzelt, mit Bleistift, ein paar Worte von Blafaphas:
Wenn Du nach Neapel gehst, so erkundige Dich, bitte, wie sie den inneren Hohlweg in die Makkaroni hineinkriegen. Ich bin einer neuen Erfindung auf der Spur.

In Amadeus' Herzen erhob sich ein Jubel, gemischt mit leichter Verlegenheit. Dieser Audienz-Donnerstag, das war gerade der heutige Tag. Und unser Pilgrim hatte nicht mehr viel saubere Wäsche . . . Würde der gestrige Kragen, den er sparsamkeitshalber heute wieder um hatte, den Blicken eines Julius standhalten? Das war ein Zweifel, der der Sternengunst einen bitteren Beigeschmack gab. Was konnte man tun? Hals über Kopf in das Altmännergäßlein zurückeilen zwecks Umbindung des letzten reinen Vatermörders? Aber dann wäre an ein rechtzeitiges Abfangen des die Audienz verlassenden Schwagers nicht mehr zu denken! (Und vor Grand-Hotels empfand Amadeus unüberwindliche Furcht.) Immerhin drehte er seine „Röllchen" um und bauschte den Schal so hoch, daß der Kragen – und einigermaßen auch die beschorfte Kinnbeule – verdeckt wurden.

Doch was bedeuteten diese Lappalien neben der beglückenden, allen Reiseschreck verscheuchenden Aussicht, wieder in Fühlung zu kommen mit biederer Verwandtschaft, mit sittsamer Vergangenheit! Schwand Carolas, Caves, Bardolottis ganze Hexenküche nicht schon dahin wie Gespensterspuk beim Hahnenschrei? ... Ach, warum hatte er die liebe Heimat so unbedachtsam verlassen? Welche alberne Legende hatte ihn aufgestört von Haus und Hof? Potztausend! Natürlich gab es doch einen Papst! In ein paar Minuten würde Julius ihm berichten, daß er ihn gesehen habe! Ein Papst existierte, und damit basta! Und die ganze Unterschiebungsgeschichte würde sich entpuppen als abenteuerlicher Wahn, den Gott in Tat und Wahrheit nie geduldet hätte und dem er, Fleurissoire, nur aus ehrgeizigem Dünkel und Rollenbedürfnis anheimgefallen war!

Amadeus trippelte eilig des Wegs. Am liebsten wäre er gelaufen. Endlich faßte er wieder Vertrauen zu einer Maß, Gewicht, Sinn und Ordnung zurückgewinnenden Welt. Seinen Strohhut hielt er in der Hand. In sublimem Rausch langte er vor der Basilika an, wurde vom Sprühregen erfaßt und lächelte den prismatischen Farben zu.

Plötzlich blieb er stehen. Saß da nicht Julius zu Füßen der vierten Säule der Kolonnade? Er wagte kaum, ihn zu erkennen, so lässig war bei aller Dezenz des Anzugs seine Haltung –: der Graf von Baraglioul hatte seinen Hut über die Krücke seines zwischen zwei Pflastersteine eingepflanzten Spazierstocks gehängt, sein rechter Fuß ruhte mit ganz unpilgerlicher Nonchalance auf dem linken Knie, und auf dem rechten Knie hielt er ein Schreibheft, in das der gezückte Bleistift ruckweise so selbstherrlich-gewalttätige Inspirationen eintrug, daß man vor den Augen dieses Visionärs Purzelbäume hätte schießen können, ohne daß er es bemerkt hätte. Unter dem apollinischen Diktat bewegten sich Julius' Lippen; aber das Plätschern der Fontäne übertönte den Klang seiner Worte.

Diskret näherte sich um die Säule herum Amadeus. Wie er des anderen Schulter berühren wollte: „Und gesetzt den Fall, was geht es uns an!" warf Julius mit deklamatorischem Schwung unten auf eine Seite, klappte sein Heft zu, tat die Bleifeder in die Tasche, erhob sich und stieß mit der Nase gegen Amadeus. „Beim Heiligen Vater! Was machen Sie hier?"

Amadeus japste vor Erregung und konnte nicht antworten. Krampfhaft umspannten seine Hände die gräfliche Rechte. Julius musterte ihn genauer:

„Mein armer Freund, wie sehen Sie aus!" –

Das Schicksal verwöhnte Julius nicht: von den beiden ihm verbliebenen Schwägern war der eine zum Mucker, der andere zum Schlucker geworden. Amadeus schien in den drei Jahren, wo er ihn nicht gesehen, um zwölf Jahre gealtert zu sein: eingefallene Wangen; hervortretender Adamsapfel; krankhaft blasser Teint; zitterndes Kinn; verglaste, absurd rollende Augen. Und von seiner gestrigen Expedition hatte er eine merkwürdige Heiserkeit mitgebracht, die der Stimme etwas Krächzendes gab, als komme sie aus fernen Grabgewölben. Ganz versponnen in seine Gedanken, fragte Amadeus:

„Sie haben ihn also gesehen?"

Und ganz versponnen in die seinigen fragte Julius:

„Wen?"

Dieses: wen? klang Amadeus wie Totenglocke und Lästerung. Er präzisierte scheu:

„Ich dachte, Sie kämen aus dem Vatikan?"

„Allerdings ... Pardon: es war mir momentan entfallen ... Wenn Sie wüßten, was in mir vorgeht!"

Seine Augen leuchteten aus brennender Tiefe.

„Oh, wollen Sie mir das nicht später sagen?" flehte Amadeus. „Erzählen Sie zuerst von Ihrer Audienz! Ich bin so ungeduldig, zu erfahren ..."

„Das interessiert Sie?"

„Sie werden alsbald verstehen, wie sehr! Sprechen Sie doch, bitte, bitte!"

„Nun also!" begann Julius, den eingehakten Schwager aus Petri Weihgebiet wegziehend. „Es ist Ihnen wohl zu Ohren gekommen, in welchen Mangel seine Bekehrung unseren guten Anthimos versetzt hat. Immer noch harrt er umsonst der versprochenen kirchlichen Entschädigung für das, was ihm die Loge geraubt hat. Anthimos ist reingelegt worden, das läßt sich nicht abstreiten ... Lieber Freund, Sie mögen diese Affäre beurteilen, wie Sie wollen: ich halte sie für eine krasse Bübelei – ohne welche mir allerdings unser heutiges Problem vielleicht nicht in so praller Anschaulichkeit vor Augen getreten wäre. Hören Sie mich an: *ein Wesen der Inkonsequenz* – das besagt viel ... und gewiß verhüllt diese scheinbare Inkonsequenz einen feineren, geheimeren Modus der Konsequenz! Das Entscheidende ist, daß solche Wesen nicht mehr (wie in aller bisherigen Psychologie) von simplem Selbsterhaltungstriebe gelenkt werden, daß sie nicht mehr den Räsonnements banaler Nützlichkeit gehorchen, sondern geistigeren, spitzeren, überraschenderen, gewagteren Beweggründen!"

„Ich vermag Ihnen nicht ganz zu folgen", sagte Amadeus.

„Ach ja, pardon: ich bin von meiner Audienz abgekommen. Ich hatte also beschlossen, Anthimos' Sache in die Hand zu nehmen ... Ach, mein Freund, wenn Sie die Wohnung gesehen hätten, darin er hausen muß zu Mailand! ‚Hier können Sie nicht bleiben!' habe ich gleich zu ihm gesagt. Und wenn ich an die bedauernswerte Veronica denke! Aber er ist so sehr zum Mönch, zum Heiligen geworden, daß er weder sich selbst bemitleidet noch den Klerus angeklagt wissen will! ‚Lieber Schwager', habe ich noch zu ihm gesagt, ‚ich gebe zu, daß der hohe Klerus vielleicht keine Schuld trägt, aber dann nur, weil er nicht informiert ist. Erlauben Sie also, daß ich hingehe und ihn unterrichte.'"

„Ich dachte, Kardinal Pazzi ..." warf Fleurissoire schüchtern ein.

„Ja. Das war nutzlos geblieben. Diese hohen Würdenträger haben ja immer so schreckliche Angst, sich zu kompromittieren. Nur von einem ganz Unbeteiligten konnte die Sache gefördert werden; zum Beispiel von mir. Denn wie geheimnisvoll vollziehen sich doch unseres Hirnes Entdeckungen, und zwar gerade die bedeutsamsten! Man möchte an blitzartige Erleuchtung glauben; im Grunde jedoch hat man das Problem unaufhaltsam gewälzt. So quälte mich seit langem die mit Unterdeterminiertheit einhergehende Überlogik meiner Figuren."

„Ich fürchte", bemerkte Amadeus sanft, „daß Sie wieder abkommen."

„Keineswegs", versetzte Julius, „aber Sie folgen meinem Gedankengang nicht. Kurz, ich entschloß mich, die Bittschrift an den Heiligen Vater selbst zu richten; und ging heute morgen, sie ihm zu bringen."

„Und dann? Sagen Sie rasch: Sie haben ihn gesehen!?"

„Mein lieber Amadeus, Sie sind wirklich allzu stürmisch! ... Also, man macht sich keine Vorstellung davon, wie schwer es ist, seiner ansichtig zu werden."

„Das weiß Gott!" entfuhr es Amadeus.

„Wie beliebt?"

„Ich sage es Ihnen nachher."

„Zunächst mußte ich völlig darauf verzichten, ihm mein Gesuch persönlich zu überreichen. Ich hielt das Schriftstück wie ein hübsch gerolltes Pergament fest in der Hand. Aber im zweiten Vorzimmer (oder war's schon das dritte?) kam so ein gelb-rot kostümierter Kerl und hat es mir höflich entwunden."

Amadeus begann vor sich hin zu kichern, wie jemand, der ein tiefes Unterrichtetsein in allen Einzelheiten bestätigt findet.

„Im nächsten Vorzimmer hat man mich meines Hutes beraubt und ihn auf einen Tisch gelegt. Im fünften oder sechsten (wo außer mir zwei Damen und drei Prälaten warteten) trat eine Art Kammerherr auf mich zu und führte mich in einen danebenliegenden Saal, wo, soviel ich sehen konnte, der Heilige Vater auf einer Art Thron unter einer Art Baldachin horstete. Doch kaum stand ich vor ihm, als ein Wink jenes Kämmerlings mich zum Fußfall niederbog. So warf ich mich denn zu Boden und sah nichts mehr."

„Immerhin hat doch wohl Ihre Verbeugung nicht gar so lange gedauert, und auch Ihre Stirn war nicht so tief drunten, als daß Sie nicht . . ."

„Mein lieber Amadeus, Sie reden, wie Sie's verstehen! Bedenken Sie doch, wie blind uns die anerzogene Ehrfurcht macht! Und abgesehen davon, daß ich nicht wagte, den Kopf zu heben, gab mir, sooft ich Anthimos' Sache vorbringen wollte, eine Art Majordomus mit einer Art Lineal eine Art Klaps in den Nacken, der mich erneut zu tiefgebückter Haltung zwang."

„Aber hat *Er* denn wenigstens gesprochen?"

„Ja, von meinem Buche, das er nicht gelesen zu haben erklärte."

„Mein lieber Julius", sagte nach kurzem Schweigen Amadeus, „Ihre Mitteilungen sind von äußerster Wichtigkeit! Sie haben ihn also nicht gesehen! Alles, was Sie mir erzählen, zeigt, wie merkwürdig schwer es ist, ihn von Angesicht zu Angesicht zu erblikken . . . Und dadurch bestätigen sich, leider Gottes, die grausigsten Vermutungen! O Julius, der Augenblick ist gekommen, wo ich Ihnen offenbaren muß . . . Doch wir wollen uns in stillere Bezirke retten: diese Straße wimmelt ja von Passanten!"

Er zog den mehr belustigten als erschreckten Julius seitlich in ein fast menschenleeres Gäßchen.

„Was ich Ihnen jetzt anvertraue, lieber Schwager, ist welterschütternd! . . . Trotzdem müssen wir uns benehmen, als sprächen wir von ganz gleichgültigen Dingen . . . Lassen Sie sich also, Julius,

mit unbewegter Miene das furchtbare Geheimnis künden: Derjenige, den Sie heute morgen gesehen haben . . ."
„Den ich nicht gesehen habe, meinen Sie."
„Ganz recht . . . das ist nicht der *wahre!*"
„Wie beliebt?"
„Den Papst haben Sie nicht sehen können aus dem ungeheuerlichen Grunde, weil (ich hab' das aus geheimer, absolut zuverlässiger Quelle) der wahre Papst in den Keller gesperrt ist."
Diese Enthüllung machte auf Julius den unvorhergesehensten Eindruck: er löste sich von Amadeus' Arm, trottete wild voran und schrie durch das Gäßchen:
„Aber nein! Das, bitte nicht! Nein, nein: das denn doch nicht!"
Dann, wieder Seite an Seite mit Amadeus:
„Was!? . . . Eben schlag' ich mir das alles aus dem Kopf; eben überrede ich mich, daß von jener Seite nichts zu erwarten, nichts zu erhoffen, nichts zu erflehen ist; daß Anthimos reingelegt ist, daß wir alle wortverdreherisch reingelegt sind und nur noch lachen können über den ganzen Kram! . . . Eben befreie ich mich unter Schmerzen von alledem, und in *eben* diesem Moment des Verzichtens, des Loskommens, da erscheinen Sie und platzen los: ‚Halt! Die Karten sind falsch gemischt! Noch mal von vorn!' . . . Wirklich, mein Lieber, das ist ein bißchen viel verlangt! Nee, nee, darauf laß ich mich nun nicht mehr ein! Ich halte mich an meine persönliche, mühsam errungene Freiwerdung! . . . Wenn dieser nicht der richtige ist, na, dann kann ich ihm auch nicht helfen!"
Fleurissoire war entsetzt.
„Wie aber", sagte er (und litt unter seiner knarrenden Heiserkeit), „wie aber, wenn die ganze Kirche reingelegt worden wäre!?"
Da stellte sich Julius, ihm den Weg vertretend, quer vor ihn hin und sagte mit schneidendem, ganz unjulianischem Hohn:
„Na, und – was – ginge – Sie – das – an!?"
In Fleurissoire stieg ein Argwohn auf, ein neuer, gespenstischer, all seiner Zweifelsqual dumpf sich vermählender Argwohn: Julius, dieser Julius, mit dem er sprach, Julius, an den sich sein letzter, verzweifelter Glaube klammerte – auch dieser Julius war nicht mehr der wahre Julius! . . .
„Wie! Sind Sie es wirklich, der so spricht? Sie, der treue Sohn der Kirche, auf den ich hoffte? Sie, Julius Graf Baraglioul, dessen Schriften . . ."

„Reden Sie, bitte, nicht von meinen Schriften! Ich hab' gerade genug an dem, was mir euer Heiliger Vater – mag er nun echt oder gefälscht sein – vorhin darüber gesagt hat! Und ich rechne bestimmt darauf, daß die künftigen besser sein werden, dank der neuen Erkenntnis, die ich gewonnen habe und von der ich Ihnen nun endlich ausführlich erzählen möchte. Ja, wollen wir uns nicht allgemach ernsten Dingen zuwenden? ... Sie essen doch mit mir zu Mittag, nicht wahr?"

„Gern. Aber ich muß Sie dann bald verlassen. Man erwartet mich heute abend in Neapel – in Geschäften, die ich bitte, Ihnen anvertrauen zu dürfen. Wir gehen doch hoffentlich nicht in Ihr Hotel?"

„Nein, ins Restaurant Colonna."

Julius seinerseits legte wenig Wert darauf, in Gesellschaft eines solchen Wracks wie Fleurissoire im Grand-Hotel gesehen zu werden. Und Amadeus, der sich fahl und zerrüttet vorkam, litt schon genugsam unter dem exponierten Platz des Wirtshaustisches, an dem er nun Julius' forschendem Blick gegenübersaß. Ach, dieser Blick heftete sich unverkennbar auf jene peinliche Stelle des Halses, wo Amadeus den vom verrutschten Purpurschal preisgegebenen Sündenpickel neu ersprießen fühlte ... Während der Kellner die Hors d'œuvre brachte, gab Baraglioul zu erwägen:

„Sie sollten Schwefelbäder nehmen!"

„Es ist nicht das, was Sie denken", beteuerte Fleurissoire.

„Desto besser", versetzte Baraglioul (der übrigens gar nichts Besonderes gedacht hatte), „ich riet Ihnen das nur so nebenbei." Dann, sich hintenüber lehnend, in dozierendem Ton:

„Nun also, mein lieber Amadeus, die Sache verhält sich folgendermaßen. Es will mich bedünken, als hätten wir uns seit La Rochefoucauld, und in seinem Kielwasser, gehörig festgefahren und als sei es keineswegs immer der Nutzen, der das Handeln des Menschen lenkt. Nein, es gibt auch uneigennützige Handlungen ..."

„Das will ich hoffen", unterbrach ihn Amadeus' Treuherzigkeit.

„Verstehen Sie mich, bitte, nicht so rasch! Mit *uneigennützig* meine ich: unmotiviert, in sich selbst vollendet, dem Augenblicke immanent. Und das Böse (was man so als böse abstempelt ...) kann ebenso unmotiviert sein wie das Gute."

„Warum es dann aber tun?"

„Aus innerer Fülle, aus Neugier, aus Lust an Spiel und Abenteuer! Denn ich behaupte, daß die uneigennützigsten Seelen nicht notwendigerweise die besten sind – im katholischen Sinne des Wortes. Im Gegenteil: vom katholischen Standpunkt aus ist die bestgeschulte Seele die, die am besten Rechnung führt."

„Und sich dabei stets in Gottes Schuld weiß", ergänzte Fleurissoire fromm und verständnisinnig.

Julius ärgerten die ihm abgeschmackt erscheinenden Unterbrechungen des Schwagers. Er fuhr fort:

„Zweifellos deutet Geringschätzung des Nutzens auf einen gewissen seelischen Aristokratismus... Wollen wir also eine Seele gelten lassen, die, der Zucht und den Prämien des Katechismus entronnen, jegliche Buchhaltung für verächtlich hielte?"

Baraglioul wünschte eine Bejahung dieser Frage. Aber:

„Nein, nein! tausendmal nein: die wollen wir nicht gelten lassen!" schrie Fleurissoire. Dann, vom eigenen Lärm betroffen, plötzlich flüsternd:

„Sprechen wir leiser! Man belauscht uns."

„Bah! Wen sollten diese Theorien interessieren?"

„Oh, mein Freund, Sie kennen die hiesigen Menschen noch nicht! Mich umwittern und umschleichen, seit ich hier bin, lauter Gefahren und erzwingen eine mir sonst wesensfremde Vorsicht."

„Einbildung!"

„Ach, hätten Sie damit recht! Ach, wäre doch alles nur ein Hirngespinst! Wenn aber das Falsche den Platz des Wahren einnimmt, dann muß das Wahre sich doch verstellen und verstecken! Eingekeilt hat mich meine sinnverwirrende Mission in den Abgrund zwischen Loge und Jesuitenorden! Ich bin geliefert! Allen bin ich verdächtig; und alles ist mir verdächtig. Als Sie, lieber Julius, meinem Kummer vorhin mit einem gewissen Spott begegneten, da habe ich einen Augenblick gezweifelt, ob Sie wirklich Julius seien oder nicht vielmehr ein tückischer Doppelgänger Ihrer selbst! ... Und heute früh, bevor ich Sie traf, da war mir meine eigene Realität und römische Anwesenheit zweifelhaft, und aus dem wüsten Lügentraum hoffte ich zu erwachen in Pau, an Arnicas Seite, auf heimischem Linnen!"

„Mein Freund, Sie sprechen im Fieber!"

Fleurissoire ergriff seine Hand und fuhr pathetisch fort:

„So ist es: ich bin im Fieber! In einem Fieber, von dem ich nicht genesen kann und nicht genesen will! In einem Fieber, das ich auch Ihnen, mein Bruder, mitzuteilen hoffte, damit wir gemeinsam brennten vom gemeinsamen Gifte der Mitwisserschaft... Doch nun erkenne ich's wohl: todeinsam bis ans Ende bleibt der dunkle Pfad, den ich gehen muß und den zu gehen mich Ihre Wahrnehmungen noch schärfer verpflichten... Wie, Julius, man sieht ihn also wirklich nicht!? Man kriegt ihn absolut nicht zu sehen!?..."

„Lieber Freund", versetzte Julius, sich Amadeus entklammernd und ihm seinerseits eine Hand auf den Arm legend, „ich muß Ihnen noch etwas gestehen, was ich vorhin verschwiegen habe: Als ich dem Heiligen Vater gegenüberstand... nun, da ergriff mich eine jähe Zerstreutheit."

„Eine jähe Zerstreutheit?" wiederholte Fleurissoire entgeistert.

„Ja, plötzlich mußte ich an ganz andere Dinge denken."

„Ist so etwas möglich?"

„Denn in eben diesem Augenblick hatte ich meine Erleuchtung. ‚Aber' – sagte ich mir, im Verfolg meiner bisherigen Deduktionen – ‚wenn man es als *unmotiviert* annimmt, das böse Handeln, das Verbrechen, dann ist es ja niemandem beimeßbar, und ungreifbar der Täter!'"

„Ach, Sie kommen darauf zurück!" seufzte Amadeus.

„Denn am Motiv, am Beweggrund packte man bisher den Verbrecher. *Ius fecit cui prodest*, argumentierte jeder Richter... Dieser juristische Grundsatz ist Ihnen doch geläufig?..."

„Entschuldigen Sie mich", sagte Amadeus, dem der Schweiß auf der Stirn perlte. –

In diesem Moment wurde das Gespräch unterbrochen: der Boy des Restaurants brachte auf einem Teller ein Briefchen mit der Aufschrift: *„An Monsieur Fleurissoire*". Der erstaunte Adressat öffnete es und las auf dem darinliegenden Billett folgendes:

Wenn Sie den Zug nach Neapel erreichen wollen, so haben Sie keine Minute zu verlieren. Bitten Sie Herrn von Baraglioul, Sie auf die Handelsbank zu begleiten, wo er bekannt ist und Ihre Identität bezeugen kann. *Cave.*

„Nun, was sagte ich Ihnen?" flüsterte Amadeus mit einem leisen Triumph des Bestätigtseins.

„Das ist in der Tat außergewöhnlich! Woher, zum Teufel, weiß man meinen Namen!? und meinen Geschäftsverkehr mit der Handelsbank!?“

„Oh, diese Leute wissen alles!“

„Der Ton dieses Billetts gefällt mir nicht: der Schreiber hätte sich wenigstens entschuldigen sollen wegen der Unterbrechung unseres Gesprächs!“

„Was wäre damit gewonnen? Er weiß eben, daß meine Mission wichtiger ist als alles andere ... Es handelt sich um einen Scheck, der eingelöst werden muß ... Nein, ich kann Ihnen das hier nicht genauer erklären: Sie sehen ja, wie scharf man uns überwacht!“

Dann, seine Uhr ziehend:

„Wirklich: nur eben noch Zeit!“

Er schickte sich an, den Kellner zu rufen.

„Aber lassen Sie das!“ sagte Julius. „Ich habe Sie doch eingeladen! ... Die Handelsbank ist nicht weit; im Notfall nehmen wir einen Wagen. Sie brauchen sich nicht übermäßig aufzuregen ... Und was ich noch sagen wollte: da Sie nun nach Neapel fahren, so bedienen Sie sich für diese Reise doch, bitte, meines Rundreisebilletts! ... Hier: nehmen Sie es! Es lautet zwar auf meinen Namen, aber das macht ja nichts. (Julius erwies sich gern gefällig.) Ich habe es in Paris unbedachtsamerweise bestellt, weil ich ursprünglich weiter nach dem Süden vorzudringen gedachte. Aber nun hält ein wissenschaftlicher Kongreß mich hier fest. Wie lange wollen Sie denn in Neapel bleiben?“

„So kurze Zeit wie möglich. Ich hoffe, morgen zurück zu sein.“

„Gut, dann erwarte ich Sie morgen zum Abendessen!“

Auf der Handelsbank wurden dem vom Grafen Baraglioul eingeführten und identifizierten Amadeus gegen den Scheck anstandslos sechs Tausendfrankenscheine ausbezahlt, die er in seine innere Jackentasche steckte. Inzwischen hatte er, so gut es in der Eile gehen wollte, dem Schwager das Abbé-, Kardinals- und Scheckabenteuer berichtet. Baraglioul (der ihn dann zum Bahnhof begleitete) hörte nur zerstreut zu.

Unterwegs trat Fleurissoire in ein Wäschegeschäft und kaufte sich einen Kragen, den er jedoch nicht gleich umband, damit der vorm Laden auf und ab gehende Julius nicht ungeduldig werde.

„Sie nehmen keine Reisetasche mit?“ fragte Graf Baraglioul, als Amadeus wieder zum Vorschein gekommen war.

Gewiß hätte Amadeus gern schnell noch ein paar Toilettesachen von „zu Hause“ geholt; aber konnte er dem vornehmen Verwandten das Altmännergäßchen eingestehen!? ...

„Oh, für eine einzige Nacht! ...“ sagte er leichthin. „Übrigens bleibt uns keine Zeit mehr, mein Hotel aufzusuchen.“

„Wo sind Sie denn eigentlich abgestiegen?“

„Hinter dem Kolosseum“, log Fleurissoire mit solcher Armensündermiene, als wenn er gesagt hätte: Unter den Tiberbrücken.

Julius sah ihn noch einmal an:

„Was Sie doch für ein wunderlicher Mensch sind!“

Sah er wirklich so sonderbar aus? Fleurissoire wischte sich die Stirn. Man hatte den Bahnhofsplatz mittlerweile erreicht ...

„Hier müssen wir uns trennen“, sagte der Graf und streckte ihm die Hand hin.

„Mö ... möchten Sie nicht vielleicht mitfahren?“ stammelte Amadeus kläglich. „Ich weiß nicht recht warum, aber es ängstigt mich ein bißchen, so allein abreisen zu sollen ...“

„Aber Sie haben doch die ganze Reise allein gemacht! Was kann Ihnen denn passieren! ... Verzeihen Sie mir, bitte, wenn ich Sie nicht auf den Bahnhof begleite: das Bild abfahrender Züge macht mich jedesmal hoffnungslos traurig ... Adieu! Glückliche Reise! Und morgen bringen Sie mir das Rundreiseheft in mein Hotel zurück, nicht wahr?“

FÜNFTES BUCH

Lafcadio

Ein einziges Mittel kann uns davon heilen, wir selbst zu sein.
Ja. Im Grunde aber kommt es weniger aufs Geheiltwerden als aufs Lebenkönnen an.
Joseph Conrad, *Lord Jim.*

I

Als Lafcadio, durch Julius' und des Notars Vermittlung, in den Bezug der ihm vom alten Grafen Baraglioul hinterlassenen Vierzigtausend-Franken-Rente gelangt war, hatte er eine große Sorge: nichts davon merken zu lassen.

„Aus goldenen Schüsseln vielleicht", sagte er sich, „aber ich werde dasselbe essen wie bisher."

Er bedachte nicht (oder wußte doch nicht), daß sich der Geschmack der Speisen künftig für ihn ändern werde. Oder wenigstens (da Askese und Feinschmeckerei ihn gleichermaßen reizten): daß mit der Not auch sein Widerstand nachlassen werde. Ohne Metapher gesprochen: vom Drange der Not hatte sein Stolz sich nie eine Handlung abtrotzen lassen – die er sich jetzt vielleicht leisten würde aus Spielerei, aus Laune oder weil es ihm Spaß machte, den Luxus seinem Nutzen vorzuziehen.

Dem Wunsche des Grafen gehorchend, hatte er keine Trauer angelegt. Eine peinliche Überraschung erwartete ihn bei den Lieferanten des Marquis de Gesvres, seines letzten Onkels, die er zwecks Equipierung aufsuchte. Sowie er sich auf den Marquis berief, präsentierte ihm der Schneider etliche Rechnungen, die Monsieur de Gesvres vergessen hatte zu bezahlen. Lafcadio empfand Ekel vor jeglicher Prellerei; er erklärte, gerade um dieser Schuldenregelung willen gekommen zu sein, und bezahlte auch die neubestellten Anzüge gleich bar. Beim Schuhkünstler dasselbe Erlebnis. Was den Wäschelieferanten betraf, so wandte sich Lafcadio doch lieber an einen anderen.

Dieser Onkel Gesvres! dachte der Jüngling. Wüßte ich nur seine Adresse! Ich würde ihm seine Rechnungen quittiert zusenden ... und mit diesem Streich seine Verachtung ernten; aber ich bin ein Baraglioul, und von jetzt an, Spitzbube von einem Marquis, wohnst du nicht mehr in meinem Herzen!

Nichts hielt ihn in Paris, noch irgendwo sonst. Italien in kleinen Eisenbahnstrecken durchfahrend, war er auf dem Wege nach Brindisi, wo er irgendeinen nach Java fahrenden Dampfer zu nehmen gedachte.

Ganz allein im Waggon sitzend, der ihn von Rom entfernte, hatte er sich trotz der Hitze ein weiches Plaid über die Knie gebreitet und freute sich des Abstechens seiner grauen Handschuhe von der Teefarbe der Reisedecke. Welches Wohlbehagen atmeten alle seine Poren in dem flockig-schmiegsamen Anzug! Dem ungestärkten Kragen entschlängelte sich, schmal herabfließend, ein bronzefarbener Seidenschlips. Lafcadio fühlte sich wohl in seiner Haut, seinen Kleidern, seinen Schuhen: diesen zarten, den Fuß sanft umschließenden Mokassins aus demselben Wildleder wie die Handschuhe. Sein über die Augen niedergebogener Biberhaarhut trennte ihn von der Landschaft. Er rauchte ein Pfeifchen Wacholdertabak und ließ seine Gedanken gehen wie sie wollten. Er dachte:

Die Alte, die auf ein weißes Wölkchen über sich deutete und zu mir sagte: ‚Der Regen, der kommt heute noch nicht!' – diese Alte, deren Sack ich mir auf die Schultern geladen (den Apennin hatte er aus Vergnügen, zu Fuß überquert: vier Tage von Bologna nach Florenz, Nachtlager in Covigliajo) und die ich auf der Höhe des Weges umarmt habe – das gehört zu dem, was der Priester von Covigliajo die ‚guten Werke' nannte. Ich hätte ihr ebenso gut mit harter Hand die Gurgel zudrücken können, aus Ekel vor dieser Greisinnenhaut, die sich rissig und krustig anfühlte ... Oh, wie liebevoll sie meine Jacke streichelte und abstäubte! Und immer wieder rief: *‚Figlio mio! carino!'* ... Woher aber kam mir das intensive Glücksgefühl, als ich mich dann, noch schweißbedeckt, unterm Kastanienbaum ins Moos warf (und nicht einmal rauchte)!? Hätte ich nicht die ganze Menschheit umarmen ... oder vielleicht auch erwürgen mögen? Es ist wirklich keine große Sache, das Leben eines Menschen! Und ich würde das meinige gern riskieren, wenn sich mir nur irgendeine hübsch-verwegene

Heldentat böte! . . . Soll ich etwa, lächerlicherweise, Alpinist oder gar Luftschiffer werden? . . . Was mir wohl dieser Stubenhocker Julius raten würde? Schade, daß er so duckmäuserisch ist! Sonst wär's ganz nett gewesen, einen Bruder zu haben . . .

Der arme Julius! So viele Leute, die schreiben, und so wenige, die lesen! Man liest immer weniger . . . wenn ich es nach mir beurteile. Das kann noch eine lustige Katastrophe geben: man pfeffert alles Gedruckte über Bord, und in der Tiefe treffen sich Gut und Böse.

Interessant aber wär's, zu wissen, was die Alte gesagt hätte, wenn ich zuzudrücken begonnen hätte . . . Man denkt sich so oft aus, *was geschähe, wenn* . . ., doch es bleibt immer ein unvermuteter, ein nicht vorauszusehender Rest. Nichts vollzieht sich ganz so, wie man es berechnet hatte . . . Das ist das Motiv, das mich zum Handeln lockt . . . Man tut ja so wenig! . . . ‚Alles, was sein kann, sei!' – so erkläre ich mir die Schöpfung der Welt . . . Verliebt in das, was sein, was werden kann . . . Wäre ich der Staat: ich ließe mich einsperren.

Nicht gerade überwältigend, die Korrespondenz dieses Monsieur Gaspar Flamand, die ich am Poste-restante-Schalter von Bologna als die meinige abgeholt habe. Nichts, was die Mühe verlohnt hätte, sie ihm zurückzuschicken.

Gott, wie wenig Menschen trifft man, deren Reisetaschen man durchsuchen möchte! . . . Und doch würde jeder einzelne auf gewisse Worte oder Gesten höchst wunderlich reagieren! . . . Schöne Marionettensammlung – mit allzu sichtbaren Drähten! Entweder Schufte oder Waschlappen! Lafcadio, ich frage dich, kann ein Kerl wie du solche Komödie ernst nehmen? . . . Also los: es ist Zeit! Schwing dich einer neuen Welt entgegen, und preß zum Abschied deine nackte Ferse in den Lehm des europäischen Bodens! . . . Solltest du in den Urwäldern von Borneo irgendeinem verspäteten Affenmenschen begegnen, so kannst du über die Möglichkeit einer besseren Erdenrasse nachdenken!

Protos – den hätt' ich gern wiedergesehen. Vermutlich ist er nach Amerika gegondelt. Er hatte ja schon damals eine Vorliebe für die Apachen von Chikago . . . Sind mir zu wenig phantastisch, diese Werwölfe: ich bin katzenhafter Natur. Na.

Der brave Priester von Covigliajo wird gewiß den hübschen Jungen, mit dem er sprach, nicht verderben. Mußte ihn wohl beaufsichtigen. Gern hätt' ich ihn zu meinem Kameraden gemacht; nicht den Priester, alle Wetter, sondern den Kleinen ... Was für herrliche Augen er zu mir aufschlug! Er suchte meinen Blick ebenso unruhig wie ich den seinen; aber dann sah ich rasch weg ... Er war keine fünf Jahre jünger als ich. Ja, vierzehn bis sechzehn Jahre, nicht mehr ... Was war ich in dem Alter? Ein lüsternes Pflänzchen, dem ich heute wohl begegnen möchte: es würde mir sicherlich gefallen ... Faby war die erste Zeit ganz wirr über sein Verliebtwerden in mich; und gestand's meiner Mutter, worauf sein Herz sich erleichtert fühlte. Aber wie ärgerte mich seine Zurückhaltung! ... Als ich ihm das später erzählte, unter dem Zelt in den algerischen Bergen, da haben wir beide tüchtig gelacht ... Es wär' amüsant, ihn wiederzusehen. Schade, daß er tot ist. Na. Eigentlich hoffte ich ja, dem Priester zu mißfallen. Fand aber leider nichts Unangenehmes, was ich ihm hätte sagen können, sondern nur Liebenswürdigkeiten ... Wie schwer es mir wird, abstoßend zu wirken! Ich kann aber doch nicht anfangen, Knoblauch zu essen oder mir – nach Carolas Rat – das Gesicht mit grüner Nußschale einzureiben! ... Die arme Carola! Ihr verdanke ich die dürftigsten meiner Freuden ... Oh! was ist das für ein komischer Alter, der da seinen Einzug hält!?

Durch die seitliche Gangtür war Amadeus Fleurissoire eingetreten.

Fleurissoire hatte bis Frosinone sein Coupé für sich allein gehabt. Auf dieser Station war ein Italiener mittleren Alters eingestiegen, vor dessen düster-forschendem Detektivblick Fleurissoire alsbald das Feld geräumt hatte.

Im Nachbarcoupé fühlte er sich durch Lafcadios jugendliche Anmut gleich geborgen.

Ach, der nette junge Mann! Fast noch ein Kind! dachte er. Wohl auf der Ferienreise. Und so gut angezogen! Sein Auge ist ohne Falsch. Bei ihm darf ich mich ausruhen von meinem notgedrungenen Mißtrauen. Wenn er Französisch könnte, würde ich gern ein Gespräch mit ihm anknüpfen.

Er setzte sich ihm gegenüber in eine Fensterecke. Lafcadio schlug den Rand seines Biberhutes in die Höhe und begann, den Reisegefährten mit scheinbarer Gleichgültigkeit zu betrachten.

Gibt es zwischen diesem schmuddeligen Rhinozeros und mir irgend etwas Gemeinsames? dachte er. Dabei scheint der Kerl sich für unwiderstehlich zu halten! Was hat er mich so keck anzulächeln? Glaubt er etwa, daß ich ihm um den Hals fallen werde? ... Ist es denkbar, daß es Frauen gibt, die noch solchen Greisen Zärtlichkeiten verabfolgen?! ... Dieser Tapir wäre sicherlich verblüfft, wenn er wüßte, daß ich jede Schrift und jeden Druck fließend von hinten nach vorn lesen kann oder durchscheinend auf der Rückseite, im Spiegel und auf dem Löschblatt: drei Monate Studium und zwei Jahre Lehrzeit – alles aus Liebe zur Kunst! Cadio, mein Kleiner, hier taucht ein Problem für dich auf: in das Schicksal dieses Trampeltiers einzuhaken. Aber wie? ... Na, ich werde ihm Pfefferminzpastillen anbieten. Mag er die nehmen oder ausschlagen: wir sehen immerhin, in welcher Sprache!

„*Grazio! grazio!*“ sagte Fleurissoire ablehnend.

Mit dem Dromedar ist nichts zu machen; also schlafen wir lieber ein bißchen, entschied Lafcadio, zog sich den Biber über die Augen und versuchte, von einer Jugenderinnerung zu träumen. –

Er sieht sich wieder (zur Zeit, da man ihn Cadio nannte) in jenem verlorenen Karpatenschloß, das seine Mutter und er zwei Sommer lang bewohnten, zusammen mit dem Fürsten Wladimir Bielkowski und Ardengo Baldi, dem Italiener. Seine Kammer liegt am Ende eines Korridors; es ist das erste Jahr, daß er fern von der Mutter schläft ... Die kupferne Löwenkopfklinke seiner Tür wird durch einen großen Nagel festgehalten ... Oh, wie genau er sich an alles erinnert! ... Eines Nachts wird der Schlafende aus tiefstem Traum gerissen: an seinem Bett steht, wie ein Märchenbild, Onkel Wladimir in rostfarbenem Kaftan und hochgetürmter Nachtmütze, die seinen Riesenwuchs ins Ungemessene verlängert; sein Schnurrbart hängt orientalisch-phantastisch herab. In der Hand hält er eine Blendlaterne, die er aufs Leuchtertischchen stellt, Cadios Uhr und Marmelbeutel ein wenig beiseite schiebend. Des Knaben erster Gedanke ist, daß seine Mutter krank oder tot sei; er will fragen, aber Bielkowski bedeutet ihm, zu schweigen und aufzustehen. Eiligst schlüpft Cadio in seinen Bademantel, den der Onkel ihm mit ernstem Pathos hinreicht. Doch Cadio fürchtet sich keinen Augenblick: im Pantoffelschleichschritt und voll gespannter Erwartung folgt er dem vorangehenden Wladi.

Jetzt sind sie auf dem Korridor: Wladimir feierlich und geheimnisvoll mit der Laterne wie bei einer Prozession; hinter ihm Cadio, etwas schlaftrunken noch, doch bald neugierig und klar.

Vor der Tür der Mutter ein lauschender Aufenthalt: alles still; das Haus schläft. Am Treppenabsatz hören sie, von oben her, das Schnarchen eines Bediensteten. Sie gehen die Treppe hinunter. Wladi setzt Katzenpfötchen auf die Stufen und zuckt beim leisesten Geräusch so wütend zusammen, daß Cadio sich das Lachen kaum verbeißen kann. Eine wegen besonderer Krachgefahr auszulassende Stufe wird mit unendlicher Vorsicht übersetzt. Cadio fragt nicht nach Sinn und Ziel von all dem prophylaktischen Hokuspokus: ihn amüsiert das Abenteuer ganz unbändig, und er würde dem zeremoniellen Magier folgen bis in die lodernden Flammen der Hölle.

Im Parterre angelangt, setzen sie sich auf die vorletzte Stufe, um Atem zu schöpfen. Wladi läßt einen kleinen Nasenseufzer vernehmen, als wolle er sagen: „Na, das ist noch mal gut abgegangen!“ Dann brechen sie wieder auf. Neue Vorsichtsmaßnahmen vor der Salontür. Die Laterne erleuchtet das Zimmer so wunderlich, daß Cadio es kaum wiedererkennt; es erscheint ihm übergroß; ein Mondstrahl dringt durch die Ritze eines Fensterladens; der Raum ist still wie ein Teich, in dem man heimlich fischen will; und aller Dinge gewohnte Ordnung wird fremd und übernatürlich.

Wladi geht aufs Klavier zu, öffnet es ein wenig und berührt leise ein paar Tasten, die ganz schwach erklingen. Plötzlich gleitet ihm der Deckel aus der Hand und macht beim Zuschlagen einen Teufelslärm (Lafcadio zittert noch in der Erinnerung). Wladi, nach hastigem Abblenden der Laterne, birgt sich in einem Sessel, während Cadio unter den Tisch kriecht. So bleiben sie lange im Dunkeln und lauschen mit angehaltenem Atem ... Aber nichts regt sich im ganzen Hause. In der Ferne bellt ein Hund den Mond an. Da läßt Wladi vorsichtig wieder ein Quentchen Licht scheinen.

Mit welch mysteriöser Umständlichkeit wird nun, im Eßzimmer, das Büfett aufgeschlossen! Selbst der Onkel ist ganz befangen in dieses Spieles imaginärem Bann. Er schnüffelt nach dem köstlichen Getränk, wählt eine Flasche Tokajer, gießt zwei Glas ein und bietet, einen Finger auf den Lippen, Biskuits dazu an ... Kaum hörbar erklingt das Kristall ... Nach Beendigung des nächtlichen Trunkes setzt Wladi alles wieder an seinen Platz: die (im seitlichen Anrichteraum) schnell gereinigten Gläser, die zugekorkte

Flasche, die Biskuitschachtel ... Sorgliches Wegpusten der Krümel; noch ein letzter, prüfender Blick; und: nichts zu sehen, nichts geschehen! ...
Wladi begleitet Cadio wieder in sein Zimmer und verläßt ihn mit gravitätischer Verbeugung. Cadio nimmt seinen Schlaf da wieder auf, wo er ihn gelassen hatte, und am Morgen fragt er sich, ob nicht alles ein Traum gewesen sei.
Merkwürdige Spielchen für ein Kind! Was hätte wohl Julius dazu gesagt? ...

Lafcadio hält zwar die Augen geschlossen, aber er schläft nicht. Es gelingt ihm nicht, zu schlafen.
Der Unglückspapa, den ich da erblinzle, vermutet mich schlafend, dachte er. Wenn ich die Augen ein klein wenig weiter aufmache, sehe ich seinen Blick auf mich gerichtet. Protos erklärte es für besonders schwer, sich schlafend zu stellen und dabei genau zu beobachten; jeder vorgetäuschte Schlaf, sagte er, sei erkennbar an einem leisen Zittern der Lider ... das ich jetzt unterdrücke. Protos selbst fiele darauf rein ...
Die Sonne war inzwischen untergegangen. Schon verblich der letzte, von Amadeus fromm bewunderte Abglanz ihrer Herrlichkeit. Da flammte an der gewölbten Coupédecke das elektrische Licht auf: allzu jäh und allzu grell nach dieser zarten Dämmerung. Damit des jungen Mitreisenden Schlaf nicht leide, drehte Fleurissoire am Schalter – was keine völlige Dunkelheit, sondern eine bläuliche Nachtbeleuchtung hervorbrachte, die dem Pilger immer noch zu hell vorkam. Er drehte von neuem ... und entzündete zwei Seitenlüster, die unangenehmer blendeten als das Strahlenbündel der Mitte. Noch eine Drehung: abermals die blaue Nachtbirne. Dabei ließ er es.
Ist der Kerl bald fertig mit seiner Elektrotechnik? dachte Lafcadio nervös. Was tut er jetzt? (Nein, ich heb' die Lider nicht.) Er ist aufgestanden ... Sollte meine Reisetasche ihn locken? Bravo! Er konstatiert, daß sie offen ist. Wenn ich den Schlüssel doch gleich verlieren wollte, hätte ich eigentlich in Mailand kein Sicherheitsschloß daran anbringen lassen dürfen, das dann in Bologna aufgebrochen werden mußte ... Ein einfaches Vorlegeschloß läßt sich wenigstens ersetzen ... Verdammt noch mal: der Idiot zieht seine Jacke aus! Das müssen wir uns immerhin ansehen.

Amadeus (der Lafcadios Reisetasche gar nicht beachtete) hatte den Rock abgelegt, um sich seinen neugekauften Kragen bequemer anknüpfen zu können. Aber das gestärkte, pappharte Ding widerstand all seinen Bemühungen.
Er sieht bekümmert aus, erspähte Lafcadio. Er scheint an der Fistel oder irgendeiner geheimen Beschwerde zu leiden. Soll ich ihm helfen? Allein schafft er's ja doch nicht . . .
Aber da erweichte sich der Kragen dem Knopf. Fleurissoire ergriff seine Krawatte (die er mit Hut, Jacke und Manschetten aufs Sitzpolster gelegt hatte), näherte sich der Coupétür und versuchte, wie Narcissus im Quell, sein Spiegelbild in der Fensterscheibe zu erkennen.
Er sieht nicht genug, fühlte der höfliche Beobachter. Lafcadio machte helles Licht. Der Zug fuhr jetzt an einer Böschung entlang, über deren wechselndes Gesträuch man eine Reihe erleuchteter Vierecke dahintanzen sah. Inmitten des einen tanzte Amadeus' burlesker Schatten; die übrigen Vierecke waren leer.
Wer würde es sehen? dachte Lafcadio. Da, unter meiner Hand, der Doppeldrücker, den ich unbemerkt öffnen kann; diese Tür, die sofort nachgäbe und ihn vornüberstürzen ließe; ein kleiner Schubs zur Nachhilfe: und er sänke in die Finsternis wie ein Plumpsack; man vernähme nicht mal einen Schrei . . . Und morgen an Bord nach Insulinde! . . . Wer würde es wissen?
Fleurissoire hatte seine „konfektionierte" Krawatte angelegt. Nun war er dabei, eine Manschette am rechten Ärmel zu befestigen – was ihm Muße ließ zur Betrachtung der oberhalb des Platzes, auf dem er eben noch gesessen hatte, hängenden und irgendein Schloß am Meer darstellenden Reklamephotographie.
Ein Verbrechen ohne Motiv, meditierte Lafcadio weiter: welches Rätsel für die Polizei! . . . Übrigens, auf dieser verwünschten Böschung kann jeder Insasse eines Nachbarcoupés erkennen, daß eine Tür aufgeht und die Silhouette hinauspurzelt . . . Wenigstens sind die Vorhänge nach dem Korridor zugezogen . . . Nicht so sehr auf das Geschehende bin ich neugierig, mehr auf mich selbst. Mancher glaubt sich zu allem fähig, und der entscheidende Moment findet ihn als Schwächling . . . Eine Welt liegt zwischen Vorstellung und Tat . . . Und unwiderruflich jeder Schachzug! . . . Bah, wenn man alle Möglichkeiten voraussähe, verlöre das Spiel seinen ganzen Reiz! . . . Zwischen der Vorstellung einer Tat und . . .

Sieh mal an: die Böschung hört auf! Wir sind, glaube ich, auf einer Brücke; über einem Fluß ...
Auf dem jetzt schwarzen Grunde des Coupéfensters erschien das Gespiegelte deutlicher. Fleurissoire beugte sich vor, um seine Krawatte zurechtzuzupfen.
Da, unter meiner Hand, der Doppeldrücker – während unser Tapir zerstreut in die Ferne glotzt – funktioniert wahrhaftig noch leichter, als ich gedacht hatte! ... Wenn ich langsam bis zwölf zählen kann, ohne draußen irgendein Licht zu sehen, so ist der Dickhäuter gerettet. Ich fange an: Eins; zwei; drei; vier (langsamer! langsamer!); fünf; sechs; sieben; acht; neun ... zehn ... Ein Licht! ...

II

Fleurissoire gab keinen Schrei von sich. Unter Lafcadios Stoß und angesichts des ihm plötzlich entgegenstarrenden Schlundes klammerte er sich mit der Linken an den glatten Türrahmen, während die Rechte, über Lafcadio hintenübergreifend, in verzerrt-pathetischem Schwung die zweite, eben zur Hand genommene Manschette bis weit unters Sitzpolster schleuderte.
Lafcadio fühlte eine widerliche Kralle in sein Genick haken. Er senkte den Kopf und stieß noch einmal zu, ungeduldiger als das erste Mal. Die Nägel fuhren ihm kratzend über den Hals. Fleurissoire, in letzter Not, fand nur noch den Biberhut zum Anpacken und nahm ihn mit bei seinem grausen Sturz in die Tiefe.
Jetzt ruhig Blut, dachte Lafcadio. Nur keinen Lärm machen mit der Tür: man könnte es nebenan hören.
Er zog die Tür gegen den Wind zu sich heran und drückte sie leise ins Schloß.
Er hat mir seinen ekelhaften Strohhut dagelassen, den ich ihm am liebsten mit einem Fußtritt nachgeschickt hätte; aber er hat meinen Biber genommen, und das muß genug sein für ihn. Gott sei gelobt, daß ich meine Initialen daraus entfernt habe! ... Allerdings, im Futter, da steht noch das Zeichen der Firma, bei der man auch nicht jeden Tag einen echten Biber bestellt ... Na, was geschehen ist, ist geschehen ... Könnte man einen Unfall vermuten? ... Kaum, da ich die Tür wieder zugemacht habe ... Soll ich

den Zug zum Stehen bringen? . . . Aber, mein guter Cadio, keine Retuschen! Alles ist, wie du's gewollt hast! . . .
Selbstbeherrschungsprobe: ich will mir zunächst in aller Ruhe diese Photographie ansehen, die der Alte soeben bewundert hat . . . *Miramar!* Reizt mich nicht besonders . . . Schlechte Luft hier im Wagen!
Er öffnete das Fenster.
Das Untier hat mich gekratzt. Ich blute . . . es tut recht weh. Ein bißchen Wasser drauf! Die Toilette ist links am Ende des Korridors. Ich will ein zweites Taschentuch mitnehmen.
Er nahm seine Reisetasche aus dem Netz und öffnete sie auf dem Polster seines Sitzplatzes.
Wenn ich im Gang jemand treffe: keinerlei Erregung! . . . Nein, mein Herz klopft nicht mehr. Also los! . . . Ah, seine Jacke! Die kann ich leicht unter der meinen verstecken. Papiere in der Tasche: Beschäftigung für den Rest der Fahrt.
Es war ein fadenscheinig-abgetragenes, lakritzenfarbenes und ihm etwas widerliches Jäckchen, das Lafcadio jetzt an den Kleiderhaken des engen Kabinetts hängte, in dem er sich einschloß. Dann, übers Waschbecken gebeugt, begann er sich im Spiegel zu untersuchen.
Sein Hals war an zwei Stellen recht häßlich verkratzt. Ein schmaler roter Streifen ging vom Nacken bis unters linke Ohr. Ein zweiter, kürzerer – eine richtige Schmarre – führte zwei Zentimeter höher geradewegs zum Ohr, dessen Läppchen etwas aufgerissen war. Das blutete; aber nicht stark. Dagegen machte sich jetzt ein ziemlich heftiger Schmerz bemerkbar. Lafcadio tauchte sein Taschentuch ins Wasser, stillte das Blut und wusch dann das Taschentuch aus.
Es hat nicht mal den Kragen schmutzig gemacht, dachte er, sein Aussehen noch einmal prüfend, alles geht gut.
In dem Moment, wo er den Waschraum verlassen wollte, pfiff die Lokomotive. Eine Reihe von Lichtern glitt am Milchglas des Fensters vorbei. Es war Capua. Auf diesem der Unfallstätte so nahen Bahnhof aussteigen und in der Dunkelheit schnell seinen Biberhut suchen . . . Der Gedanke stieg verführerisch in ihm auf. Wie gern hätte er den diskret-eleganten, seidig-schmiegsamen, unzerknitterbaren, luftig-erwärmenden Castor-Filz wiedergehabt! Aber spontanen Einfällen ohne weiteres zu erliegen, war ihm

ebenso verhaßt wie Unentschlossenheit: aus seiner Westentasche zog er den fetischartig gehüteten Würfel eines Tricktrackspieles, das ihm einst Baldi geschenkt:
Wenn ich sechs werfe, steig' ich aus!
Er warf fünf.
Ich steig' trotzdem aus. Schnell, die Jacke des Abgestürzten! ... Und nun meine Reisetasche ...
Er lief den Korridor entlang, seinem Coupé zu.
Ziemt dem Wunder irgendwelches Pathos? Je überraschender das Geschehnis, um so simpler wird mein Bericht sein. Ich künde ganz einfach: Als Lafcadio in sein Coupé zurückkam, um seine Reisetasche zu holen, war die Reisetasche nicht mehr da.
War er in eine falsche Box geraten? Er eilte wieder auf den Gang hinaus ... Nein, dies war ganz unverkennbar sein Coupé! Da hing ja auch das Bild von Miramar, dem hohen Schloß am Meer ... Also was? Mit einem Sprung war er am Fenster und glaubte zu träumen: da, auf dem Bahnsteig, noch gar nicht weit von ihm, schwebte seine Reisetasche gemächlich weg, an der Hand eines großen Kerls, der sie in aller Gemütsruhe davontrug.
Lafcadio wollte nachstürzen. Die Bewegung, die er machte, um die Tür zu öffnen, ließ die lakritzenfarbene Jacke zu seinen Füßen gleiten.
Teufel! Teufel! Beinah hätt' ich mich 'reingeritten! ... Immerhin liefe der Spaßvogel vielleicht ein bißchen rascher, wenn er mich in seinem Rücken wüßte ... Ob er gesehen hat?! ...
In diesem Moment rieselte dem Vornübergebeugten ein Blutstropfen über die Wange.
Na: Pech für die Reisetasche! ... Der Würfel hat recht gehabt: ich soll hier nicht aussteigen!
Er schloß die Coupétür und setzte sich.
Nichts an Papieren in der Reisetasche; und meine Wäsche ist nicht gezeichnet; was für eine Gefahr droht mir also? ... Trotzdem lautet die klügste (wenn auch vielleicht nicht amüsanteste) Parole: So rasch wie möglich an Bord!
Mittlerweile hatte sich der Zug wieder in Bewegung gesetzt.
Nicht um die Tasche tut's mir leid ... aber um meinen Biber, den ich gern aufgefischt hätte. Na, Schwamm drüber!
Er stopfte sich ein neues Pfeifchen, zündete es an, senkte darauf seine Hand in die Innentasche der Tapir-Jacke und entnahm ihr

stracks einen Arnica-Brief, ein Rundreiseheft der Agentur Cook und ein gelbes Kuvert, das er öffnete.

Drei, vier, fünf, sechs Scheine zu tausend ... Interessiert einen Gentleman nicht.

Er tat die Scheine wieder ins Kuvert und letzteres in Amadeus' Jackentasche.

Als er aber einen Augenblick später das Cook-Heft untersuchte, da hatte Lafcadio ein Gefühl, als schwanke um ihn die Realität. Auf der ersten Seite stand ein Name geschrieben: *Julius de Baraglioul.*

Werde ich verrückt? dachte er. Wie kommt Julius hierher? ... Gestohlenes Billett? ... Nein; unmöglich! Offenbar geliehenes Billett! Teufel! Teufel! Sollte ich da eine eklatante Dummheit gemacht haben? Solche Greise haben augenscheinlich weitere Verzweigungen, als man anzunehmen geneigt ist ...

Voller Spannung öffnete er Arnicas Brief, las ihn aber zu fieberhaft, als daß er genauere Schlüsse auf Julius' und des Alten Beziehung oder Verwandtschaft daraus hätte ziehen können. Eins jedoch trat in sein Bewußtsein: Julius war in Rom! Und sofort war sein Entschluß gefaßt (der Wiedersehenslust mischte sich brennende Neugier, wie die Affäre auf des Bruders ruhige Logik wirken werde):

Abgemacht! Ich übernachte heute in Neapel, hole meine Koffer, und morgen bringt mich der erste Zug nach Rom zurück. Das ist gewiß nicht besonders klug, verspricht aber mehr Amüsement, als wenn ich Hals über Kopf an Bord des Java-Dampfers ginge!

III

In Neapel nahm Lafcadio (seinen Koffer mit sich führend, denn Ankömmlinge ohne Gepäck sind verdächtig) Quartier in einem der Hotels am Bahnhof. Dann besorgte er sich die paar Toilettengegenstände, die ihm fehlten, und einen Hut zum Ersatz des abscheulichen (und ihm zu engen) Strohhuts, den Fleurissoire ihm zurückgelassen hatte. Den gleichfalls geplanten Ankauf eines Revolvers mußte er, weil die Läden schon geschlossen wurden, auf morgen verschieben.

Der Zug ging zu früher Stunde ab und war mittags in Rom.

Lafcadios Absicht war, Julius erst aufzusuchen, nachdem die Zeitungen des „Verbrechens“ Erwähnung getan hätten. Des *Verbrechens!* Das Wort schien ihm absurd; und völlig unpassend, auf ihn angewandt, die Bezeichnung: *Verbrecher.* Er zog den Ausdruck *Abenteurer* vor, dessen taktvolle Schmiegsamkeit es mit seinem Biberhut aufnehmen konnte . . .
Die Morgenblätter wußten noch nichts von dem *Abenteuer.* So wartete er auf die Abendpresse. Befände er sich doch Julius erst gegenüber, und die Partie entspönne sich! Er war ungeduldig wie ein versteckspielendes Kind, das gewißlich nicht gefunden, aber doch wenigstens gesucht sein will. In nervöser Langeweile schlenderte er durch die Straßen, und die Passanten erschienen ihm schmal und widerlich.
Als der Abend gekommen war, kaufte er auf dem Corso von einem Zeitungsjungen den *Corriere.* Trat in ein Restaurant und ließ, aus trotziger Selbstsucht, während des Essens das Blatt unangerührt neben sich liegen. Verließ das Lokal und entfaltete nun vor einem hellen Schaufenster die Gazette, auf deren zweiter Seite – unter den „Vermischten Nachrichten“ – folgendes zu lesen war:

Verbrechen, Selbstmord . . . oder Unfall?

Auf der Endstation Neapel fanden Bahnbeamte im Gepäcknetz eines Coupés erster Klasse des von Rom angekommenen Zuges ein dunkelfarbiges Männerjackett. Die Innentasche desselben enthielt ein offenes Kuvert mit sechs Tausendfranken-Scheinen, aber keinerlei Identitätspapiere. Falls ein Verbrechen vorliegt, ist es schwer erklärbar, warum man eine so bedeutende Summe im Gewande des Opfers gelassen hat. Wenigstens scheint dies darauf hinzuweisen, daß nicht Raub das Motiv des Verbrechens gewesen ist.
Nichts im Coupé ließ auf einen stattgehabten Kampf schließen. Dagegen entdeckte man unter einem der Sitzpolster eine Manschette mit einem Doppelknopf: zwei durch ein vergoldetes Kettchen verbundene Katzengesichter aus sogenanntem Nebelachat (von der den Juwelieren unter dem Namen „Mondstein“ geläufigen Sorte).
Längs der Schienen sind eifrige Nachforschungen im Gange.

Lafcadio zerknitterte die Zeitung.
Nun auch noch Carolas Manschettenknöpfe! Dieser Kerl scheint eine Art Kollektiv-Museum gewesen zu sein!
Er wandte die Seite um und las unter den letzten Telegrammen:

RECENTISSIME
EINE LEICHE
AN DER EISENBAHNSTRECKE

Ohne weiterzulesen, eilte Lafcadio ins Grand-Hotel. Er kritzelte ein paar Worte auf seine Visitenkarte:

LAFCADIO WLUIKI
möchte sich erkundigen, ob Graf Julius von Baraglioul nicht einen Sekretär braucht.

Dann schickte er sie hinein.
Nach einer Weile erschien ein Lakai und führte ihn die Korridore entlang zu Julius.
Mit dem ersten Blick gewahrte Lafcadio in einer Ecke des Zimmers den *Corriere della Sera.* Auf dem Mitteltisch stand, entkorkt, eine große Flasche Eau de Cologne und verbreitete ihren starken Duft. Julius öffnete die Arme:
„Lafcadio, mein Freund! ... Wie glücklich bin ich, Sie zu sehen!"
Das Haar fiel ihm etwas wirr in die Schläfe. Er schien in einer gewissen Ekstase zu sein. Mit einem schwarzgetupften Taschentuch fächelte er sich Luft zu. „Sie sind von allen Erdensöhnen wohl derjenige, den ich heute abend am wenigsten erwartete und mit dem ich am liebsten plaudern möchte ... Hat Madame Carola Ihnen gesagt, daß ich hier bin?"
„Was für eine merkwürdige Frage!"
„Na: da ich ihr eben begegnet bin ... Übrigens bin ich nicht sicher, ob sie mich erkannt hat."
„Carola!? Ist sie denn in Rom?"
„Wußten Sie das nicht?"
„Ich komme eben von Sizilien, und Sie sind die erste Seele, die ich hier finde. Ich lege keinen Wert darauf, jene andere wiederzusehen."

„Sie schien mir recht hübsch zu sein."
„Sie machen wenig Ansprüche!"
„Ich wollte sagen: viel hübscher als in Paris."
„Das kommt vom Wechsel des Milieus. Wenn Sie jedoch Appetit haben sollten ..."
„Lafcadio, das ist nicht der geziemende Ton zwischen uns beiden!"
Julius versuchte, streng auszusehen, brachte es aber nur zu einer Grimasse und fuhr fort:
„Sie finden mich in großer Aufregung. Ich stehe an einem Wendepunkt meines Lebens. Mir brennt der Kopf, und mein ganzer Körper scheint sich auflösen zu wollen in taumeliges Gewölk. Seit drei Tagen, die ich (wegen eines Soziologenkongresses) hier in Rom bin, falle ich von einer Überraschung in die andere. Ihr Kommen, Lafcadio, macht das Maß voll ... Ich kenne mich nicht mehr."
Er wanderte mit großen Schritten im Zimmer auf und ab. Machte vorm Tische halt, goß sich einen Schuß Eau de Cologne aufs Taschentuch, preßte letzteres gegen die Stirn und beließ es da.
„Mein junger Freund ... (ich darf Sie doch so nennen?) ... Ich glaube, ich habe mein neues Buch! Die (wenn auch etwas kecke) Art, mit der Sie in Paris meine *Höhenluft* beurteilten, gibt mir Hoffnung, daß *dies* Werk Sie weniger kalt lassen wird."
Seine Füße versuchten sich in einem Luftsprung. Das Taschentuch fiel zu Boden. Lafcadio beeilte sich, es aufzuheben, und in dem Augenblick, wo er niedergebückt war, fühlte er auf seiner Schulter die leise Berührung von Julius' (genau wie neulich von des alten Justus-Agenor) Hand. Lächelnd richtete er sich wieder auf.
„Ich kenne Sie erst so kurze Zeit", sagte Julius, „aber heute abend verlangt es mich, mit Ihnen zu sprechen wie mit einem ..."
Er hielt inne.
„Ich höre Ihnen zu wie ein Bruder, Monsieur de Baraglioul", versetzte Lafcadio mutwillig, „da Sie mich so freundlich dazu auffordern."
„Sehen Sie, Lafcadio, unter meinen Pariser Bekannten, unter all diesen Salonmenschen, Klerikern, Literaten, Akademikern, gibt es keinen, dem ich das Neue, das mich beschäftigt, mit einiger Hoffnung auf Resonanz entgegenbringen könnte. Denn ich muß Ihnen gestehen, daß seit unserer ersten Begegnung mein Gesichtspunkt sich völlig verändert hat."

„Das ist ja ungemein erfreulich", sagte Lafcadio impertinent.
„Da Sie nicht vom Fach sind, so wird es Ihnen kaum glaublich erschienen, in wie hohem Grade eine irrtümliche Ethik den Flug der Schöpferkraft behindert. Und so ist denn nichts meinen bisherigen Romanen unähnlicher als der, den ich jetzt vorhabe. Die Logik und Konsequenz, die ich von meinen Figuren heischte: der Sicherheit halber forderte ich sie zunächst von mir selbst. Das war unnatürlich. Wir wachsen lieber schief, als daß wir unserem a priori konzipierten Bilde nicht glichen. Das ist abgeschmackt."
Lafcadio lächelte immer noch. Er ließ den anderen reden und erkannte belustigt den fernen Abschein seiner eigenen Äußerungen.
„Was soll ich Ihnen sagen, Lafcadio? Zum erstenmal sehe ich freies Feld vor mir ... Verstehen Sie, was das bedeutet: freies Feld?! ... Ich sage mir allerdings, daß im Grunde das Feld schon immer frei war und daß bis jetzt nur unlautere Rücksichten mir den Genuß dieser Freiheit entzogen haben: Rücksichten auf die Karriere, auf das Publikum und auf schnöde Kritiker, von denen der wahre Dichter vergebens einen Kranz erhofft. Hinfüro jedoch erwarte ich alles nur noch von mir selbst; hinfüro erwarte ich alles von der eigenen inneren Wahrheit; und meine Ansprüche an mich steigen mit den unbegrenzten Möglichkeiten, die ich jetzt in mir spüre. Da es nur auf dem Papier geschieht, so wage ich, ihnen freien Lauf zu lassen. Man wird ja sehen!"
Die Schultern zurückwerfend, atmete er tief. Darauf, neu andrängender Besorgnis eine Schulter entgegenhebend, fast wie einen Flügel, leiser, fast verschwörerisch:
„Und da sie nichts von mir wissen wollen, die Herren von der Akademie, so werde ich ihnen für diesen Boykott gute Gründe liefern. Denn bisher hatten sie keine. Bisher hatten sie keine!"
Seine Stimme, die letzten Worte skandierend, wurde schneidend.
– Pause. – Dann ruhiger:
„Ich denke mir also folgendes ... Hören Sie zu?"
„Bis in die Tiefen der Seele", scherzte Lafcadio.
„Und folgen mir?"
„Bis in den Abgrund der Hölle."
Julius befeuchtete wieder sein Taschentuch und setzte sich in einen Sessel. Ihm gegenüber saß Lafcadio rittlings auf seinem Stuhl.
„Es handelt sich um einen Jüngling, den ich zum Verbrecher machen will."

„Darin sehe ich keine Schwierigkeit."
„Hm, na!" machte Julius, der die Schwierigkeit seines Unterfangens nur ungern in Frage gestellt sah.
„Aber was könnte einen Romancier hindern, seiner Imagination die Zügel schießen zu lassen?"
„Je Ungewöhnlicheres ich beabsichtige, um so mehr muß ich's motivieren und begreiflich machen."
„Motive für ein Verbrechen finden sich leicht."
„Gewiß ... aber justament dafür will ich keine! Ich will kein Motiv fürs Verbrechen: es genügt mir, den Verbrecher zu motivieren. Ja, ich will ihn dahin bringen, daß er das Verbrechen ohne Grund und Nutzen begeht, daß er ein völlig unmotiviertes Verbrechen zu begehen wünscht."
Lafcadio begann, aufmerksamer hinzuhören.
„Eben in dieser spielerischen, allen Berechnungen des Profits fremden Veranlagung soll sich meines Helden seelische Eleganz äußern."
„Das ist vielleicht ziemlich ungewöhnlich ...", erkühnte sich Lafcadio.
„Nicht wahr!?" sagte Julius strahlend. „Nehmen wir hinzu, daß es ihm Freude macht, sich Zwang anzutun ..."
„Bis zur Selbstverfälschung ..."
„Injizieren wir ihm eine gehörige Dosis Lust am Gefährdetsein ..."
„Bravo!" rief Lafcadio heiter. „Wenn er jetzt noch dem Dämon der Neugier sein Ohr leiht, dürfte Ihr Schützling reif sein."
Und so, wechselweise sich überspringend und überholend, dann überholt, schienen sie Bockspringen miteinander zu spielen.
Julius: „Ich schildere zunächst seine Lehrjahre: er leistet Vortreffliches in kleinen Diebereien."
Lafcadio: „Ich habe mich oft gefragt, warum nicht häufiger welche begangen werden. Allerdings bietet sich die Gelegenheit meist nur dem, der, vor Not geschützt, keinen Reiz daran findet."
Julius: „Vor Not geschützt: das soll er sein. Und Reiz findet er nur an solchen Gelegenheiten, die einiges Geschick, eine gewisse Schläue von ihm verlangen ..."
Lafcadio: „Und ihn ein bißchen gefährden."
Julius: „Seine Lust am Risiko habe ich schon erwähnt. Er ist kein Gauner, der sich bereichern will, sondern ein Taschenspieler, ein

Artist, der seine Virtuosität ins Verschwindenlassen etwelcher Gegenstände legt."

Lafcadio: „Die Straflosigkeit ermutigt ihn . . ."

Julius: „Und ermüdet ihn zugleich. Wenn er nicht gefaßt wird, so, weil er sich Allzuleichtes vorgenommen hat."

Lafcadio: „Er wird das Gewagteste von sich fordern."

Julius: „Ich lasse ihn bedenken, daß . . ."

Lafcadio: „Sind Sie sicher, daß er etwas bedenkt?"

Julius: „. . . daß der Zwang, es zu begehen, den Urheber eines Verbrechens zu verraten pflegt."

Lafcadio: „Wir lassen ihn sehr gewandt sein."

Julius: „Ja: gewandt und kaltblütig. Veranschaulichen Sie sich doch: ein Verbrecher weder aus Leidenschaft noch aus Not! Der Grund, der ihn treibt, das Verbrechen zu begehen, ist eben der Trieb, ein Verbrechen ohne Grund zu begehen."

Lafcadio: „Sie, der Literat, erklügeln seinem Verbrechen den Grund; er begeht es einfach."

Julius: „Es gibt keinen Grund, den für einen Verbrecher zu nehmen, der sein Verbrechen ohne Grund begangen hat."

Lafcadio: „Sie verschwenden Ihren Scharfsinn. Auf dem Punkte, wohin Sie ihn gebracht haben, scheint er das zu sein, was man einen ‚freien Menschen' zu nennen beliebt."

Julius: „Eine Beute des ersten Anlasses."

Lafcadio: „Es drängt mich, ihn am Werke zu sehen. Welchen Anlaß gedenken Sie ihm zu bieten?"

Julius: „Nun, ich war mir noch im Zweifel. Ja, bis heute abend war ich mir darüber noch nicht klar . . . Und da bringt mir plötzlich die heutige Abendzeitung unter den Letzten Nachrichten genau das gewünschte Exempel! Welche Fügung des Schicksals! Wie schrecklich: denken Sie, mein Schwager ist gestern ermordet worden!"

Lafcadio: „Was? Der Kerl in der Eisenbahn, das war . . ."

Julius: „Amadeus Fleurissoire, dem ich mein Rundreisebillett geliehen und den ich an den Bahnhof gebracht hatte. Eine halbe Stunde vorher hatte er auf meiner Bank sechstausend Franken abgehoben, und da er sie bei sich trug, so verließ er mich nicht ohne Besorgnis; er nährte graue Ideen, was weiß ich?: Vorahnungen. Und dann, im Coupé . . . Aber Sie haben ja den Zeitungsbericht gelesen."

Lacfadio: „Nur die Überschriften im Vermischten Teil."
Julius: „Dann hören Sie zu, ich will es Ihnen vorlesen. (Er breitete den *Corriere* vor sich aus.) Ich übersetze es gleich:
Die Polizei, die längs der Bahnstrecke Rom–Neapel eifrige Nachforschungen anstellte, hat heute nachmittag im trockenen Bett des Volturno, fünf Kilometer von Capua, den Leichnam des Mannes entdeckt, dem zweifellos die gestern abend in einem Coupé gefundene Jacke gehörte. Es ist ein Mann von bescheidenem Äußeren, etwa fünfzig Jahre alt. (Er sah älter aus, als er war.) *Man hat keinerlei Papiere bei ihm gefunden, auf Grund deren man seine Identität hätte feststellen können.* (Das läßt mir immerhin noch ein wenig Hoffnung.) *Er ist augenscheinlich aus dem Wagen hinausgestoßen worden, und zwar heftig genug, um über das gerade an dieser Stelle in Reparatur befindliche und vorläufig nur durch Planken ersetzte Brückengeländer wegzufliegen.* (Was für ein Stil!) *Das Brückenniveau liegt mehr als fünfzehn Meter über dem Flußbett; der Tod muß infolge des Sturzes eingetreten sein, denn der Körper zeigt keine Spuren von Verletzungen. Er ist in Hemdsärmeln. Der rechte Arm trägt eine Manschette, gleich der im Coupé gefundenen, doch ohne Knopf . . .* (Was haben Sie?" – Julius hielt inne: Lafcadio war zusammengezuckt unter der in ihm aufblitzenden Mutmaßung, daß der Knopf nach dem Verbrechen entfernt worden sei. – Julius fuhr fort:) „*Seine linke Hand hielt krampfhaft einen weichen Filzhut umspannt . . .*"
„Einen weichen Filzhut! Diese Botokuden!" murmelte Lafcadio.
Julius hob die Nase übers Blatt: „Was wundert Sie?"
„Nichts, nichts! Lesen Sie nur weiter!"
„*. . . einen weichen Filzhut, der viel zu groß für ihn ist und wahrscheinlich dem Angreifer gehört hat. Das Firmenzeichen ist sorgfältig aus dem Futter herausgeschnitten: es fehlt dort ein Stück von der Größe und Form eines Lorbeerblattes . . .*"
Lafcadio erhob sich und stellte sich hinter Julius, um über dessen Schulter gebeugt, mitzulesen, oder auch, um seine Blässe zu verbergen. Jetzt konnte er nicht mehr im Zweifel sein: das Verbrechen war retuschiert worden; irgend jemand war dazwischengetreten und hatte das Firmenzeichen herausgeschnitten: vermutlich jener Unbekannte, der mit Lafcadios Reisetasche wegspaziert war.

Julius fuhr mittlerweile im Lesen fort:
„... *was auf die Vorsätzlichkeit dieses Verbrechens hinzudeuten scheint.* (Warum gerade dieses Verbrechens? Mein Held hatte vielleicht seine Vorsichtsmaßregeln für jede sich etwa bietende Gelegenheit getroffen ...) *Sogleich nach den polizeilichen Untersuchungen ist der Leichnam nach Neapel gebracht worden, um seine Identifizierung zu ermöglichen.* (Ja, ich weiß, sie haben da die Mittel und die Gewohnheit, Leichen sehr lange zu konservieren ...)"
„Sind Sie ganz sicher, daß er es ist?" – Lafcadios Stimme zitterte ein wenig.
„Alle Wetter: ich erwartete ihn heute abend zum Essen!"
„Haben Sie die Polizei verständigt?"
„Noch nicht. Ich muß erst meine Gedanken ein bißchen in Ordnung bringen. Da ich ja schon in Trauer bin, so brauche ich wenigstens in dieser Hinsicht (ich meine: in bezug auf schwarze Kleidung) nichts weiter zu unternehmen. Aber Sie begreifen, daß ich, sowie der Name des Opfers bekannt geworden sein wird, der ganzen Familie Mitteilung machen muß. Telegramme absenden, Briefe schreiben, Traueranzeigen bestellen, mich um die Beerdigung kümmern, nach Neapel fahren und die Leiche holen ... Oh, mein lieber Lafcadio, könnten Sie nicht – wegen dieses Kongresses, dem ich unbedingt beiwohnen muß – als mein Vertreter hinreisen und den Leichnam für mich abholen? ..."
„Das wollen wir gleich überlegen."
„Natürlich nur, falls die Aufregung nicht zu stark für Sie ist! ... Inzwischen erspare ich meiner armen Schwägerin grausame Stunden: wie könnten die unbestimmten Zeitungsmeldungen sie vermuten lassen ...? ... Doch ich komme auf mein Thema zurück. Als ich den Bericht im *Corriere* gelesen hatte, sagte ich mir: dieses Verbrechen, das ich mir so genau vorstelle, das ich vor Augen sehe und rekonstruiere – ich kenne ja leider den Grund, aus dem es begangen worden ist; und weiß, daß es ohne den Sechstausendfrankenköder nicht begangen worden wäre."
„Doch lassen Sie uns einmal annehmen, daß ..."
„Ja, nicht wahr? Lassen Sie uns einen Augenblick annehmen, Amadeus habe diese sechstausend Franken nicht bei sich gehabt, oder, noch besser: der Verbrecher habe sie nicht genommen –: dann wäre er mein Mann!"

Lafcadio hatte sich erhoben und nahm die Zeitung, die Julius hatte fallen lassen, vom Boden. Er schlug die zweite Seite auf:
„Ich sehe, daß Sie den vorhergegangenen Bericht nicht gelesen haben: der ... Verbrecher hat gerade die sechstausend Franken nicht genommen", sagte er so kaltblütig, wie er es vermochte. „Da, lesen Sie: ‚*Wenigstens scheint dies darauf hinzudeuten, daß nicht Raub das Motiv des Verbrechens gewesen ist*'."
Julius ergriff das Blatt, das Lafcadio ihm reichte, und las gierig. Fuhr sich mit der Hand über die Augen. Setzte sich. Stand hastig wieder auf und packte Lafcadio an beiden Armen:
„Nicht Raub das Motiv!" rief er wie entrückt und schüttelte den Jüngling wild. „Nicht Raub das Motiv! Aber dann ..." Er stieß Lafcadio von sich, rannte in die andere Ecke des Zimmers, fächelte sich Luft zu, schlug sich vor die Stirn, schneuzte sich: „Dann weiß ich, sapristi, warum dieser Bandit ihn ermordet hat! ... Ach, der arme, liebe Fleurissoire! So ist's also bittere Wahrheit, was er sagte! Und ich hielt ihn schon für wahnsinnig! ... Aber dann steht es ja grauenvoll um die Menschheit!"
Lafcadio wartete erstaunt auf das Ende der Krisis. Es verstimmte ihn ein wenig, daß Julius ihm so entschlüpfen zu wollen schien:
„Ich dachte, daß gerade Sie ..."
„Schweigen Sie! Sie wissen nichts! Und ich verliere meine Zeit mit Ihnen in lächerlichen Hirngespinsten ... Schnell Hut und Stock!"
„Wohin so eilig?"
„Auf die Polizei, selbstverständlich!"
Lafcadio verstellte ihm die Tür:
„Geben Sie mir zunächst eine Erklärung!" sagte er gebieterisch. „Man muß ja glauben, Sie würden verrückt!"
„Bis zu dieser Minute war ich verrückt: jetzt erwache ich aus dem Wahnsinn ... Ach, der bedauernswerte Fleurissoire! Ach, das unglückliche, heilige Opferlamm! Eben noch zur rechten Zeit hält sein Tod mich zurück auf dem Wege der Unbotmäßigkeit und Lästerung. Sein Opfertod rettet mich. Mich, der ich über ihn spottete! ..."
Er unterbrach sein aufgeregtes Hinundhergehen, legte Stock und Hut auf den Tisch und pflanzte sich vor Lafcadio auf:
„Sie wollen wissen, aus welchem Motiv dieser Schuft ihn ermordet hat?"

„Ich glaubte, es sei ganz ohne Motiv geschehen? ..."
Da geriet Julius in Wut:
„Es gibt kein Verbrechen ohne Motiv! ... Man hat sich seiner entledigt, weil er im Besitz eines Geheimnisses war ... das er mir anvertraut hat: eines ungeheuerlichen, übrigens für seine Kraft allzu schweren Geheimnisses! Man hatte Angst vor ihm, verstehen Sie?! Daran lag's ... Oh, Sie haben gut lachen, fremd, wie Ihnen alle Glaubensdinge sind!" – Dann, bleich, aufgerichtet: „Dieses Geheimnisses Erbe: das bin ich!"
„Und damit sind jetzt *Sie* es, vor dem man Angst haben wird!"
„Ein Grund mehr, die Polizei sofort zu alarmieren."
„Noch eine Frage", sagte Lafcadio, ihm abermals den Weg versperrend.
„Nein. Lassen Sie mich gehen! Es ist furchtbar dringend! Diese dauernde Umlauerung, die meinen armen Schwager so verstörte: natürlich wird sie sich jetzt gegen mich richten; ja, zweifellos ist sie schon längst gegen mich ins Werk gesetzt ... Sie machen sich keine Vorstellung davon, wie geschickt diese Leute sind! Diese Leute wissen alles, sage ich Ihnen ... Daß Sie, Lafcadio, an meiner Statt den Leichnam aus Neapel holen, das erwächst nun zur unumgänglichen Notwendigkeit! ... Von Spürhunden umschlichen, wie ich jetzt bin, kann man nie wissen, was mir unterwegs zustoßen würde! ... Lafcadio, mein Freund, darf ich Sie um diesen großen Dienst bitten? (Er flehte mit gefalteten Händen.) Im Moment fühl' ich mich etwas wirr, aber ich werde mich auf der Quästur erkundigen und Ihnen eine regelrechte Vollmacht ausstellen lassen ... Wohin kann ich sie Ihnen senden?"
„Der Bequemlichkeit halber werde ich in eben diesem Hotel ein Zimmer nehmen. Auf morgen also! Machen Sie rasch!"
Er ließ Julius sich entfernen. Ein heftiger Ekel stieg in ihm auf, ja, beinahe ein Haß gegen sich selbst und gegen Julius; gegen alle. Er zuckte mit den Achseln, dann nahm er aus seiner Tasche das auf den Namen Baraglioul ausgestellte Cooksche Rundreiseheft, das er in Fleurissoires Jacke gefunden hatte, placierte es recht auffällig auf den Tisch (schräg gegen die Eau-de-Cologne-Flasche gelehnt), drehte das elektrische Licht aus und verließ das Gemach.

IV

Trotz aller Vorsichtsmaßnahmen, die er traf, trotz all seiner Bitten und Vorstellungen auf der Quästur hatte Julius von Baraglioul es nicht verhindern können, daß die Zeitungen seiner Verwandtschaft mit dem Hingemordeten Erwähnung taten und sogar das Hotel, in dem er abgestiegen war, mit vollen Lettern nannten.

Als er gestern abend – es war schon gegen Mitternacht – von der Quästur nach Haus gekommen war, hatte er, zu seinem grenzenlosen Schreck, in seinem Zimmer das so auffällig hingebaute Cook-Heft gefunden, das auf seinen Namen ausgestellt war und dessen Fleurissoire sich bedient hatte. Er hatte sofort geklingelt, war in den Korridor hinausgeschlottert und hatte den Kellner gebeten, unterm Bette nachzusehen: er selbst getraue sich's nicht. Ein auf der Stelle vorgenommenes Verhör zeitigte kein Ergebnis; aber durfte man dem Hotelpersonal trauen?! ... Immerhin hatte Julius, hinter sorglich verriegelter Tür, die Nacht gut durchgeschlafen und war in leidlichem Behagen erwacht: er befand sich jetzt unter dem Schutze der Polizei. Er schrieb eine Anzahl Briefe und Depeschen und brachte sie selbst zur Post.

Bei seiner Rückkehr teilte man ihm mit, im Lesezimmer warte eine Dame auf ihn. Er begab sich dorthin und war nicht wenig überrascht, Carola Venitequa zu erblicken.

Nicht gleich im ersten Raum, sondern in einem halbdunklen Seitenkabinett hatte sie sich hinter einen runden Ecktisch gesetzt und blätterte, um sich Haltung zu geben, in illustrierten Zeitschriften. Als sie Julius eintreten sah, erhob sie sich mit verlegenem Lächeln. Ihr schwarzer Mantel bedeckte ein dunkles Kostüm von beinahe geschmackvoller Einfachheit. Ihr Hut war gleichfalls schwarz, aber auffallend und verräterisch.

„Sie werden mein Benehmen recht zudringlich finden, Herr Graf, und ich weiß selbst nicht, woher ich den Mut genommen habe, hierherzukommen und nach Ihnen zu fragen. Aber Sie haben mich gestern auf der Straße so liebenswürdig gegrüßt ... Und außerdem ist das, was ich Ihnen zu sagen habe, von hoher Wichtigkeit."

Sie blieb hinterm Tische stehen. Julius trat näher und reichte ihr über den Tisch hinüber die Hand:

„Was verschafft mir die Freude Ihres Besuches?"
Carola senkte das Haupt.
„Ich weiß, welcher Verlust Sie betroffen hat."
Julius begriff nicht ohne weiteres. Da aber Carola ein Taschentuch an die Augen führte:
„Ah! dies ist ein Kondolenzbesuch?"
„Ich kannte Herrn Fleurissoire", erwiderte sie.
„Wie?"
„Oh, noch nicht lange! Doch hatte ich ihn sehr lieb. Er war so freundlich, so gut ... Von mir hat er auch die Manschettenknöpfe bekommen, von denen in der Zeitung die Rede ist und an denen ich gemerkt habe, daß er es war. Aber ich wußte nicht, daß es sich um Ihren Herrn Schwager handelte. Das hat mich ebensosehr überrascht wie erfreut ... Oh, pardon! das wollte ich nicht sagen!"
„Ich versteh' schon, liebes Fräulein: Sie wollten offenbar sagen, die Gelegenheit, mich wiederzusehen, habe Sie erfreut."
Ohne zu antworten, barg Carola das Gesicht in ihr Taschentuch.
Julius nahm der Schluchzenden andere Hand:
„Auch mich, liebes Fräulein, glauben Sie mir, auch mich ..."
„Noch an dem Morgen seiner Abreise riet ich ihm zum Mißtrauen. Aber derlei lag nicht in seiner Natur ... Er war zu vertrauensselig, wissen Sie!"
„Er war ein Heiliger, mein Fräulein! Ein wahrer Heiliger!" rief Julius pathetisch und brachte ebenfalls ein Taschentuch zum Vorschein.
„Das wurde mir sofort klar", bestätigte Carola. „Nachts, als er mich schlafend wähnte, stand er auf, kniete vorm Bett nieder und ..."
Dies unwillkürliche Geständnis machte Julius' Aufgewühltheit voll. Er steckte sein Taschentuch wieder ein und rückte etwas näher:
„Nehmen Sie doch Ihren Hut ab, liebes Fräulein."
„Danke; er geniert mich nicht."
„Aber mich geniert er ... Darf ich ..."
Doch angesichts ihres befremdeten Zurückweichens wurde er seiner Abschweifung Herr.
„Darf ich ... Sie fragen, ob Sie einen besonderen Grund zur Angst hatten?"

„Ich?"
„Ja: als Sie meinem Schwager zum Mißtrauen rieten, hatten Sie da einen besonderen Grund, zu vermuten, daß ... Sprechen Sie ganz unbesorgt: des Vormittags verirrt sich kein Mensch hierher, und es kann uns absolut niemand belauschen. Haben Sie irgend jemand in Verdacht?"
Carola starrte gesenkten Kopfes vor sich hin.
„Das interessiert mich natürlich brennend", fuhr Julius mit geläufiger Zunge fort. „Versetzen Sie sich, bitte, in meine Lage! Als ich gestern abend von der Quästur, wo ich meine Aussage gemacht hatte, nach Hause kam, fand ich in meinem Zimmer, schön mitten auf den Tisch gelegt, das Eisenbahnbillett, mit dem der arme Fleurissoire gereist war. Es lautete auf meinen Namen. Diese Rundreisebilletts sind ja eigentlich streng persönlich, und ich hätte es keinesfalls verleihen dürfen; doch darauf kommt es jetzt nicht an ... In der Tatsache, daß man mir während meiner Abwesenheit mein Billett zynisch in mein Zimmer zurückbringt, muß ich eine prahlerische Herausforderung und fast eine Beleidigung erblicken ... die mich selbstverständlich kalt lassen würde, wenn ich nicht gute Gründe hätte, mich nun meinerseits aufs Korn genommen zu fühlen, und zwar aus folgender Ursache: Der arme Fleurissoire, Ihr Freund, war im Besitz eines Geheimnisses ... nach dem ich nicht gefragt habe ... das ich durchaus nicht zu wissen begehrte ... das er mir aber aus törichter Schwäche anvertraut hat. Und jetzt frage ich Sie: wird jener Unbekannte, der, um dies Geheimnis zu ersticken, vor einem Morde nicht zurückgeschreckt ist, etwa Bedenken tragen ... Sie wissen, wer es ist?"
„Beruhigen Sie sich, Herr Graf: ich habe ihn gestern abend der Polizei angezeigt."
„Fräulein Carola: nicht weniger habe ich von Ihnen erwartet."
„Er hatte mir versprochen, ihm kein Leids anzutun; und er brauchte sein Versprechen nur zu halten, damit ich auch das meinige hielt. Jetzt hab' ich genug von ihm; er kann mit mir anfangen, was er will!"
Carola geriet in Erregung. Julius, zu ihr hinter den Tisch tretend, rückte abermals näher:
„In meinem Zimmer ließe sich's vielleicht angenehmer plaudern?"
„Oh, Monsieur", erwiderte Carola, „ich hab' Ihnen alles gesagt,

was ich Ihnen zu sagen hatte; und ich möchte Ihre Zeit jetzt nicht länger in Anspruch nehmen."

Im weiteren Zurückweichen war sie rund um den Tisch herumgelangt und fand sich neben dem Ausgange wieder.

„Es ist besser, wenn wir uns jetzt verabschieden, Mademoiselle", erklärte salbungsvoll, des Widerstehens Ruhm für sich in Anspruch nehmend, Julius. „Und was ich noch sagen wollte: falls Sie übermorgen dem Begräbnis beizuwohnen gedenken, so ist's besser, wenn Sie mich nicht erkennen."

Mit diesen Worten trennten sie sich, ohne daß der Name des unbeargwöhnten Lafcadio ausgesprochen worden wäre.

V

Lafcadio brachte Fleurissoires sterbliche Hülle von Neapel nach Rom. Sie befand sich am Ende des Zuges in einem Leichenwagen, von dessen Benutzung Lafcadio sich selbst jedoch dispensiert hatte. Immerhin fuhr er, schicklicherweise, in dem der Leiche nächstrollenden Waggon erster Klasse (dazwischen war noch ein Wagen „zweiter"). Frühmorgens von Rom abgereist, sollte er selbigen Abends dort zurück sein. Ungern gestand er sich das ihm neue (und ihm so verächtliche) Gefühl der Langeweile, dieses geheimen Übels, vor dem junge Triebe, harte Nöte ihn bisher bewahrt hatten. Sein Coupé verlassend, irrte er mißmutig den Korridor entlang: eine Beute dumpfer Neugier und halber Sucht nach Ungeschmecktem, nach Absurdem. Alles erschien ihm reizlos. Auf die Fahrt über See hatte er ganz verzichtet: Borneo lockte ihn ebensowenig wie der Rest von Italien. Kaum noch für die Folgen seines Abenteuers (das er jetzt „peinlich-dumm" nannte) brachte er Interesse auf. Er war erbittert auf ein Opfertier, das sich nicht besser verteidigt hatte; er protestierte gegen Amadeus' Jammerbild und hätte es radikal von seiner Netzhaut tilgen mögen.

Den Witzbold hingegen, der so urgemütlich mit seiner Reisetasche ausgerückt war: den hätte er gern wiedergesehen! Das mußte ein famoser Kerl sein! ... Und als könne er ihn finden, lehnte er sich in Capua aus dem Fenster und durchsuchte mit den Augen den leeren Perron. Aber würde er ihn denn etwa erkennen? Er hatte ja nur in der Dämmerung seinen entschwindenden Rücken gesehen

... Er folgte ihm in Gedanken durch die Nacht, wie er das Flußbett erreichte, den Leichnam fand, ihn ausplünderte und keck aus dem Futter seines Hutes (des Lafcadio-Bibers! ...) jenes „Stück von der Größe und Form eines Lorbeerblattes" (wie die Zeitung so elegant gesagt hatte) herausschnitt. Daß der Strauch- und Reisetaschendieb diesen kleinen, die Adresse von Lafcadios Hutlieferanten enthaltenden Beweisfetzen der Polizei vorweg geschnappt hatte, dafür war Lafcadio ihm kaum besonders dankbar. Vermutlich hatte der Herr Leichenfledderer auch seinerseits tausend Gründe, die Aufmerksamkeit der Polizei nicht auf sich zu lenken. Falls er trotz allem irgendwelchen Nutzen aus seinem Lorbeerblatt herauszuschlagen gedächte; nun, dann könnte es vielleicht ganz interessant sein, in Unterhandlungen mit ihm einzutreten ...

Es war Nacht geworden. Ein Speisewagenkellner durchlief den Korridor und meldete, das Diner für die Reisenden erster und zweiter Klasse sei angerichtet. Ohne Appetit, aber wenigstens für eine Stunde dem Nichtstun entrissen, machte sich Lafcadio auf den Weg, einigen Vorangehenden in ziemlichem Abstand folgend. Der Speisewagen war ganz vorn im Zuge. Die Waggons, durch die Lafcadio ging, waren leer; auf etlichen der Sitzpolster lagen, der Dinierenden Platz anzeigend und reservierend, Schals, Kissen, Bücher, Journale. Eine Aktenmappe zog des jungen Mannes Blick auf sich. Da niemand hinter ihm kam, blieb er vorm Coupé stehen; trat ein. Im Grunde interessierte ihn die Aktenmappe gar nicht besonders; und wenn er sie durchsuchte, so war wohl ein übertriebenes Pflichtbewußtsein daran schuld.

Auf der Innenseite des Deckels dieser Mappe stand, in diskreten Goldbuchstaben eingepreßt, Name und Provenienz ihres Inhabers:

DEFOUQUEBLIZE
Juristische Fakultät
der Universität Bordeaux

Sie barg zwei Broschüren über Strafrecht und sechs Nummern der „*Gerichtszeitung*".

„Noch so ein Stück Hornvieh für den Soziologenkongreß! ... Uäh!" dachte Lafcadio, während er alles schnell wieder in Ord-

nung brachte. Dann eilte er der kleinen, dem Speisewagen zustrebenden Schar nach.
Den Gänsemarsch beschlossen, beide in tiefer Trauer, ein zartes Mägdelein und seine Frau Mama. Ihnen unmittelbar voran schritt ein Herr in Gehrock und Zylinderhut, mit langen Haarsträhnen und ergrauendem Backenbart: offenbar Monsieur Defouqueblize, der Besitzer der Aktentasche. Die Wagen stießen und ratterten, und man kam nur unbequem vorwärts. Als bei der letzten Korridorecke der Professor eben die zum Speisewagen führende Harmonikaverbindung betreten wollte, ließ ein heftiger Ruck ihn stolpern. Brüskes Ringen ums Gleichgewicht schleuderte seinen Kneifer vom gerissenen Bande in den Winkel des kleinen Vorplatzes vorm WC. Während er sich, augenglassuchend, bückte, gingen Dame und Mädchen an ihm vorbei. Eine Minute lang bebetrachtete Lafcadio amüsiert des elendiglich am Boden entlang schnüffelnden, bärenplump tappenden, à la ‚Häschen in der Grube' herumhüpfenden, zappelig im Wesenlosen schwimmenden Wissenschaftlers erbarmungswürdige Bemühungen . . . Na, los, Lafcadio, tu, was dein (nicht verdorbenes) Herz dir eingibt! Hilf dem Hilflosen! Reich ihm sein unentbehrliches Glas, das er sonst gar noch zertreten wird! . . . In diesem Augenblick warf ein neuer Stoß den Unglücksmenschen gesenkten Hauptes gegen die WC-Tür; der Zylinder, halb eingetrieben und sich den Ohren überstülpend, milderte den Anprall. Monsieur Defouqueblize seufzte; richtete sich hoch; nahm den Zylinder ab. Lafcadio taxierte, nun sei's genug des grausamen Spiels, hob den Kneifer auf, legte ihn in die bittflehend hingehaltene Angströhre und entzog sich, schnell weitergehend, jeglichem Dankversuch.
Das Mahl hatte begonnen. Rechts neben der Glastür setzte sich Lafcadio an einen Tisch mit zwei Gedecken. Der Platz ihm gegenüber blieb frei. Links vom Mittelgang, in gleicher Höhe wie er, saß an einem Tisch von vier Gedecken, deren zwei unbenutzt blieben, die Witwe mit ihrer Tochter.
Wie öde sind solche Zusammenkünfte! dachte Lafcadio, die Gäste flüchtig musternd und keinen eines Blickes wert findend. All dies Gesindel erledigt des Daseins doch immerhin abwechslungsfähigen Lauf wie einen dumpfen Trott . . . Und jämmerlich angezogen ist das Pack! Nackt wär's vollends unansehbar! . . . Ich sterbe noch vorm Dessert, wenn ich mir nicht gleich Champagner bestelle!

Herein kam der Professor. Augenscheinlich hatte er sich eben die bei der Kneifersuche schmutzig gewordenen Hände gewaschen; er sah prüfend auf seine Nägel. Ein Kellner wies ihm den leeren Platz gegenüber von Lafcadio an. Der Weinkellner ging von Tisch zu Tisch. Lafcadio bezeichnete ihm wortlos auf der Karte einen Montebello Grand-Crémant zu zwanzig Franken, während sein Vis-à-vis, Monsieur Defouqueblize, eine Flasche Mineralwasser bestellte. Jetzt nahm der Gelehrte seinen Kneifer zwischen zwei Finger, hauchte auf die Gläser und reinigte sie ausführlich mit dem Zipfel seiner Serviette. Lafcadio beobachtete ihn und wunderte sich über seine Maulwurfsaugen, die aus dicken, geröteten Lidern hervorblinzelten.

Gott sei Dank weiß er nicht, daß ich es bin, der ihm sein Augenlicht wiedergegeben hat ... Falls er etwa Dankeshymnen plärrt, such' ich mir sofort einen anderen Platz!

Der Weinkellner kam mit Mineralwasser und Champagner. Diesen entkorkte er zuerst und stellte ihn zwischen die beiden Tischgenossen. Defouqueblize, in professoraler Zerstreutheit, ergriff die Champagnerflasche, schenkte sich ein ganzes Glas voll daraus ein und stürzte es in einem Zuge hinunter ... Der Kellner machte eine Bewegung, aber Lafcadio hielt ihn lachend zurück.

„Oh, was trinke ich denn da?" schrie Defouqueblize entsetzt.

„Den Montebello Ihres Herrn Gegenüber", antwortete zeremoniell der Kellner. „Und hier ist auch Ihr Mineralwasser!"

Er stellte die andere Flasche vor ihn hin.

„Ich bin untröstlich, mein Herr ... Ich sehe so schlecht! – Mir ist ganz wirr vor den Augen ..."

„Aber entschuldigen Sie sich doch, bitte, nicht", sagte Lafcadio, „sondern trinken Sie lieber noch ein Glas, wenn's Ihnen geschmeckt hat!"

„Ach, mein Herr, es hat mich geradezu angewidert! Und nur mein mißlicher Durst erklärt wohl dieses Hinuntergießen eines gerüttelt vollen Glases ... Sagen Sie mir, bitte: ist dieser Wein sehr stark? ... Ich trinke nämlich sonst nur Wasser ... Der kleinste Tropfen Alkohol steigt mir zu Kopf ... O Gott, o Gott, wie wird's mir nur gehen? ... Ich will lieber gleich ins Coupé zurückwandern und mich hinlegen!" Er schien aufstehen zu wollen.

„Aber so bleiben Sie doch, bester Herr!" bat Lafcadio erheitert. „Essen Sie tüchtig und machen Sie sich keine Sorgen wegen des

Babyschluckes, den Sie getrunken haben! Nachher will ich Sie gern in Ihren Wagen zurückgeleiten, wenn Ihnen das eine Beruhigung ist."

„Oh, danke tausendmal! ... Aber ich verstehe nicht, wie Sie ... Darf ich Ihnen nicht etwas Mineralwasser anbieten?"

„Allzu gütig: mein Champagner ist mir lieber!"

„Ha, das war also Champagner!? Und ... Sie wollen das alles austrinken?"

„Nur um Sie zu überzeugen, daß Ihre Angst unbegründet war!"

„Ach, Sie haben ein edles Herz! Trotzdem würde ich an Ihrer Stelle ..."

„Aber so essen Sie doch ein bißchen!" unterbrach ihn Lafcadio, dessen Aufmerksamkeit sich nun dem bisher offenbar unterschätzten Reiz der Witwe zuzuwenden begann.

Sicherlich eine Italienerin ... Offizierswitwe oder dergleichen. Wie elegant sie war bei aller Einfachheit! Wie dezent ihr Benehmen! Wie klar ihr Blick! Wie rein die Stirn! Wie klug ihre Hände! ... Und des graziösen Töchterleins durch frühe Melancholie gedämpfte Kindlichkeit! ... Oh, Lafcadio, solange du empfänglich bleibst für solcher Sphären Harmonie, solange bist du nicht verloren! Vor solchen Wesen wiche der Dämon; solchen Wesen ergäbe sich wohl jubelnd dein rebellisches Herz ...

In diesem Augenblick wechselte der Kellner die Teller. Lafcadio ließ den seinen unbeendet abräumen – so kraß verblüffte ihn, was er plötzlich sah: die Witwe, die distinguierte Witwe bückte sich dem Mittelgang zu, hob mit der natürlichsten Gebärde gelassen ihren Rock hoch und enthüllte Scharlachstrumpf und Musterwade.

Welcher Knalleffekt in so ernsthafter Symphonie! War alles nur ein Traum?! ... Indessen servierte der Kellner den Braten. Lafcadio wollte sich bedienen. Sein Blick fiel auf seinen Teller, und was er da sah, gab ihm den Rest:

Da, vor ihm, mitten auf dem Teller, lag, aus boshaften Wolken gefallen, grauenvoll-unverkennbar in all seiner Häßlichkeit ein Katzengesicht-Manschettenknopf von Carola: gewißlich derjenige, der an Fleurissoires zweiter Manschette fehlte! ... Oh, verdammter Höllenspuk! ... Aber dienstwillig präsentiert der Kellner die Platte. Mit einer wie säubernd über den Teller fahrenden Handbewegung läßt Lafcadio den widerlichen Schmuck aufs

Tischtuch gleiten, stellt den Teller darüber, bedient sich reichlich, leert ein Glas Champagner und füllt es von neuem. Denn wenn jetzt schon der nüchterne Mensch Visionen hat! ... Doch nein, es war keine Sinnestäuschung: Lafcadio hört das Katzengesicht unterm Teller knirschen; behutsam hebt er letzteren ein wenig in die Höhe und bemächtigt sich des Knopfes; steckt ihn in seine Westentasche; fühlt tastend noch ein paarmal hin, vergewissert sich: der Knopf ist da, in absoluter Sicherheit ... Aber wie war er nur auf den Teller gekommen? Wer hat ihn da hingelegt? ...

Lafcadio sieht Defouqueblize an —: der Rechtsgelehrte speist harmlos, die Nase tief in die Schüssel versenkt. Lafcadio, um auf andere Gedanken zu kommen, beäugt von neuem die Wittib. Aber deren Haltung und Äußeres ist wieder ganz banal-wohlanständig geworden; und jetzt erscheint sie ihm auch lange nicht mehr so reizvoll. Er versucht sich die aufregende Sichtbarmachung des roten Strumpfes zu rekonstruieren; es gelingt ihm nicht. Er versucht sich den Knopf auf dem Teller wieder vorzustellen, und wenn er ihn nicht hart und real in seiner Westentasche fühlte, so würde er gewiß zweifeln ob ...

Aber warum, zum Teufel, hatte er ihn denn genommen, diesen Knopf, der ihm nicht gehörte?! In solchem instinktiven, erzdummen Zugriff: welches Geständnis! Welche Selbstbezichtigung vor den Augen des Unbekannten, der ihn jetzt wohl beobachtet und belauert und der vielleicht ein Späher der Geheimpolizei ist! ... In die grobe Falle ist er, Lafcadio, hineingetappt wie ein rechter Debütant! Er fühlt sich erbleichen. Hastig guckt er sich um: hinter der Glastür scheint niemand zu sein ... Aber vorhin wird ihn gewiß jemand gesehen haben! Er zwingt sich, zu essen: die Zähne wollen nicht auseinander ... Der arme Lafcadio! Nicht seinen Mord bereut er, sondern den unüberlegten Griff, der diesen Mord vielleicht verraten hat ... Was hat der Professor ihn plötzlich so infam anzulächeln!?

Defouqueblize hatte seine Mahlzeit beendet und wischte sich die Lippen. Stützte beide Ellbogen auf den Tisch und zerknitterte nervös seine Serviette. Sah Lafcadio an. Vollführte absonderliche Mundzuckungen. Hielt sich nicht länger:

„Dürfte ich's wohl wagen, mein Herr, noch ein Minimalschlückchen Ihres Getränkes von Ihnen zu erbitten?"

Und schob sein Glas zimperlich in den Bereich der nun fast leeren Champagnerflasche.

Lafcadio, solcher Ablenkung froh, goß ihm die letzten Tropfen ein:

„Nicht mehr viel drin ... Soll ich eine neue Flasche bestellen?"

„Eine halbe würde wohl genügen!"

Defouqueblize war schon ein bißchen dun. Amüsiert ließ Lafcadio eine zweite Flasche Montebello entkorken.

„Nein, nein! Schenken Sie mir nicht so viel ein!" rief Defouqueblize, sein Wackelglas hinhaltend. „Komisch: zuerst schmeckte mir das Zeugs gar nicht ... Man verungeheuerlicht ja alles, was man nicht kennt ... Ich glaubte, ich tränke Mineralwasser, und dachte: für Mineralwasser schmeckt das aber sonderbar! ... Wenn man Ihnen, mein werter Herr, anstatt Ihres Schaumweins Mineralwasser eingösse, so dächten Sie wohl auch: für Schaumwein schmeckt das aber sonderbar – nicht?"

Lachend beugte er sich zum lachenden Lafcadio hinüber und sagte halblaut:

„Ich weiß gar nicht, was ich so zu lachen habe! Ihr Wein ist doch wohl ein bißchen gefährlicher, als Sie selber glauben, he, he! Aber Sie bringen mich ja gleich in mein Coupé zurück, nicht? Da sind wir dann ganz allein, und wenn ich mich unpassend benehmen sollte, so wissen Sie, warum!"

„Auf Reisen", bemerkte Lafcadio, „hat das weiter keine Folgen."

„Ach", hakte der andere prompt ein, „wenn man doch bei allem, was man im Leben tut, sicher wäre, daß es ‚weiter keine Folgen' hätte, daß es einen unverpflichtet ließe! ... Sehen Sie mal: selbst dieses harmlosen Gedankens, den ich da eben ausgesprochen habe, würde ich mich zum Beispiel in Bordeaux keineswegs so offenkundig erdreisten dürfen! Ich sage: Bordeaux, weil Bordeaux mein Wohnort ist. Ich bin dort bekannt und geachtet als ehrbarer Hagestolz und jurisprudenter Universitätsprofessor. Mein Spezialfach ist die vergleichende Kriminologie: eine ganz neue Wissenschaft ... Sie begreifen, daß ich mir da keine Beschwipsungen gönnen darf! Mein Leben muß respektabel sein. Der Skandal, wenn einer meiner Prüflinge mich den Hafen entlangtorkeln sähe! ... Respektabel! Und das ohne Zwang! Darauf kommt's an ... Die Leute dürfen nicht etwa wispern: ‚Monsieur Defou-

queblize (so heiße ich nämlich), der hält sich gehörig im Zaum!'
... Nein: man muß als hochehrenwertes Fakultätsmitglied nicht nur nichts Dolles tun, sondern allen Mitbürgern die Garantie bieten, daß man mit dem besten (oder schlimmsten) Willen gar nichts Dolles tun könnte; daß man gar keine Dollnis in sich hat, die herauszueitern imstande wäre ... Ist noch ein bißchen Wein da? Oh, ein paar Tropfen nur, lieber Komplice, ein paar Tröpfchen ... Solche Gelegenheit findet sich nicht wieder. Die Kollegen, die ich morgen in Rom auf dem Soziologenkongreß treffe, die sind alle genauso brav-gewichtig und steifleinen, wie ich selbst es wieder sein werde, wenn das hübsche Räuschlein verdunstet sein wird. Ach, warum müssen Gesellschaftsmenschen, wie Sie und ich, ihren wahren Charakter immer so ängstlich verheimlichen!?"

Das Diner war zu Ende. Ein Kellner machte die Runde, kassierte ein und erntete Trinkgelder.

Je mehr der Speisewagen sich leerte, desto lauter sprach Defouqueblize. Bisweilen hatte seine lärmende Jovialität etwas Beunruhigendes. Er fuhr fort:

„Und wenn der gesellschaftliche Zwang nicht wäre, so bliebe doch immer noch die Freundes- und Verwandtenmeinung, die zu enttäuschen wir nicht übers Herz brächten. Freunde, Vettern und Basen halten unserer anarchischen Echtheit ein Bild von uns entgegen, für das wir nur halb verantwortlich sind, das uns kaum ähnlich ist und aus dessen Rahmen wir doch, schicklicherweise, nicht herausschlüpfen dürfen ... In diesem Augenblick aber ist's getan: ich entschlüpfe meinem Konterfei, ich entlaufe mir selbst ... O taumelsüßes Abenteuer! O zauberhaft lockende Gefahr! ... Doch ich schwatze Ihnen den Kopf voll ..."

„Sie interessieren mich ungemein!"

„Ich rede und rede ... Auch in beduselter Laune bleibt man eben Professor; und das Thema liegt mir so nah ... Aber wollen Sie mir jetzt vielleicht Ihren Arm geben und mich, solange ich mich noch einigermaßen aufrecht halten kann, freundlichst in mein Coupé zurückbringen? Ich fürchte, sonst komm' ich mein Lebtag nicht aus diesem halluzinatorischen Champagnerwagen raus!"

Defouqueblize gab sich einen Schwung, um seinen Stuhl zu verlassen, taumelte aber, zurücksinkend, quer über den abgedeckten Tisch halb zu Lafcadios Ohr hin, in das er nun pseudo-konspiratorisch hineinsäuselte:

„Wissen Sie, wessen es bedarf, um Ehrenleute in Schurken zu verwandeln? ... Es genügt eine ... Luftveränderung, ein Vergessen der normalen Szenerie! ... Ja, mein Herr, ein kleiner Riß im Gedächtnis, und die wahre Natur bricht sich Bahn! ... Das momentane Aussetzen eines Dauerzustandes; eine simple Stromunterbrechung ... Natürlich verkünde ich dergleichen nicht in meinen Vorlesungen zu Bordeaux ... Übrigens, unter uns: was für ein Privilegium für den Bastard ergibt sich doch aus solchem Tatbestand! Bedenken Sie nur: derjenige, dessen ganzes Vorhandensein das Ergebnis eines Seitensprungs ist, eines Abirrens von der geraden Linie ..."

Des Professors Stimme war wieder laut geworden. Er richtete jetzt auf Lafcadio seltsame, bald verschwimmende, bald durchdringende Blicke, aus deren Tiefe etwas Bedrohliches aufzudämmern schien. Lafcadio fragte sich, ob die Kurzsichtigkeit dieses Mannes nicht nur gespielt sei, und eine huschende Sekunde lang war es ihm, als habe er diese Augen schon einmal gesehen ... Ziemlich beunruhigt erhob er sich und sagte schroff:

„Nun ist's aber genug der psychologischen Salbaderei! Los, Monsieur Defouqueblize, raffen Sie sich auf und nehmen Sie meinen Arm!"

Defouqueblize entwand sich mühevoll seinem Stuhl. Schwankend machten sich die beiden auf den Weg durch die Korridore nach dem Coupé, in dem die Aktenmappe des Hochschullehrers liegengeblieben war. Defouqueblize trat als erster ein. Lafcadio half ihm beim Hinsetzen und sagte Adieu. Doch kaum hatte er, sich zu entfernen, den Rücken gewandt, als er eine gewaltige Faust auf seine Schulter niedersausen fühlte. Brüsk fuhr er herum. Defouqueblize stand hochaufgerichtet da —: aber war das noch Defouqueblize, der jetzt in spöttischer Überlegenheit triumphierte?

„Sollten doch einem alten Freund nicht gar so rasch die Kehrseite präsentieren, Herr Lafcadio von Man-weiß-nicht-mehr-werski! ... Euer Gnaden glaubten also tatsächlich, mir so ganz einfach entwischen zu können?!"

Von dem burlesk-trunkenen Professor war nichts übriggeblieben in dem großen, energischen Kerl, den Lafcadio nun ohne weiteres als Protos erkannte: als einen tüchtig in die Höhe und Breite gegangenen Protos gefährlicher Observanz.

„Ah, Sie sind's, Protos", sagte er einfach. „So ist's mir lieber. Ich wäre doch nicht drauf gekommen."
Denn Lafcadio zog eine noch so bedenkliche *Realität* dem tückischen Blendwerk vor, mit dem er sich eine volle Stunde herumgeschlagen hatte.
„Meine Maske war nicht schlecht gewählt, was? ... Für Sie hatte ich mich in besondere Unkosten gestürzt ... Immerhin scheinen Sie, mein guter Junge, mir noch augenglasbedürftiger zu sein als der kurzsichtige Professor aus Bordeaux: das kann Ihnen eines Tages übel bekommen, wenn Sie die *Subtilen* nicht besser erkennen!"
Wieviel halbentschwundene Erinnerungen weckte diese Bezeichnung: die *Subtilen* in Lafcadios Hirn! Ein Subtiler, das war – in Protos' und seiner Geheimsprache aus der Zeit, wo sie zusammen in einem Pensionat waren – jemand, der, aus wechselnden Gründen, nicht überall und nicht für alle das gleiche Gesicht trug. Es gab, nach dieser Terminologie, verschiedene, mehr oder weniger elegante und bewunderungswürdige Klassen von Subtilen – denen die ungegliedert-kompakte Sippe der auf der ganzen sozialen Leiter in gleicher Banalität sich spreizenden *Krustentiere* gegenüberwohnte.
Die beiden Kumpane hatten folgende Dogmen aufgestellt:
Erstens: *Subtile erkennen sich untereinander.*
Zweitens: *Kein Krustentier erkennt einen Subtilen.*
Alles dessen erinnerte sich jetzt Lafcadio. Und da er von Natur jedem Spiele zugetan war, so lächelte er. Protos fuhr fort:
„Aber sagen Sie selbst? war's nicht ein rechtes Glück, daß ich mich neulich an Ort und Stelle befand? ... Zufall!? Vielleicht doch nicht so ganz! ... Novizen mögen Ehrgeiz, Mut, Phantasie haben: sie bedürfen der Überwachung und Belehrung ... Ja, mein guter Junge: Ihre Arbeit hatte die Retusche verflucht nötig! ... Wie kann man sich nur ein solches Monstrum von Filz auf 'n Schädel setzen, wenn man was Besonderes vorhat! Mit der Adresse Ihres Hutproduzenten auf diesem Beweisstück wären Sie in acht Tagen eingelocht gewesen ... Aber alten Freunden beweise ich meine Sympathie. Wissen Sie, daß ich Sie ausnehmend gern gehabt habe, Cadio? Ich habe immer gedacht, daß sich aus Ihnen etwas machen ließe. Schön gebaut, wie Sie waren, hätte man alle Weiber für Sie auf Tour schicken und, *darauf soll's nicht ankommen*, oben-

drein noch etliche Gentlemen feste anzapfen können! ... Wie glücklich war ich, endlich wieder von Ihnen zu hören und zu erfahren, daß Sie nach Italien kämen! ... Sie sehen auch heute noch ganz appetitlich aus, mein junger Herr Lafcadio! Oh, unsere gemeinsame Freundin Carola hat ihren piekfeinen Geschmack nie verleugnet!"

Lafcadios Erbitterung – und Bemühen, diese zu verbergen – wurde immer deutlicher. Aber Protos ignorierte beides. Aus seiner Westentasche zog er ein länglich-rundes Stückchen Leder und betrachtete es.

„Das hab' ich adrett ausgeschnitten, was?"

Lafcadio hätte ihn erwürgen mögen. Er ballte die Fäuste und krallte sich ins eigene Fleisch. Spöttelnd fuhr der andere fort:

„Oh, eine winzige Gefälligkeit ... kaum so viel wert wie die sechs Scheine zu tausend ... die Sie, aus welchem Grund, bitte, nicht eingesteckt haben?"

Lafcadio ging hoch:

„Halten Sie mich für einen Dieb?"

„Hören Sie, mein Kleiner", erwiderte seelenruhig Protos, „ich mag Dilettanten nicht, das sage ich Ihnen von vornherein! Und auch den Prahlhans oder den Hans Taps sollten Sie mir nicht vormimen. Sie haben ausgezeichnete Anlagen, das gebe ich zu, aber ..."

„Genug!" kochte Lafcadio über. „Wo wollen Sie hinaus? ... Daß ich neulich kein Meisterwerk vollbracht habe, weiß ich ohne Ihre abgeschmackten Spötteleien! ... Ja, Sie besitzen eine Waffe gegen mich (deren Gebrauch sich wohl kaum empfehlen dürfte ...). Sie wünschen, daß ich dieses Lederläppchen zurückkaufe. Sie wollen Geld. Gut! Anstatt mich so anzugrinsen, sagen Sie: wieviel?"

Vor solcher Bestimmtheit stieg Protos vom hohen Pferd herunter:

„Na, na! Was habe ich denn so Schreckliches gesagt? Freunde, wie wir, können doch miteinander diskutieren, ohne sich gleich in die Haare zu fahren! Aufs Wort, Cadio: Sie sind jünger geworden!"

Doch wie er ihm leicht den Arm streichelte, riß Lafcadio sich los.

„Setzen wir uns", schlug Protos vor, „dann plaudert sich's besser."

Er warf sich in eine Ecke neben der Gangtür und fläzte seine Füße aufs Polster gegenüber.

Lafcadio dachte, er wolle ihm den Ausgang verbarrikadieren. Zweifellos war Protos bewaffnet; er, Lafcadio, nicht. In einem Handgemenge würde er ebenfalls unterliegen. Doch schon überwog den im Entstehen verebbenden Fluchtversuch die Neugier: die leidenschaftliche Neugier seiner Seele. Er setzte sich.

„Geld? ... Pfui Teufel!“ sagte Protos, sich gemächlich eine Zigarette anzündend. „Sie nehmen auch eine? ... Nein? ... Vielleicht ist der Rauch Ihnen lästig? ... Na, hören Sie mir also zu. – – Lafcadio, mein Freund, was ich von Ihnen erwarte, ist keineswegs Geld, sondern: Gehorsam! Sie scheinen sich (pardon ...) über ihre Lage noch nicht ganz klargeworden zu sein, lieber Junge! Und müßten ihr doch ganz unerschrocken ins Auge blicken –: darf ich Ihnen dabei ein wenig helfen?...

Hm ... der sozialen Einschachtelung versuchte ein Jüngling zu entrinnen, ein netter Bursche, ein naiver Draufgänger, den es langweilte, die Folgen seines Tuns zu berechnen ... Ich weiß noch, Cadio, wie rapid Sie die schwierigsten Rechenexempel lösten, aber nie Rechnung führten über Ihr eigenes Budget ... Kurz, die Bürokratie der *Krustentiere* ekelte Sie an ... Einverstanden! ... Verwunderlich aber bleibt des so intelligenten Lafcadios Märchenglaube, man könne aus einer Gesellschaftsklasse ausscheiden, ohne sofort in eine andere hineinzugeraten; oder irgendeiner Klasse seien Gesetze entbehrlich.

Lawless: gesetzlos – Sie erinnern sich! Bei Walt Whitman hatten wir gelesen: ‚*Zwei Sperber in Lüften, zwei Fische im Meer: not more lawless than we*‘ ... Ja, es ist etwas Schönes um die Literatur! ... Doch jetzt, Lafcadio, vernehmen Sie das Gesetz derer, die Sie für gesetzlos hielten: das Gesetz der *Subtilen!*“

„Wollen Sie nicht ein bißchen rascher machen?“

„Wozu die Überhetzung? Wir haben Zeit. Ich fahre gleichfalls nach Rom. Lafcadio, es passiert, daß ein Verbrechen den Horizont der Gendarmen übersteigt. Wir aber sind raffinierter als die Gendarmen, denn wir spielen um unser Leben! Daher unsere Erfolge gerade in Fällen, wo die Polizei versagt! ... Alle Wetter, Lafcadio, Sie haben es gewollt: die Sache ist geschehen, und Sie kommen nicht mehr von ihr los! Es wäre mir lieber, wenn Sie gehorchten, denn, sehen Sie: leid täte es mir doch, einen alten Freund wie Sie der Polizei ausliefern zu müssen. Aber was soll man dabei machen? Von heute an gehören Sie ihr ... oder uns!“

„Mich ausliefern, hieße: Ihre eigene Existenz ausliefern . . .“

„Und ich dachte, wir sprächen ernst miteinander! Verstehen Sie mich doch, Lafcadio: Die Polizei schnappt die Unbotmäßigen; aber gern transigiert sie, in Italien, mit den *Subtilen!* . . . ‚Transigiert‘!, ja, ich glaube, das ist das richtige Wort . . . Ich bin ein bißchen von der Polizei, mein Junge . . . Ich halt' meine Augen offen. Ich unterstütze die bürgerliche Ordnung. Ich handle nicht selbst: ich lasse andere handeln.

Na, fügen Sie sich endlich, Cadio! Mein Gesetz hat nichts Fürchterliches! Sie in Ihrer naiven Wildheit machen sich ganz übertriebene Vorstellungen davon! War's etwa nicht schon instinktive Unterwerfung unter meinen Willen, daß Sie vorhin bei Tisch Carolas Manschettenknopf an sich genommen haben?! Oh, diese idyllische Unüberlegtheit! Armer Lafcadio! Warst ja hinterher auch wütend genug auf dich selbst! Das Dumme ist nur, daß auch Kellner, Witwe und Kind die Eskamotage des barocken Schmuckstückes bemerkt haben . . . Oh, machen Sie sich keine Sorge: die drei arbeiten mit mir zusammen, sie gehören zum Geheimbund der *Subtilen* . . . Ungemein liebenswürdige Charaktere alle drei! Es liegt nur an Ihnen, sie zu Freunden zu gewinnen . . . Lafcadio, mein Freund, seien Sie vernünftig und bequemen Sie sich meiner Führung!“

Lafcadio, versteinert, gepreßten Mundes, starren Auges, schwieg. Achselzuckend fuhr Protos fort:

„Drolliger Kerl! Und im Grunde so schmiegsam! . . . Doch vielleicht hätten Sie schon nachgegeben, wenn ich Ihnen gleich gesagt hätte, was wir von Ihnen erwarten. – Lafcadio, befreien Sie mich von einem nagenden Zweifel! Daß jemand, den ich als bettelarmen Jungen verlassen habe, die ihm plötzlich vom Zufall in die Hände gespielten sechs Tausender so keusch verschmäht – scheint ihnen das natürlich? . . . Carola hat mir erzählt, daß der alte Graf Baraglioul gestorben sei am Tage nach des Grafen Julius, seines würdigen Sohnes, Besuch in Ihrem Stübchen; und am Abend dieses Tages gaben Sie der Demoiselle Venitequa den Laufpaß. Seitdem sind Ihre Beziehungen zum Grafen Julius recht intim geworden: möchten Sie mir erklären, warum? . . . Lafcadio, mein Freund, Sie haben früher so viele internationale Onkels gehabt: sollte sich Ihr Stammbaum nun endgültig fürs Baragliouleske entschieden haben? . . . Nein, werden Sie, bitte, nicht

böse: ich scherze ja nur ... Was aber soll man von alledem halten? Denn die Annahme, daß Sie unmittelbar dem Herrn Julius Ihren gegenwärtigen Wohlstand zu danken hätten, wäre bei Ihrer lokkenden Natur doch noch weit skandalöser! ... Dem mag nun sein wie ihm wolle – Lafcadio, Ihre Pflicht ist vorgeschrieben: Sie werden den Grafen Julius ein bißchen zur Ader lassen! ... Sträuben Sie sich nicht, mein Bester: die Erpressung ist eine urgesunde, staatserhaltende Institution ... Aber was? Sie sind meines Geplauders schon müde geworden?"
Lafcadio hatte sich erhoben.
„Lassen Sie mich endlich vorbei!" schrie er und stieg über des in seiner Lage verharrenden Protos' Beinbarriere hinweg. Öffnete ungehindert die zum Korridor führende Tür; entfernte sich:
„Haben Sie, bitte, keine Angst, daß ich Ihnen davonlaufe! Sie können mich ja im Auge behalten ... Aber unerträglich wär's mir, wenn ich Ihren selbstgefälligen Widerlichkeiten noch länger zuhören müßte! ... Die Polizei ist mir tausendmal lieber als Sie, mein Herr! Lassen Sie sie, bitte, kommen: ich warte darauf!"

VI

Am gleichen Tage brachte der Mailänder Abendzug Herrn Anthimos Armand-Dubois und seine Frau Veronica aus der Lombardei in die Ewige Stadt. Da sie dritter Klasse reisten, so wurden sie erst bei der Ankunft in Rom zweier naher Verwandter ansichtig, die im Schlafwagen desselben Zuges von Paris gekommen waren: der Gräfin Margarita von Baraglioul und ihrer älteren Tochter Geneviève.
Wenige Stunden vor der Amadeus' Hinscheiden meldenden Depesche hatte die Gräfin von ihrem Gemahl einen Brief erhalten. Darin sprach der Graf ausführlich von seinem ebenso unvermuteten wie interessanten Zusammentreffen mit Lafcadio. Und wenn er auch keinerlei Anspielung machte auf des jungen Mannes pikanten Halbbruderrang (über den Julius vielmehr, nach Justus-Agenors Wunsch, auch vor Margarita immer diskret hinweggehuscht war), so hatten doch gerade solche Verschleierungen und Verschweigungen die Gräfin schon genügend orientiert. (Vielleicht hatte es den mit Wohlanständigkeit übersättigten

Julius gelegentlich immerhin doch gereizt, sich die Zungenspitze am lockend heißen Brei des Skandals zu verbrennen?) Und was Geneviève anlangt: war nicht vielleicht deren Mitreiseentschluß teilweise, ja vorwiegend durch die Hoffnung auf ein römisches Wiedersehen mit Lafcadio verursacht worden? ...

Julius befand sich zu ihrem Empfang am Bahnhof und geleitete – nach flüchtiger Begrüßung des Mailänder Ehepaares, das man beim morgigen Leichenbegängnis wiedersehen würde – die beiden Damen sofort in sein Hotel. Anthimos und Veronica begaben sich in den Gasthof der Via di Bocca di Leone, der den Anfang ihres ersten römischen Aufenthaltes beherbergt hatte.

Margarita brachte dem Romancier günstige Nachrichten: seine Wahl in die Akademie war gesichert; vorgestern hatte der Kardinal André ihr's feierlich bestätigt; der Kandidat brauchte nicht einmal weitere Besuche zu machen; mit offenen Armen warteten seiner die Unsterblichen.

„Was habe ich dir immer gesagt?" triumphierte Margarita. „Alles kommt zu seiner Zeit: man muß nur Geduld haben."

„Und Treue zu sich selbst", ergänzte Julius ölig, führte der Gattin Hand an die Lippen und sah nicht der Tochter verächtlichen Blick. „Des Mannes, des Denkers, des Gläubigen Treue: in solcher Ausdauer ist alle Tugend beschlossen."

Schon entschwand ihm seiner Irrungen letzte Bewußtheit; Dezenz und Orthodoxie waren lind an ihren alten Platz gerückt. Jetzt, wo er eingeweiht war, kam er mühelos wieder zu sich. Ja, er bewunderte die elegante Folgerichtigkeit, die seines Geistes kurzen Zickzack veranlaßt hatte: nicht er, sondern der Papst war ein anderer geworden.

„Welche Beständigkeit meines Denkens, welche Logik!" sagte er zu sich selbst. „Das Problem ist: zu wissen, woran man sich halten muß. Den armen Fleurissoire hat ein Blick hinter die Kulisse getötet. Wer einfältig ist, halte sich an das, was er einfältigermaßen wissen darf! Geheimes Sonderwissen stärkt nur den Starken ... Immerhin bin ich froh, daß Carola die Polizei benachrichtigt hat: das erlaubt mir, ungestört zu meditieren ... Übrigens, wenn Anthimos wüßte, daß es nicht der *wahre* Papst ist, dem er sein Unglück und sein Exil verdankt – welcher Trost wäre das für ihn, welcher Sporn und Stab in seinem Glaubenseifer! ... Ich will morgen, nach der Trauerfeier, doch mit ihm reden ..."

Diese Feierlichkeit zog wenige Neugierige an. Drei Mietskutschen folgten dem Leichenwagen. Es regnete. Die erste Kutsche enthielt Arnica und Blafaphas (der die Witwe nach der Trauerzeit wohl heiraten wird). Vorgestern von Pau abgereist (nie hätte Blafaphas die untröstliche Frau allein reisen lassen, schon der Gedanke war ihm unerträglich; und auch er nahm Schwarz: welcher Bruder übertrifft solchen Freund?), waren sie, infolge eines verpaßten Anschlusses, erst vor wenigen Stunden in Rom eingetroffen.
In der letzten Kutsche hatte, mit der Gräfin und ihrer Tochter, Veronica Platz genommen. In der zweiten saßen Julius und Anthimos.
Am Grabe wurde keine Silbe gesprochen, die auf Amadeus' unseliges Kreuzrittertum hingedeutet hätte. Bei der Rückfahrt, wieder mit Anthimos allein im Wagen, begann indessen Julius Graf Baraglioul:
„Ich hatte Ihnen zugesagt, mich beim Heiligen Vater für Sie zu verwenden."
„Gott ist mein Zeuge, daß ich Sie nicht darum gebeten hatte."
„Das ist wahr: empört über die Not, darin die Kirche Sie beließ, war ich nur der Stimme meines Herzens gefolgt."
„Gott ist mein Zeuge, daß ich mich über nichts beklagt habe."
„Ich weiß! Ich weiß! ... Immer wieder diese aufreizende Verzichtleistung! ... Darf ich Ihnen heute gestehen, mein lieber Anthimos, daß Ihre Ultra-Resignation mir schon neulich in Mailand weniger heilig als vielmehr hochfahrend und rebellisch erschienen ist?! *So* viel verlangt der liebe Gott gar nicht von uns Menschenkindern, sapristi! Offen gesagt: Ihre Haltung hatte etwas Verletzendes für mich!"
„Und die Ihre, lieber Schwager, für mich leider etwas Betrübendes! Suchten nicht gerade Sie mich anzustacheln zur Rebellion!? Und ..."
Julius erhitzte sich:
„Ich hatte in meinem eigenen Leben hinlänglich erfahren (und in meinen Schriften zu erkennen gegeben), daß man ein guter Christ sein kann, ohne auf die berechtigten Vorteile des Ranges, den Gottes Weisheit uns angewiesen hat, zu verzichten. Die krasse Übertriebenheit Ihrer Haltung aber schien meiner eigenen so wohlerworbenen Erfahrung diesen Rang ablaufen zu wollen! ..."
„Gott ist mein Zeuge, daß ..."

„So protestieren Sie doch nicht immer! ... Der liebe Gott hat hiermit nichts zu schaffen! ... Wenn ich sage, Ihre Haltung grenze an Rebellion, so meine ich damit präziserweise: sie grenze an meine eigene Rebellion; und das, mein guter Anthimos, ist eben das Empörende; in Ihrer provokatorischen Gottergebenheit lassen Sie andere für sich rebellieren! Denn ich konnte natürlich nicht zugeben, daß die Kirche in dem Unrecht sei, in das Ihre allem Anklagemut weltenfremde Duldermiene sie zu versetzen schien. So beschloß ich denn, an Ihrer Stelle Klage zu führen. Sie werden gleich sehen, wie recht ich hatte, empört zu sein!"

Schweißperlen erschienen auf Julius' Stirn. Er nahm den Zylinderhut ab und placierte ihn auf seine Knie.

„Soll ich etwas frische Luft einlassen?" Und zuvorkommend ließ Anthimos das Fenster auf seiner Seite herunter.

„Sowie ich also in Rom war", fuhr Julius fort, „erbat ich eine Audienz. Und wurde empfangen. Ein merkwürdiger Erfolg sollte meinen Schritt belohnen ..."

„Hm", machte Anthimos gleichgültig.

„Ja, mein Freund. Denn wenn ich auch in materieller Hinsicht nichts von dem erreichte, was zu heischen ich gekommen war, so brachte mir mein Besuch doch eine Gewißheit ... die den Heiligen Vater aller beleidigenden Annahme enthebt, deren wir uns ihm gegenüber schuldig machten."

„Gott ist mein Zeuge, daß ich mich gegenüber dem Heiligen Vater niemals irgendeiner beleidigenden Annahme schuldig gemacht habe!"

„Ich machte mich ihrer an Ihrer Statt schuldig. Ich sah Sie benachteiligt: ich empörte mich."

„Kommen Sie zur Sache, Julius! Haben Sie den Papst gesehen?"

„N ... nein! Ich habe den Papst nicht gesehen!" explodierte Julius. „Aber ich habe die Unanfechtbarkeit eines Geheimnisses erafft – eines Geheimnisses, das zunächst fragwürdig schien, das dann aber durch die Ermordung des armen Amadeus eine grausame Bestätigung finden sollte; eines schrecklichen, verwirrenden Geheimnisses, aus dem jedoch Ihre Glaubenstreue, lieber Anthimos, gar wundersame Stärkung wird saugen können! Denn, vernehmen Sie: an jener Rechtsverweigerung, deren Opfer Sie geworden sind, ist der Papst ganz unschuldig ..."

„Oh, ich habe nie daran gezweifelt."

„Anthimos, hören Sie mir genau zu: Ich habe den Papst nicht gesehen, weil niemand seiner ansichtig werden kann! Derjenige, der jetzt auf dem päpstlichen Stuhl sitzt und dessen feierlichen Kundgebungen die Christenheit lauscht, derjenige, der mit mir gesprochen hat, der Papst, den man im Vatikan zu sehen bekommt, der Papst, den ich zu sehen gekriegt habe: DAS IST NICHT DER ECHTE!"
Nach diesen Worten begann der ganze schwere Anthimos-Körper von einem dicken Gelächter durchschüttelt zu werden.
„Ja, lachen Sie nur!" sagte Julius pikiert. „Auch ich habe zuerst gelacht. Hätt' ich etwas weniger gelacht, hätte man Amadeus nicht ermordet ... Ach, der arme Fleurissoire! Er war ein Heiliger, ein Märtyrer, ein schmerzbeladenes Opferlamm! ..." Seine Stimme verging in Schluchzen.
„Aber sagen Sie: ist das ernst gemeint, was Sie mir da verzapfen? ... Aber das wäre ja ... Aber nein doch ... Alle Wetter noch mal! ... Immerhin müßte man doch erst mal wissen ..."
„Weil er wissen wollte, hat Amadeus den Tod gefunden."
„Denn wenn ich mich schließlich (Anthimos geriet in Eifer), wenn ich mich schließlich um meine Habe, meine Stellung, meine Wissenschaft so billig und willig habe prellen lassen ..."
„Ich sage Ihnen ja: für all das ist der *echte* in keiner Weise verantwortlich! Der, der Sie geprellt hat, das ist ein doppelgängerischer Abgesandter des Quirinals ..."
„Kann ich wirklich glauben, was Sie da sagen?"
„Wenn Sie mir nicht glauben, so glauben Sie wenigstens dem unglücklichen Blutzeugen Amadeus!"
Einige Augenblicke schwiegen die beiden. Es hatte aufgehört zu regnen; ein Sonnenschimmer glomm durchs Gewölk. Stoßend und rüttelnd war die Kutsche bis in die Gassen der Vorstadt gelangt.
„In diesem Fall weiß ich, was ich zu tun habe", entschied sich festen Tones Anthimos. „Den faulen Zauber häng' ich an die Glocke der öffentlichen Meinung!"
Julius entsetzte sich:
„Mein Freund. Sie bieten sich dem Bannstrahl dar!"
„Wessen Bannstrahl!? Auf eines falschen Papstes Bannstrahl pfeif' ich!"
„Und ich dachte, Sie würden diesem Geheimnis etwelchen frommen Trost zu entschlürfen wissen!" seufzte Julius betroffen.

„Sie scherzen wohl, lieber Schwager?! ... Und wer sagt mir denn, ob Fleurissoire, wenn er das Paradies betritt, dort nicht stehenden Fußes eruiert, sein Herrgott sei gleichfalls nicht der *echte?*"

„Aber, Anthimos, Sie geraten ins Bizarre! Als wenn es davon zwei geben könnte! Als wenn da ein ANDERER denkbar wäre!"

„Mir scheint, Sie nehmen die Sache doch ein bißchen leicht: Sie, ein soignierter Herr, der nie was für *ihn* geopfert hat und dem der falsche wie der wahre gleichermaßen zum Besten dienen muß! ... Aber erlauben Sie: ich brauche Luft!"

Sich zum Fenster hinauslehnend, tippte er dem Kutscher mit seinem Stock auf die Schulter und ließ den Wagen halten. Julius wollte mit ihm zusammen aussteigen.

„Nein, lassen Sie mich allein gehen! Ich weiß jetzt genug, um meinen Weg zu finden! Behalten Sie das übrige, bitte, für Ihren nächsten Roman! ... Ich für meinen Teil schreibe noch heute abend an den Großmeister der Loge, und morgen nehme ich meine wissenschaftlichen Artikel für die *Dépêche* wieder auf. Das wird ein hübsches Gelächter geben!"

„Was? Sie hinken wieder!?" rief Julius, staunend über den an vergangene Zeiten gemahnenden Humpelschritt des sich entfernenden Schwagers.

„Ja, seit ein paar Tagen sind die alten Schmerzen aufgetaucht."

„Hm, das erklärt vieles!" murmelte der Romancier und ließ sich, ohne dem anderen weiter nachzusehen, in seine Wagenecke zurückfallen.

VII

Beabsichtigte Protos wirklich, Lafcadio der Polizei in die Hände zu liefern, wie er es ihm angedroht hatte? Ich vermag das nicht zu sagen. Die Geschehnisse bewiesen übrigens, daß er in den Kreisen der beamteten Ordnungswächter keineswegs nur Freunde zählte. Tags zuvor von Carola verständigt, hatten die Polizeileute im Altmännergäßlein ihre Mausefalle etabliert; sie kannten das Haus längst und wußten, daß es im Oberstock bequeme Schlupfmöglichkeiten zum Nachbarhause bot, dessen Ausgänge nun gleichfalls besetzt wurden.

Protos hatte vor Greifern und Richtern nicht die geringste Angst.

Keines Verbrechens, sondern nur unmerklicher Vergehen schuldig: woran hätte er gepackt werden können? Das Umstelltsein durch geheime Schergen witterte er rasch, aber es erschreckte ihn kaum. Er schloß sich zunächst in Carolas Zimmer ein, um dort die Rückkehr der (abwesenden) Insassin, die er seit Amadeus' Ermordung nicht gesehen hatte, zu erwarten und ihr für den Fall, daß er hinter schwedische Gardinen käme, gewisse Anweisungen zu geben.

Carola war auf den Friedhof gegangen. Hinter einem Grabmal verborgen, regenschirmbedeckt, sah sie aus heimlicher Ferne dem Begräbnis Fleurissoires zu. Geduldig wartete sie, bis alle Teilnehmer sich entfernt hatten; sie sah Julius mit Anthimos in die Kutsche steigen, sah den kleinen Wagenzug im Sprühregen davonfahren. Dann trat sie demutsvoll ans frische Grab und legte – abseits von den Familienkränzen – einen großen Asternstrauß nieder, den ihr Mantel versteckt gehalten hatte. Und verharrte lange im Regen, ohne zu denken und ohne zu beten: weinend.

Im Altmännergäßlein zurück, bemerkte sie vor der Tür zwei fremde Gestalten; doch kam ihr nicht die Idee: umstellt. Nur rasch Protos sehen, den verhaßten Mörder des Pilgrims! . . .

Ein paar Sekunden nachher stürzten, auf ihr Schreien, die Polizisten herbei. Zu spät: außer sich über Carolas Verrat, hatte Protos sie im selben Augenblick erwürgt.

Das war gegen Mittag. Schon die Abendblätter berichteten es, und da man bei dem Verhafteten jenen Hutfutterausschnitt gefunden hatte, so blieb kein Zweifel an seiner doppelten Schuld.

Lafcadio hatte den Tag in einer halb prickelnden, halb betäubenden Angst durchlebt: Angst weniger vor der Polizei, mit der Protos ihm gedroht, als vor Protos selbst oder irgend etwas Lähmend-Unbekanntem.

Gestern um Mitternacht bei der Ankunft des neapolitanischen Zuges hatte er Julius, der zur Empfangnahme der Leiche an die Bahn gekommen war, nur einen Augenblick gesehen und war dann lange durch die Straßen geirrt, um des bedrückenden Nachklangs der Eisenbahnunterhaltung Herr zu werden.

Dennoch brachte ihm die abendliche Nachricht von Protos' Pech mehr Enttäuschung als Erleichterung. Welch seltsamer Charakter, dieser Lafcadio, der jeden Gewinn, doch kein einziges Risiko des

Verbrechens von sich wies! Er ertrug es nicht, daß die Partie schon zu Ende sein sollte. Wie im Schach, hätte er dem Gegner den Turm zurückgeben mögen, und allzu leichten Sieges unfroh, wollte er das Spiel weitertreiben, die Herausforderung stärker dosieren.

Um sich das Umkleiden zu ersparen, aß Lafcadio in irgendeiner Wirtschaft. Dann, ins Hotel zurückgekehrt, sah er durch die Glastür des Speisesaals Graf Julius mit Frau und Tochter bei Tisch sitzen. Genevièves (die er seit jenem ersten Besuch nicht wiedergesehen) Schönheit frappierte ihn. Er begab sich ins Rauchzimmer, wo ihm nach einiger Zeit gemeldet wurde, der Graf erwarte ihn in seinem Gemach.

Lafcadio klopfte. Julius de Baraglioul, wieder im Hausrock, war allein.

„Nun, der Mörder ist geschnappt!" sagte er, dem Eintretenden seine Hand entgegenstreckend.

Lafcadio nahm sie nicht. Er blieb im Türrahmen stehen.

„Welcher Mörder?" fragte er.

„Meines Schwagers Mörder, sapperment!"

„Ihres Schwagers Mörder bin ich."

Seine Stimme klang so ruhig und natürlich, daß Julius nicht gleich begriff. Lafcadio explizierte:

„Man hat den Mörder Ihres Herrn Schwagers deswegen nicht geschnappt, weil ich der Mörder Ihres Herrn Schwagers bin."

Ein wild dreinblickender Lafcadio hätte Julius vielleicht erschreckt. Aber des scheinbar noch verjüngten Jünglings Miene war engelhaft, sein Auge hell, sein Ton rein. Er hatte die Tür hinter sich geschlossen und blieb an den Pfosten gelehnt. Julius, am Tisch, glitt in einen Sessel.

„Mein armes Kind, dämpfen Sie Ihre Stimme! ... In welcher Verwirrung haben Sie das tun können?"

Lafcadio senkte den Kopf. Es tat ihm schon leid, daß er gesprochen hatte.

„Wie soll ich das wissen? Es ist so rasch geschehen. Ich hatte eben solche Lust dazu."

„Was hatten Sie denn einzuwenden gegen Amadeus, diesen würdigen, tugendreichen Mann?"

„Ich weiß nicht ... Er sah nicht glücklich aus ... Wie soll ich Ihnen erklären, was ich mir selbst nicht erklären kann!?"

Eine peinliche Stille erwuchs zwischen den beiden, durch ihre

Worte ruckweise aufgestört, dann um so tiefer zusammenschlagend. Von unten drangen die Wellen irgendeiner schmalzig-empfindsamen Hotelmusik herauf. Mit dem länglich-spitzen Nagel seines kleinen Fingers versuchte Julius ein Stearinfleckchen vom Tischtuch wegzukratzen. Plötzlich gewahrte er, daß dieser elegante Nagel beschädigt war: quer über die zartglänzende Wölbung ging ein böser Riß. Wie war das nur gekommen? Und daß er es nicht schon früher bemerkt hatte! Es blieb Julius keine Wahl: abschneiden! Das betrübte ihn sehr, denn er kultivierte seine Hände zärtlich, und ganz besonders diesen Nagel, den er langsam geformt hatte und der die Distinktion des ihn tragenden Fingers betonte. Die Schere lag auf dem Toilettentisch, und schon wollte Julius aufstehen, um sie zu holen. Aber dann hätte er an Lafcadio vorbei müssen! Taktvoll verschob er den mißlichen Eingriff auf später.

„Und ... was gedenken Sie jetzt zu tun?“ fragte er.

„Ich weiß nicht. Vielleicht mich stellen. Ich gebe mir die Nacht zur Überlegung.“

Julius ließ seinen Arm auf des Sessels Lehne sinken. Blickte Lafcadio ein Weilchen an. Seufzte ganz mutlos:

„Und eben begann ich, Sie liebzuhaben!“

Diese Worte waren gewiß ohne böse Absicht gesagt. Aber gerade ihre Unabsichtlichkeit wirkte grausam und traf den Jüngling ins Herz. Er hob den Kopf und straffte sich gegen die ihn plötzlich umkrallende Angst. Er sah auf Julius und dachte: Ist das wirklich der, dem ich mich vorgestern fast als Bruder fühlte? Sein Blick streifte das Mobiliar dieses Raumes, in dem er vorgestern trotz seines Verbrechens ein so reizvolles Gespräch hatte führen können. Auf dem Tisch stand noch die Eau-de-Cologne-Flasche, jetzt beinahe leer ...

„Hören Sie, Lafcadio“, hob Julius wieder an, „Ihre Lage scheint mir nicht ganz verzweifelt. Der Mann, den die Polizei für Amadeus' Mörder hält ...“

„... ist heute mittag verhaftet worden“, ergänzte Lafcadio trokken. „Raten Sie mir etwa, einen Unschuldigen für mich büßen zu lassen?“

„Dieser ‚Unschuldige‘ hatte gerade eine Frau ermordet: eine Ihnen bekannte Frau ...“

„Das kommt mir gelegen, nicht wahr?“

„Das meine ich nicht gerade, aber ...“
„Und just er hätte mich belasten können: er als einziger ...“
„Sie sehen, die Sache ist nicht hoffnungslos.“
Julius erhob sich, ging ans Fenster, zupfte an den Gardinen, kam zurück, beugte sich, über den Rücken des Sessels, vornüber:
„Lafcadio, ich möchte Ihnen einen Rat geben. Es liegt nur an Ihnen, wieder ehrbar zu werden und (soweit Ihre Geburt es erlaubt) Ihren Platz in der Gesellschaft einzunehmen ... Die Kirche wird Ihnen helfen. Los, mein Junge, ein bißchen Mut: gehen Sie beichten!“
Lafcadio konnte ein Lächeln nicht unterdrücken:
„Ich werde Ihren gütigen Vorschlag erwägen.“
Tat einen Schritt vorwärts; dann:
„Gewiß lassen Sie eine Mörderhand lieber ungedrückt ... Immerhin danke ich Ihnen für Ihre ...“
„Schon gut, schon gut!“ wehrte Julius höflich ab. „Adieu, mein Junge! Ich wage nicht zu sagen: auf Wiedersehen. Wenn Sie jedoch späterhin ...“
„Vorläufig hätten Sie mir nichts weiter zu sagen?“
„Nein: vorläufig nichts.“
„Adieu, Monsieur.“
Lafcadio verneigte sich und ging.
Er begab sich in sein einen Stock höher gelegenes Zimmer. Zog sich halb aus, warf sich aufs Bett. Der Abend war sehr warm gewesen, und die Nacht hatte keine Abkühlung gebracht. Das Fenster stand weit offen, doch kein Lüftchen bewegte sich draußen. Vom Thermenplatz her über die Gärten warfen ferne Bogenlampen einen bläulichen Schein ins Zimmer wie gespenstisches Mondlicht. Eine Art Bann lähmte des Jünglings Hirn. Er dachte weder an sein Verbrechen noch an seine Rettung. Nur Julius' schlimmer Ausspruch klang in ihm nach: ‚Eben begann ich, Sie liebzuhaben‘ ... Aber verdiente des ungeliebten Julius' Wort so viel Tränen? Weinte er wirklich nur darum? ... Die Nacht war so todessüß. Lafcadio griff nach der Wasserkaraffe neben dem Bett, benetzte sein Taschentuch und preßte es auf sein wehes Herz.
Kein Naß der Welt wird je noch dieses dürre Herz erquicken! dachte er und genoß die Bitternis seiner bis an den Mund sickernden Zähren. Längst entschwundene Verse glitten in seinen Sinn:

My heart aches; and a drowsy numbness pains
My senses . . .

Er schlief ein.
Träumte er? Hat es nicht an die Tür geklopft? Die Tür (die er nachts nie verschließt) öffnet sich leise, und etwas Weißes, Zartes schwebt herein. Er hört ein Flüstern:
„Lafcadio . . . Sind Sie da, Lafcadio?"
Im Halbschlaf erkennt Lafcadio diese Stimme. Aber zweifelt er noch an der Wirklichkeit einer so lieblichen Erscheinung? Fürchtet er, ein Wort, eine Geste könne sie verscheuchen? . . . Er schweigt.
Geneviève de Baraglioul, deren Zimmer neben dem ihres Vaters lag, hatte, ohne es zu wollen, das ganze Gespräch zwischen Julius und Lafcadio mit angehört. Eine unaussprechliche Angst hatte sie in des jungen Mannes Zimmer getrieben, und da ihre Frage jetzt ohne Antwort blieb, warf sie sich – in der Gewißheit, Lafcadio habe sich getötet – zu Häupten seines Bettes und sank dort schluchzend auf die Knie.
So verharrte sie. Lafcadio, aufgestützt, sich ganz zu ihr hingerissen fühlend, neigte sich vor und wagte doch diese schöne Stirn noch nicht zu küssen, die elfenbeinern aus dem Dämmerlicht glomm. Da fühlte Geneviève de Baraglioul all ihre Kräfte weichen; das Antlitz wegwendend und gegen Lafcadio nur noch an Lafcadio appellierend:
„Haben Sie Erbarmen mit mir!" sagte sie.
Lafcadio, in qualvoll-brüsker Rauheit, zwang sich von ihr und sie von sich zurück:
„Mademoiselle de Baraglioul! Stehen Sie auf! Verlassen Sie dies Zimmer! Ich bin nicht . . . ich kann nicht mehr Ihr Freund sein!"
Geneviève erhob sich; doch anstatt sich vom Bette zu entfernen, streichelte sie zärtlich des Totgeglaubten brennendheiße Stirn:
„Aber, mein Freund, ich habe ja alles gehört, was Sie meinem Vater heute abend gesagt haben! Begreifen Sie denn nicht, daß ich gerade deswegen gekommen bin?!"
Lafcadio richtete sich auf und betrachtete sie. Ihr gelöstes Haar floß rings um sie herab. Obwohl ihr Gesicht im Dunkeln blieb, fühlte er, wie ihr Blick ihn umfing. Dem magischen Reize erliegend:
„Ach, warum bin ich Ihnen nicht früher begegnet!" seufzte er.

„Was habe ich getan, daß Sie mich lieben? Warum kommen Sie zu dem, der unfrei geworden ist und Ihrer Liebe nicht mehr würdig?"
Traurig erwiderte sie:
„Zu Ihnen komme ich, Lafcadio, nicht zu einem anderen! Zu Ihnen: dem Verbrecher. Lafcadio, wie oft habe ich Ihren Namen vor mich hingesagt, seit jenem ersten Tage, wo Sie als tollkühner Held auftauchten in der Gasse des Brandes! ... Heute sollen Sie's wissen: dem Flammenritter habe ich mich heimlich versprochen, gleich im Moment Ihrer hochherzigen Tat! ... Was ist seitdem geschehen? Ist's denkbar, daß Sie getötet haben? Aus welch einsamem Trotz ...?"
Und, da Lafcadio schwieg:
„Sagte mein Vater nicht, es sei ein anderer verhaftet worden? Ein Bandit, der gerade einen Mord begangen hatte? ... Lafcadio, solange es noch Zeit ist: fliehen Sie! Retten Sie sich! Fliehen Sie noch heute nacht!"
„Ich kann nicht!" murmelte Lafcadio. Und da Genevièves Haar seine Hände streifte, ergriff er's und preßte es leidenschaftlich gegen Augen und Lippen: „Fliehen? Wohin? Und entliefe ich, der Polizei entlaufend, etwa mir selbst? ... Und würden Sie mich nicht verachten, wenn ich entliefe?"
„Ich Sie verachten, mein Freund!? ..."
„Ich lebte unbewußt. Getötet habe ich in einem Traum, der mich seitdem festhält ...!"
„Und aus dem ich Sie herausreißen will!"
„Warum den Träumenden wecken, der sich doch nur als Mörder wiederfände?!" Er packte sie am Arm: „Verstehen Sie nicht, daß alle Straflosigkeit mich anekelt und daß ich mich den Gerichten überliefern werde, sowie der kommende Morgen graut?"
„Dem lieben Gott, nicht den Menschen, sollten Sie sich überliefern! Wenn Papa es Ihnen nicht schon gesagt hätte, würde ich's Ihnen jetzt sagen: Lafcadio, die Kirche ist es, die Ihnen Ihre Strafe auferlegen und den Wanderer über die Station der Reue zum Frieden zurückführen wird!"
Geneviève hat recht. Welchen besseren Ausweg fände Lafcadio als solch bequeme Unterwerfung? Früher oder später wird er das einsehen ... Dumm nur, daß gerade Julius, dieser Waschlappen, ihm denselben Rat schon vorher gegeben hatte!

„Was für einen Spruch plärren Sie mir da vor, Sie, Geneviève de Baraglioul!?“ sagte er feindselig.

Er läßt ihren Arm, den er gefaßt hatte, los; stößt ihn weg. Und während Geneviève zurückweicht, fühlt er, mit einer Art Groll gegen Julius, den Drang in sich wachsen, Geneviève ihrem Vater zu entfremden, sie zu sich herabzuziehen. Er senkt die Augen und bemerkt, in seidenen Pantöffelchen, ihre nackten Füße.

„Begreifen Sie denn nicht, daß nicht Gewissensbisse mich schrekken, sondern ...“

Er hat sein Bett verlassen; wendet sich von ihr ab, dem offenen Fenster zu. Ihm ist, als müsse er ersticken. Er preßt seine Stirn an die Scheibe und seine glühenden Hände auf das kalte Eisen des Geländers. Er möchte vergessen, daß sie da ist, in seiner Nähe ...

„Mademoiselle de Baraglioul, Sie haben einem Verbrecher so viel Güte erwiesen, wie ein wohlerzogenes Mädchen es wagen darf, und vielleicht sogar noch etwas mehr. Ich danke Ihnen innigst dafür. Jetzt aber müssen Sie mich allein lassen. Kehren Sie zurück zu Ihrem Vater, Ihren Gewohnheiten, Ihren Pflichten ... Adieu. Wer weiß, ob wir uns je wiedersehen? Um Ihrer Neigung etwas weniger unwürdig zu sein, stelle ich mich morgen den Gerichten ... Nein, kommen Sie mir nicht nahe! ... Glauben Sie etwa, daß ich mich mit einem Händedruck begnügen würde!?“

Geneviève würde dem Zorn ihres Vaters und allen Lästermäulern der Welt trotzen, aber vor Lafcadios eisiger Rede versagt ihr das Herz. Beweist denn das Liebesgeständnis ihren radikalen Mut nicht zur Genüge! Und hat solche Entschlossenheit nicht vielleicht etwas Besseres verdient als einen Sarkasmus des Dankes! ... Doch wie soll sie ihm verständlich machen, daß auch sie sich bisher in einem Traum bewegt hat, in einem (durch die Realität des Kinderhospitals kaum unterbrochenen) dumpfen Traumbild mit Eltern- und Gesellschaftsstaffage, und daß sie all dieser mondänen Figuranten konventionelles Tun, Denken, Streben ebensowenig ernst zu nehmen vermochte, wie Lafcadio den braven Herrn Fleurissoire ernst genommen hat? ... Also: adieu? ... Die Liebe wirft sie dem jungen Manne entgegen. Lafcadio fängt sie auf, preßt sie an sich, bedeckt ihre schimmernde Stirn mit Küssen ...

Doch hier beginnt ein neues Lied.

O greifbare Erfüllung des Verlangens: du weisest meine Hirngespinste in ihre Höhle zurück.

Wir verlassen unsere Liebenden um die Stunde des Hahnenschreis, wo Farbe, Wärme, Helle ihren Triumph vorbereiten über die Nacht. Neben der schlafenden Geneviève richtet sich Lafcadio auf. Aber nicht seiner Geliebten atmenden Zauber betrachtet er, nicht ihre lind gefeuchtete Stirn, Lippenknospen, Muschelglanz der Brüste, Gliedermattheit – sondern durchs weitgeöffnete Fenster die Morgenröte, darin der Gipfel einer Pinie erzittert.
Bald ist es Zeit, daß Geneviève ihn verlasse. Noch zögert er. Über sie gebeugt, an ihrem sanften Odem vorbei, lauscht er auf das anschwellende Brausen der Stadt, die schon den Traumesbann abschüttelt. Auf entlegenen Kasernenhöfen wird Reveille geblasen. Soll er wirklich aufs Leben verzichten? Plant er noch immer, sich auszuliefern um der Achtung Genevièves willen, die er etwas weniger achtet, je mehr sie ihn liebt?

André Gide im dtv

Die Falschmünzer

Paris zu Beginn dieses Jahrhunderts. Eine Gruppe junger Gymnasiasten hat sich zu einem literarischen Zirkel zusammengeschlossen, um der großbürgerlichen Scheinwelt der Eltern entfliehen zu können. Die geistreiche Eleganz ihrer älteren schriftstellerischen Vorbilder erweist sich als verführerische Droge. Aber es geht nicht nur um intellektuelle Falschmünzerei. Einige Schüler werden bei der Verbreitung von Falschgeld ertappt...
dtv 1749

Die Verliese des Vatikan

Gegen Ende des letzten Jahrhunderts kommt im Süden von Frankreich das Gerücht auf, Papst Leo XIII. sei von internationalen Verschwörern entführt worden und werde in Rom gefangengehalten, während zum Schaden der katholischen Christenheit ein Doppelgänger den Stuhl Petri besetzt habe. Ein Apotheker aus Pau macht sich als moderner »Kreuzritter« auf den Weg und wird im Schnellzug von Rom nach Neapel von einem jungen Abenteurer ermordet. Ein grotesk-satirischer Schelmen- und Kriminalroman. dtv 1750

Die Schule der Frauen
Erzählungen

Die Stellung der Frau in Ehe und Gesellschaft und der Kampf um die Freiheit ihrer Persönlichkeit stehen im Mittelpunkt dieser drei zusammenhängenden, nun schon klassischen psychologischen Erzählungen: Das Tagebuch einer jungen Frau, die am raffinierten Egoismus ihres Mannes zerbricht; sein Versuch einer Rechtfertigung; und die Stellungnahme der inzwischen erwachsenen Tochter zu den Ereignissen.
dtv 1751

Umberto Eco im dtv

Foto: Isolde Ohlbaum

Der Name der Rose

Daß er in den Mauern der prächtigen Benediktinerabtei das Echo eines verschollenen Lachens hören würde, das hell und klassisch herüberklingt aus der Antike, damit hat der Franziskanermönch William von Baskerville nicht gerechnet. Zusammen mit Adson von Melk, seinem jugendlichen Adlatus, ist er in einer höchst delikaten politischen Mission unterwegs und wird mit kriminellen Ereignissen und drastischen Versuchungen konfrontiert... dtv 10551 und dtv großdruck 25033 (Jan. 1990)

Nachschrift zum ›Namen der Rose‹

»Ich hatte den Drang, einen Mönch zu vergiften. Ich glaube, Romane entstehen aus solchen Ideenkeimen, der Rest ist Fruchtfleisch, das man nach und nach ansetzt.« Ecos Nachschrift zu seinem Welt-Bestseller beweist darüber hinaus, daß die Entstehungsgeschichte und die Prämissen eines großen Romans mindestens genauso amüsant sein können wie das Werk selbst. dtv 10552

Zeichen in Umberto Ecos Roman ›Der Name der Rose‹

Voller Zeichen, Rätsel und verschlüsselter Hinweise steckt Umberto Ecos faszinierender Roman, der seit seinem Erscheinen Hunderte von Deutungsversuchen ausgelöst hat. Fünfundzwanzig der intelligentesten und witzigsten hat Burkhardt Kroeber, der deutsche Übersetzer, zusammengestellt. dtv 11129

Über Gott und die Welt
Essays und Glossen

Eco, der Zeichenleser und Spurensucher, flaniert durch die Musentempel und Kultstätten der Massenkultur und nimmt in den Fußballstadien und Spielhallen, in TV-Studios und im Supermarkt, im Kino und auf der Straße Dinge wahr, die uns bisher meist entgangen sind. Der Detektiv Eco kann spielerisch umgehen mit Indiz, Alibi und corpus delicti und zerlegt komplexe Zusammenhänge mit verblüffender Leichtigkeit. dtv 10825

Auf dem Wege zu einem Neuen Mittelalter

Ist unsere Epoche das »Neue Mittelalter«? Neben einem Aufsatz zu dieser Fragestellung enthält dieses Eco-Lesebuch in nuce zwei Kapitel aus dem ›Namen der Rose‹, mehrere Kommentare Ecos zu seinem Roman, eine Laudatio auf Thomas von Aquin und den Festvortrag zum Jubiläum der Mailänder Staatsbibliothek. dtv großdruck 25025

Lars Gustafsson im dtv

Foto: Isolde Ohlbaum

Wollsachen

Nach einem gescheiterten Selbstmordversuch schreibt der Lehrer Lars Hedin seine eigene »Krankheitsgeschichte« über sein verpfuschtes Leben. Da verliebt er sich in die Freundin eines seiner Schüler. dtv 1273

Das Familienleben

Ein Wirtschaftswissenschaftler geht mit seinem Wissen um skrupellose Versuche mit bakteriologischen Waffen an die Öffentlichkeit, weil er es vorzieht, sich selbst zu opfern, anstatt von höherer Stelle geopfert zu werden. dtv 1470

Die Tennisspieler

Als tennisspielender Gastprofessor im sonnigen Texas stößt Gustafsson auf das Buch eines Anarchisten, das die bisherige Forschung in Frage stellt. Um der Sache auf den Grund zu kommen, bedient er sich heimlich des Zentralcomputers der Luftabwehr. dtv 10008

Erzählungen von glücklichen Menschen

Die Suche nach den Glücksmöglichkeiten des Menschen hat Gustafsson auf ganz neue, zuweilen labyrinthische, scheinbar abseitige und verschlungene Pfade geführt. dtv 10175

Die Stille der Welt vor Bach

»Den Übersetzern ist es gelungen, das Energetisch-Zupackende, Ausgreifende und den schnellen Gedankengang dieser Lyrik vorzüglich wiederzugeben.« (Süddeutsche Zeitung) dtv 10299

Trauermusik

Im Frühjahr 1958 kreuzen sich die Wege dreier Menschen. Gustafsson verfolgt ihre Lebensgeschichten bis in die achtziger Jahre. dtv 10566

Der eigentliche Bericht über Herrn Arenander

In diesem frühen Roman geht es »nicht um die möglichst umfassende Lebensbeschreibung eines Individuums, sondern allenfalls um das Modell eines intellektuellen Portraits«. (Süddeutsche Zeitung) dtv 10863

Die dritte Rochade des Bernhard Foy

Ein junger amerikanischer Rabbiner, mit dem Zug unterwegs von Stockholm nach Paris, gelangt zufällig in den Besitz einer Mikrokassette für eine Mittelstreckenrakete... dtv 11155